踏遍青山未老歌

王蒙————著

贵州出版集团
贵州人民出版社

图书在版编目（ＣＩＰ）数据

踏遍青山歌未老 / 王蒙著. -- 贵阳 : 贵州人民出版社, 2020.12
　ISBN 978-7-221-15592-4

　Ⅰ.①踏… Ⅱ.①王… Ⅲ.①散文集-中国-当代
Ⅳ.①I267

中国版本图书馆CIP数据核字(2020)第249425号

踏遍青山歌未老

王蒙 /著

选题策划：京贵传媒

责任编辑：刘旭芳

装帧设计：刘　霄

出版发行：贵州出版集团

　　　　　贵州人民出版社

　　　　　（贵阳市观山湖区会展东路SOHO办公区A座）

邮　　编：550001

印　　刷：鑫艺佳利（天津）印刷有限公司

开　　本：880mm×1230mm　1/32

印　　张：9.5

字　　数：210千字

版　　次：2020年12月第1版

印　　次：2020年12月第1次印刷

书　　号：ISBN 978-7-221-15592-4

定　　价：49.80元

人
与
时
间

对于我来说，人的纪念就是时间的记忆，就是生命的见证。

活到七十岁了，一想，那么多师长关心过我，帮助过我，为我付出了那么多。那么多年轻人令我神往，令我怜惜，而我又禁不住对他们说点什么。

而一代一代的人活得都那么不容易。

而他们也是和我们或者更年轻的人一样的人，一样的喜怒哀乐，一样的冲动与计算，一样的得失与矛盾，一样的诚挚与悲欢，也一样的冒傻气和软弱，有时候却又是豪气满乾坤。

我不想"审父"，也不想在子侄辈们面前一味地被审。我对师长们有时确实是感激涕零，但又不想仅仅是感激涕零。我只能平视他们。在视他们为师长的同时视他们为益友、好友、诤友、需要关爱的老人。如果仅仅从年龄上说，他们处于"弱势"。

对于比我年轻的人，就更是这样了，我非常羡慕他们，也知道他们未必能避免我们年轻时的幼稚与冒失，自以为是与自我作古。同时我特别想从他们身上得到冲击，好保持自己老得慢一点点。

世界是你们的，也是我们的，但是归根结底是他们——更年轻的一代的。

我渴望的是一种相通，一种直言，一种不被什么代沟不代沟围住的爱心和善意。

写人的时候我带着几分二愣子劲儿，因为吾爱吾师吾友，吾更爱真理。吾爱真理，所以才爱吾师，敬吾师，爱吾友，哪怕由于过分直言而被友人痛恨一时。请问，如果对于友人还不敢说实话，一辈子还有机会讲几句实话吗？而始终不讲实话，不是活活要憋死了吗？

当然，我写到的也仅仅是管中窥豹，只有一斑而已。

是为序。

王蒙

目录

辑一　枕上诗书闲处好

王小波 ◎ 难得明白 002

张承志 ◎ 大地和青春的礼赞 014

韩少功 ◎ 道是词典还小说 019

王安忆 ◎ 王安忆的『这一站』和『下一站』 030

张　洁 ◎ 极限写作与无边的现实主义 037

铁　凝 ◎ 一个把自己放在书里的作家 048

王　朔 ◎ 躲避崇高 063

陈　染 ◎ 凡墙都是门 074

张　弦 ◎ 善良者的命运 079

宗　璞 ◎ 读宗璞的两本书 087

陈建功 ◎ 永远做生活与艺术的开拓者 089

董鼎山 ◎ 斯人斯书，令人雀跃 098

辑二 当时只道是寻常

胡乔木 ◎ 不成样子的怀念 102

李一氓 ◎ 永远的怀念 115

王任重 ◎ 切身的怀念 118

陆文夫 ◎ 想念文夫 121

彦周 ◎ 难忘的天云山 124

黄秋耘 ◎ 官愈做愈小的老革命 127

萧也牧 ◎ 一个甘于沉默的人 132

周扬 ◎ 悲情的思想者 136

丁玲 ◎ 令人思量和唏嘘 152

三联诸友 ◎ 怀念三联书店诸友 175

目录

辑三　踏遍青山歌未老

华霞菱 ◎ 华老师，你在哪儿？ 180

萧殷 ◎ 鞠躬尽瘁的园丁 185

毕淑敏 ◎ 作家——医生 190

冯骥才 ◎ 灿烂的笑容 193

冰心 ◎ 最本色的中华小老太太 196

宗璞 ◎ 兰气息，'玉精神 199

韦君宜 ◎ 独一无二的纯洁和认真 203

王昆 ◎ 踏遍青山歌未老 206

陆天明 ◎ 九死未悔的郑重 214

周巍峙 ◎ 仁者之风巍峙也 218

乔羽 ◎ 人人称他乔老爷 222

周扬 ◎ 目光如电 225

克里木·霍加 ◎ 满面春风的好人 233

辑四　出师未捷身先死

夏　衍 ◎　提炼到最后的精粹　238

曹　禺 ◎　永远的雷雨　245

巴　金 ◎　永远的巴金　254

冯　牧 ◎　一以贯之的身影　260

张光年 ◎　形象与境界长存　265

李子云 ◎　子云走了　270

陈荒煤 ◎　党和人民的一匹老马　275

刘力邦 ◎　我还能遇到这样的人吗？　279

江　南 ◎　何期泪洒「江南」雨　283

铁依甫江 ◎　遥望天山，欲哭无泪　287

辑一

枕上诗书闲处好

王朔　韩少功　陈建功　董鼎山　陈染
王小波　铁凝　张洁　张洁　陈染
王安忆　韩少功　王小波　王朔　张弦
宗璞　董鼎山　张承志　宗璞
张弦　王安忆　铁凝　陈建功　张承志

王小波 ◎ **难得明白**

　　我抱着试试看的心情拿起王小波的著作，原来接触过他的个把篇议论文字，印象不错，但是现在热到这般地步，已经有"炒死人"之讥在报端出现。我不敢跟着起哄。

　　王小波当然很聪明（以致有人说，他没法不死，大概是人至察则无徒而且无寿的意思），当然很有文学才华，当然也还有所积累，博闻强识。他也很幽默，很鬼。他的文风自成一路。但是这都不是我读他的作品的首要印象，首要印象是，这个人太明白了。

　　十多年前，北京市经济工作的领导人提出，企业需要一些"明白人"。什么是明白人呢？不知道最初提出这问题来时的所指，依我主观想法，提这个问题就是因为我们当时糊涂人实在不少。而"明白"的意思就是不但读书，而且明理，或曰明白事理，能用书本上的知识廓清实际生活中的太多的糊涂，明白真实的而不是臆想的人生世界，如同毛泽东讲王明时讲的，需要明白打仗是会死人的，人是要吃饭的，路是要一步一步走的。明白人拒绝自欺欺人和钻牛角尖，明白人拒绝指鹿为马、望梅止渴、画饼充饥，明白人拒绝用情绪哪怕是非常强烈和自称伟大的情绪代替事实、逻辑与常识，明白人绝对不会认为社会主义的草比资本主义的苗好，因为愈明白愈知道吃饭的必要性，明白人也不会相信背一句语录就能打赢乒乓球，哪怕世界冠军声称他的金牌是靠背语录赢来的。盖人们在发明和运用概念、发明和运用知识的时候也为自己设立了许多孽障，动不动用一个抽象的概念、抽象的教条吓唬自己，也吓唬旁人或迎合旁人，非把一个明白人训练成糊涂人才罢休。

文学界有没有糊涂人呢？我们看看王小波（以下简称王）明白在哪里就明白了。

要说王是够讽刺的。例如他把比利时的公共厕所说成一个文化园地。他先说"假如我说我在那里看到了人文精神的讨论，你肯定不相信"（唉！）"但国外也有高层次的问题"，说那里的四壁上写着种族问题、环境问题、让世界充满爱、如今我有一个梦想、禁止核武器。王问道："坐在马桶上去反对到底有没有效力？"他还说布鲁塞尔的那个厕所是个"世界性的正义论坛"，"很多留言要求打倒一批独裁者"，"这些留言都用了祈使句式，主要是促成做一些事的动机，但这些事到底是什么，由谁来做，通通没有说明。这就如我们的文化园地，总有人在呼吁着……要是你有这些勇气和精力，不如动手去做"。

认真读读这一段，人们就笑不出来了，除非是笑自己。

当然王也有片面性。呼吁，总也要人做的。但是我们是不是太耽于笼统的呼吁了？以致把呼吁变成一种文化姿态，变成一种作秀，变成一种清谈了呢？

这是王小波的一个特点，他不会被你的泰山压顶的气概所压倒。你说得再好，他也要从操作的层面考虑考虑。他提出，不论解决什么高层次问题，首先，你要离开你的马桶盖——而我们曾经怎样耽于坐在马桶盖上的清议。

王说："假如你遇到一种可疑的说法，这种说法对自己又过于有利，这种说法准不对，因为它是编出来自己骗自己的！"完全对。用王蒙（以下简称蒙，以区别哪些是客观介绍，哪些是蒙在发挥）的习惯说法就是"凡把复杂的问题说得小葱拌豆腐一清二白者，凡把困难的任务说得如探囊取物唾手可得者，皆不可信"。

从王身上，我深深感到我们的一些同行包括本人的一大缺陷可能是缺少自然科学方面的应有训练，动不动就那么情绪化、模糊化、姿态化直至表演化。一个自然科学家要是这种脾气，准保一事无成——说不定他不得不改行写呼吁性散文杂文和文学短评。

明白人总是宁可相信常识、相信理性，而不愿意相信大而无当的牛皮。王称这种牛皮癖为"极端体验"——恰如唐朝崇拜李白至极的李赤之喜欢往粪坑里跳。救出来还要跳，最后丧了命。王说："我这个庸人又有种见解，太平年月比乱世要好。这两种时代的区别比新鲜空气与臭屎之间的区别还要大。"他居然这样俗话俗说，蒙为他捏一把汗。他的一篇文章题目为《救世情结与白日梦》，对

"瞎浪漫""意淫全世界"说了很不客气的话。这里插一句:王的亲人和挚友称他为"浪漫骑士",其实他是很反对"瞎浪漫"的,他的观点其实是非浪漫的。当某一种"瞎浪漫"的语言氛围成了气候、成了"现实"以后,一个敢于直面人生、直面现实、讲常识、讲逻辑的人反而显得特立独行,乃至相当"浪漫"相当"不现实"了。是的,当林彪说毛主席的话一句顶一万句的时候,如果你说不是,那就不仅是浪漫而且是提着脑袋冒险了。当一九五八年亩产八十万斤红薯的任务势如破竹地压下来的时候,一个生产队长提出他这个队的指标是亩产三千斤,他也就成了浪漫骑士乃至金刚烈士了。

王提到萧伯纳剧本中的一个年轻角色,说这个活宝什么专长都没有,但是自称能够"明辨是非"。王说:"我年轻时所见的人,只掌握了一些粗浅(且不说是荒谬)的原则,就以为无所不知,对世界妄加判断……"王说他下了决心,无论如何不要做一个什么学问都没有但是专门"明辨是非"的人。说得何等好!不下功夫去做认知判断,却能不费吹灰之力地去做价值判断,小说还没有逐字逐句读完,就抓住片言只语把这个小说家贬得一文不值,就意气用事地臭骂,或者就神呀圣呀地捧,这种文风学风是何等荒唐,又何等流行呀!

(这种情况的发生,与特定历史条件下"明辨是非"的赌博性有关,明辨完了,就要站队,队站对了终生受用无穷,队站错了不知道倒多大霉乃至倒一辈子霉。这种明辨是非的刺激性与吸引力还与中国文化的泛道德化传统有关,德育第一,选拔人才也是以德为主。王指出，国人在对待文学艺术及其他人文领域的问题时用的是双重标准，对外国人用的是科学与艺术的标准，而对国人，用的是单一的道德标准。单一道德标准使许多人无法说话，因为谁也不愿意出言不同、不妥就背上不道德的恶名。蒙认为我们从来重视的是价值判断而不是知识积累，价值判断出大效益，而知识积累只能杯水车薪地起作用。）

何况这种明辨是非（常常是专门教给别人特别是有专长的人明辨是非）的行家里手明辨的并不仅仅是是非。如果仅仅说己是而人非那就该谢天谢地，太宽大了。问题是专门明辨是非的人特别擅长论证"非"就是不道德的，谁非谁就十恶不赦，就该死。王在《论战与道德》一文中指出，我们的许多争论争的不是谁对谁错，而是谁好谁坏，包括谁是"资产阶级"。蒙按，这意味着，我们不但擅长明辨是非而且擅长诛心。我们常常明辨一个人主张某种观点就是为了升官，或者反过来主张另一种观点就是为了准备卖国当汉奸，反正主张什么观点都是为了争权夺利。这样观点之争、知识之争动辄变成狗屎之争。王也说，你只要关心文化方面的事情，就会介入论战的某一方，那么，自身也就不得清白了。他说他明知这样不对，但也顾不得许多。蒙说真是呀，谈到某种文化讨论时立即就有友人劝告我："不要去蹚浑水。"我没有听这话至今后悔莫及。

王说："现在，任何有理智的人都不会认为，讨论问题的正当方式是把对方说成反动派、毒蛇，并且设法去捉他们的奸；然而假如是有关谁好谁坏的争论……就会得到这种结果。"王认为现在虽然没有搞起轰轰烈烈的"文化大革命",但人们还是在那里争谁好谁坏,在这方面,人们并没有进步。这可说得够尖锐的。王认为当是非之争进一步变为好坏之争,"每一句辩驳都会加深恶意","假如你有权力,就给对方组织处理,就让对方头破血流;什么都没有的也会恫吓检举"。真是一语中的!王以他亲眼所见的事实证明,人如果一味强调自己的道德优势,就会不满足于仅仅在言辞上压倒对手,而将难以压住采取行动的欲望,例如在"反右"和"文革"时,都有知识分子去捉"右派"或对立面的奸,知识分子到了这种时候都会变得十分凶蛮……他的这一亲身经验,也许胜过一打学院式的空对空论证。看看随时可见的与人为恶与出口伤人吧,对同行的那种凶蛮的敌意,难道能表现出自己的本事?更不要说伟大了。有几个读者因为一个学人骂倒了旁人就膜拜在这个文风凶恶的老弟脚下呢?什么时候我们能善意地、公正客观地、心平气和地、相互取长补短地、文明地讨论呢?

王批评了作者把自己的动机神圣化,再把自己的作品神圣化,再把自己也神圣化的现象。王说,这样一来,"他就像天兄下凡的杨秀清"。王还以同样的思路论证了"哲人王"的可怕。王明白地指出,别的行业,竞争的是聪明才智、辛勤劳动(哪怕是竞争关系多、路子野、花招花式。蒙注),"唯独在文化界赌的是人品:爱国心、羞耻心。照我看来,这有点像赌命,甚至比赌命还严重!""假设文化领域里一切论争都是道德之争、神圣之争,那么争论的结果就应该出人命。"他说得何等惨痛!何等明晰!何等透彻！他也一语道破了那种动不动把某种概念学理与主张该种概念学理的人神圣化的糊涂人的危险。

在文学上立论不易，任何一种论点都可以说是相对意义上的，略略一绝对化，它就成了谬论。王对神圣化的批评也是如此。蒙牢记一些朋友的论点，不能由于警惕糊涂人的行动而限制思想的丰富，糊涂人也不会绝对糊涂，而是某一点或几点聪明，总体糊涂。如果反对一切神圣化，也就等于把反神圣化神圣化。但王确是抓到了一定条件下的现实问题的穴位，抓到了我们的文艺论争动不动烂泥化、狗屎化的要害。那么我们以此来检验一下王自己的评论如何？

王显然不是老好人，不是没有锋芒，不是过于聪明的中国作家，但是他的最刻薄的说法也不是针对哪一个具体人或具体圈子，他的评论里绝无人身攻击。更重要的是，他争的是个明白，争的是一个不要犯傻、不要愚昧、不要自欺欺人的问题。他争的不是一个爱国一个卖国、一个高洁一个龌龊、一个圣者一个丧家走狗、一个上流一个下流或不上不下的流，也不是争我是英雄你是痞子。（他有一篇文章居然题为《我是英雄我怕谁》，如果是《我是痞子我怕谁》，那口气倒是像。哪怕是作秀的痞子。如果是英雄，这"凶蛮"的口气像吗？）王进行的是智愚之辨，明暗之辨，通会、通达、通顺与矫情、糊涂、迷信、专钻死胡同的专横之辨。王特别喜爱引用罗素的话，大意是人本来是生来平等的，但人的智力是有高有低的，这就是最大的不平等，这就是问题之所在。王幽默地说，聪明人比笨人不但智力优越，而且能享受到更多的精神的幸福，所以笨人对聪明人是非常嫉妒的。笨人总是要想法使聪明人与他一样笨。一种办法是用棍子打聪明人的头，但这会把聪明者的脑子打出来，这并非初衷。因此更常用的办法是当聪明人和笨人争起来的时候大家都说笨人有理而聪明人无理——最后使聪明人也笨得与笨人拉平，也就天下太平了。

蒙对此还有一点发挥，不但要说聪明人错了，而且要说聪明人不道德。在我们这里，某些人认为过于聪明就是狡猾、善变、不忠不孝、不可靠、可能今后叛变的同义语。一边是聪明反被聪明误，机关算尽太聪明，反误了卿卿性命；另一边是愚忠、愚直、愚孝，傻子精神直至傻子（气）功。谁敢承认自己聪明？谁敢练聪明功？"文革"当中有多少人（还有知识分子呢）以"大学没毕业、不能使用任何外语"来证明自己尚可救药，来求一个高抬贵手。我的天！泛道德论的另一面就是尚愚、尚笨而弃智、贬智、疑智的倾向。

而王对自己的智力充满信心，他在《我为什么要写作》一文中说："我相信我自己有文学才能。"他认为文化遗产固然应该尊重，更应该尊重这些遗产的来源——就是活人的智慧。是活人的智慧让人保有无限的希望。他提倡好好地用智，他说："人类侥幸拥有了智慧，就应该善用它。"他说得多朴素、多真诚、多实在，他在求大家，再不要以愚昧、糊涂、蛮不讲理为荣，不要以聪明、文明、明白为耻了！看到这样的话蒙都想哭！他的其他文字中也流露着一个聪明人的自信，但止于此。他从来没有表示过叫卖过自己的道德优势，没有把自己看作圣者、英雄、救世者、伟人、教主、哲人王，也就没有把与自己意见不合的人看成流氓、地痞、汉奸、卖国贼、车匪、路霸、妖魔、丑八怪。而且，这一点很重要，说完了自己有才能他就自嘲道："这句话正如一个嫌疑犯说自己没杀人一样不可信。"太棒了，一个人能这样开明地对待自己，对待自己深信不疑的长处，对待自己的破釜沉舟的选择（要知道他为了写作辞去了那么体面的职务），也对待别人对他的尚未认可，还有什么事情他不能合情合理地开明地对待呢？注意，蒙的经验是，不要和丝毫没有幽默感的人交往，不要和从不自嘲的人合作，那种人是危险的，一旦他不再是你的朋友，他也许就会反目成仇，怒目横眉，偏激执拗。而像王小波这样，即使他也有比较激烈乃至不无偏颇的论点——如对国学和《红楼梦》，但他的自嘲已经留下了讨论的余地，留下了他自己再前进一步的余地，他给人类的具有无限希望的活的智慧留下了空间，留下了伸缩施展的地盘。他不会把自己也把旁人封死，他不会宣布自己已经到了头：你即使与他意见相左，不承认他有文学才能，至少他也不可能宣布你是坏蛋、仇敌。

这里又牵扯到一个王喜欢讲的词儿，那就是趣味。人应该尽可能地聪明和有趣，我不知道我概括的王的这个基本命题是否准确。这里趣味不仅是娱乐。（在中文里，娱乐两字常常与休息、懒怠、消费、顽皮、玩世不恭、玩物丧志等一些词联系在一起。）蒙认为趣味是一种对于人性的肯定与尊重，是对于此岸而不仅是终极的彼岸、对于人间世、对于生命的亲和与爱惜，是对于自己也对于他者的善意、和善、和平。趣味是一种活力，一种对活生生的人生与世界的兴趣，叫作津津有味，是一种美丽的光泽，是一种正常的生活欲望，是一种健康的身心状态。一点趣味也感觉不到，这样的人甚至连吃饭也不可思议。我们无法要求一个一脸路线斗争、一肚子阴谋诡计的人有趣，我们也无法要求一个盖世太保、一个刽子手太有趣味。自圣的结果往往使一个当初蛮有趣味的人变得干瘪乏味、不近人情，还动不动怒气冲冲、苦大仇深起来——用王的话来说是动不动与人家赌起命，用蒙的话说是亡起命来。王认为开初孔子是蛮有趣味的，后来被解释得生气全无——这当然不是创见而差不多是许多学人的共识——孔学的发展过程就很给明白人以教益，也不免使孔夫子的同胞与徒子徒孙痛心。岂止是孔子，多少活生生的真理被我们的笨师爷生生搞得僵死无救，搞得语言无味、面目可憎！所以毛泽东提起党八股来，也有些咬牙切齿。

所以，王在谈到近年我国的"文化热"时一针见血地指出：前两次文化热还有点正经，后一次最不行，主要在发牢骚，说社会对人文知识分子态度不对，知识分子自己态度也不正，还有就是文化这种门庭决不容痞子插足。这使王联想起了《水浒传》中插翅虎雷横所受到的奚落。王说，如此看来，文化是一种以自我为中心的价值观，还有点党同伐异（！）的意思。但王不愿意把另一些人想得太坏，所以王说这次讨论的文化原来就是一种操守（亦即名节。蒙注），叫人不要受物欲玷污，如同叫唐僧不要与蝎子精睡觉失了元阳。王进一步指出文化要有多方面的货色，是创造性劳动的成果，例如你可以去佛罗伦萨看看，看看人家的文化果实（蒙按：那可不仅仅是唐僧坐怀不乱的功夫）。王说，把文化说成一种操守，就如把蔬菜只说成一种——胡萝卜；"这次文化热正说到这个地步，下一次就要说蔬菜是胡萝卜缨子，让我们彻底没菜吃"。王因此呼吁（他也不是不呼吁）："我希望别再热了。"

也许事情远远没有这样糟，也许这只是王的内心恐惧，杞人忧天？但愿如此。只怕是真吃不上丰富多彩的蔬菜的时候也就都不吭气了。

我们知道难得糊涂了。看了王小波的《我的精神家园》，我深感难得明白，明白最难得。什么叫明白呢？第一很实在，书本联系现实，理论联系经验，不是云端空谈，不是空对空、模糊对模糊。第二尊重常识和理性，不是一煽就热，也不是你热我就热，不生文化传染病。第三他有所比较，知古通今，学过自然科学、人文科学，得过华、洋学位，英语棒。于是一瓶子不满半瓶子晃荡的人明明被他批驳了也还在若无其事地夸他。叫作不怕不识货，就怕货比货，货比三家，真伪立见，想用几个大而无当的好词或洋词或港台词蒙住唬住王小波，没有那么容易。第四他深入浅出，朴素鲜活，几句话说明一个道理，不用发功，不用念咒，不用作秀表演、豪迈悲壮、孤独一个人与全世界全中国血战到底。第五，他虽在智力上自视甚高，但绝对不把自己当成高人一等的特殊材料制成的精英、救世主；更不用说是像挂在嘴上的"圣者"了。用陈建功当年的一句话就是他绝对"不装××"。这最后一点尤其表现在他的小说里，他的小说没有任何说教气、炫耀味，更没有天兄下界诸神退位的杨秀清式包装。看了他的小说不是像看完有些人的小说那样，你主要是会怀疑作者他是否当真那么伟大。而看了王的小说，你怀疑的是他王小波"真有那么坏吗"？这里的坏并不是说他写的内容多么堕落下流，而是他写的那样天真本色、率性、顽皮，还动不动撒点野，搞点恶作剧，不无一种"痞"味儿，完全达不到坐如钟立、如松、"五讲四美"的规范与我乃精英也的酸溜溜风采。如果说你在某些人的作品中常常看到感到假面的阻隔，那么他的小说使你觉得他常常戴起鬼脸，至少在这一点上他与那个已被批倒、批臭的有相似处。但是他有学问呀，他不嘲笑智力和知识，不嘲笑理性和学习，所以他的遭遇好得多。看来，读书是能防身的，能不苦读也乎？

而我当然是一个正人君子，我的小说里绝对没有王小波那种天花乱坠的那话这话。我认为与他的议论相比，他的小说未免太顽童化了。所以我就不在这篇文字里再提他的小说，免得再和一名王某绑到一块儿，就是说我不能连累王小波。反之亦成立。

虽然带有广告气，文化艺术出版社一九九七年六月印第一次、次月就印第二次的《我的精神家园》一书封底上的一段话还是真的，我认可："那些连他的随笔都没有读过的人真是错过了……"

1998年1月

张承志 ◎ **大地和青春的礼赞**

　　他怎么找到了一个这样好的、我要说是非凡的题目？您羡慕得眼珠子都快燃烧起来了！三十挂零的小伙子张承志竟有这样的气魄，这样的胸怀，在一部六万多字的中篇小说里一口气写了四条北方的河——黄河、无定河、湟水、永定河，还有追忆中的新疆阿勒泰地区的额尔齐斯河与梦想中四月的黑龙江。别骗我们啦，张承志，你其实是到过黑龙江的，要不你怎么写得那样真切、切近、迫近、如在目前？这是何等的胆量，何等的匠心！在看完《北方的河》（载《十月》一九八四年第一期）以后，我想，完啦（作品在用"了"字的地方几乎全部用"啦"，这赋予张承志的颇经过一番锤炼的语言以一种亲切和利索），您他妈的再也别想写河流啦，至少三十年，您写不过他啦。

　　俄罗斯文学是讲究写大地的，对于广阔的俄罗斯大地的深爱与忧思，这是一些伟大的俄罗斯作家——例如契诃夫、高尔基——身上最动人的特点之一。前几年出现了中篇小说《在没有航标的河流上》，它以苦难而又美丽的中华大地的魅力使读者激动不已。现在又有了《北方的河》，它唱出了对于祖国大地，对于大地上的艰难而又奇妙的生活，对于唱着"花儿与少年"和"米脂的婆姨绥德的汉"的人民，以及对于永远年轻的理想和热情的刻骨铭心、始终不渝的情歌。它把他的同胞，他的同时代人，他的同行唱得心头热热的了。

这是一首刚强而又滚烫的歌。黄河不能不是这首歌的主旋律。"父亲"的比喻与横渡畅游的栩栩如生的刻画，使浑黄的、燃烧起来了的、温暖多沙的一块一块的黄河居于群河之冠。而"曲流宽谷"即"老黄土帽中的拐弯河大深沟"无定河，抱着马脖子渡过的钢蓝色的额尔齐斯河，青麦、雪山、浅山和花头巾边的湟水河，把北京西北的巍峨山脉劈出了深峡长谷的永定河，以及坚硬的冰甲咔咔作响地裂开、青黑的水翻跳着推开巨船般的冰岛的正在解冻的黑龙江，便成为黄河的补充、延伸和变奏。张承志写实并不写意，写景、写情而又充满严肃的思辨。他既提供了形象清晰、凸现可触的众河景观，又深深地挖掘着各河的特色与众河的统一的北方的雄健粗犷的灵魂。他同时还从象征的意义上通过河流写了我们的即使破碎过也永远美丽、永远充满希望和力量的生活。那就是说，小说不但写了北方的几道河，而且写了生活的河，生命和青春的河，源远流长的中华文化的河。小说对于马家窑文化，关于彩陶的河的描写，恐怕不仅是顺便提及，而是有它的深意的。这样的高瞻远瞩，这样的对于历史、大地、生活的沉思，不能不给我们的引人自豪的当代文学带来新的精神境界、新的信息，这是一切鼠目寸光、小打小闹的作品所不可企及的，是一切迷茫、颓废、只知无休止地咀嚼自我的作品所不能望其项背的。

如果猜测作者的动机，也许张承志更有意于通过"他"和"他"的河来写那一代人，他意欲显露那一代人的奋斗、思索、烙印、选择、幼稚、错误和局限，表现他们的深刻的悲观与最终病态软弱的呻吟在新生命的欢叫中被淹没（见小说题词）。应该说，有许多地方他写得成功，像"她"的经历对于"他"的经历的补充、修正和冲击，像"他"的艰苦奋斗、脚踏实地、不达目的誓不罢休的斗争精神，特别是"他"对于爱情的态度，"他"请"她"吃西餐的场面，都相当感人，像一幅彩色的、配有动情的背景音乐的电影画面。而这种栩栩如生的画面，正是张承志过去的偏重遐想、思辨色彩浓郁的作品中所缺少的。

我尤其欣赏"他"关于四个真正的男子汉的豪言："牛虻、马丁·伊登、保尔·柯察金"，"还有一个是我"，这最后一句话"他"当然没有说出来。即使仅仅是豪言壮语也罢，这样的豪言壮语也是空谷足音式的黄钟大吕！一些人变得琐碎、纤细、扭捏、一把鼻涕、一把眼泪、一肚子牢骚、一肚子怨气，久矣！尽管是安定团结的和平建设时期，尽管人们可以大听轻音乐与大看时装杂志，但牛虻、保尔·柯察金的革命理想主义与自我牺牲，难道就不需要了吗？在社会风气还如此不理想的今天，扶正挽颓，保持这种情操、这种精神，也许更加难能可贵吧？壮哉斯言，革命正气、民族正气、男子汉气概代代不绝！

顺便说一下，有一些读者对张承志的作品里的男性美深为赞赏。确实，张承志的作品里处处流露着男性的眼光，男性的骄傲和热情，男性的肉体、生命、灵魂的搏动和力量，这在当今文学创作中是很有特色的，除了蒋子龙、张贤亮等少数几个作家以外，几乎没有几多人有这种雄风。《北方的河》在这方面也是非常强烈的，甚至强烈到窃以为或许多一点节制和含蓄会更好的程度。

但是整个来说，《北方的河》里关于社会生活的描写远远逊于它对河流、对作品的抒情主人公的思索与情怀乃至有关地理学的描写。尽管张承志在作品中企图把生活写得更实一些，也许是一个可喜的与必要的尝试。正因为他的河是写得太好了，他的"他"以外的人物包括"她"就不能不令人觉得相形见绌。

也许是我的偏见，我觉得他的徐华北与"她"甚至还有顺手写到的湟水边上浇水种树的老汉有光彩，还不如红脸后生与唱歌的青海妇女更能给人以难忘的印象，颜林和他的父亲就更差些。张承志显然还没有从当今城市生活中感受到诗和力，像他从内蒙古草原、从北方的河流与土地上所感受到的那样。对结构全篇起着重要作用的"他"考研究生的故事，不仅写得匆匆忙忙，从整体来说，也写得缺乏深度和新意，更缺乏全篇作品所具有的那种杰出的气势和壮美。他这个故事没有选好，起点低了，与河及关于河的描写处于不同的精神高度上，因而也影响了和谐。

但无论如何，《北方的河》的发表令人振奋，也令人鼓舞。波浪翻滚的几条大河向着我们的文学事业发起了勇敢的冲击，它号召着更加开阔、高大、强健而又深沉的文字，它号召着向新的思想境界与艺术境界进军，它号召着社会主义中国的新的文学巨人、文化巨人的诞生。它的出现展示着一种进入了全新的历史时期的新的姿态、新的快乐和庄严、新的胸怀和更高的文化智能根基。在这个意义上，我们可以说，《北方的河》是今年的（也许不只是今年）一只报春的燕子。

——《北方的河》读后

1984年春节

韩少功 ◎ 道是词典还小说

在韩少功的引人注目的新作《马桥词典》中，他说："动笔写这本书以前，我野心勃勃地企图给马桥的每一件东西立传……"单是这一宣言也算得上惊天动地。例如，我作为一个写了四十多年小说的人，就从来没有这样写过和想过。我未免有些惋惜。我想到过将一些有趣的或可爱可怜的人物写出来，想到过写人们的悲欢离合、恩怨情仇，想到过写人的内心体验，写人的激情和智慧、恶毒和愚蠢、直觉、意识流、瞬间感受，写时间与空间的形象，写人间的特别是我国的沧桑沉浮，而这种沧桑沉浮的背后自然是、无法不是一些政治风云、政治事件。我也曾不满于自己的作品里有着太多的政治事件的背景，包括政治熟语，我曾经努力想少写一点政治，多写一点个人，但是我在这方面并没有取得所期待的成功。

我却从来没有想过为"每一件东西"立传。倒不是由于韩少功接着论述的意义传统与主线霸权（这一段发挥远不如起初的宣言精彩，反而有一种用新的所谓意义同格与纷纭网络观念规范自己的味儿，一种从传统的观念性的画地为牢变成自己的无边的画地为牢的味儿。对于小说艺术来说，有边与无边的观念当然低于小说本体。强调意义的同格其真理性未必会大于意义的绝不同格），更难能可贵的是韩少功的无所不包的视野。这是一种将小说逼近宇宙的努力，这里似乎还有一点格物致知的功夫，所以确是野心勃勃。这是一种观念，更是一种气象。因为"每一件东西"虽非一定是意义同格的，却都可能是小说性的——这也叫天生我材（包括人才和物质的材即材料）必有用。比如"江"，比如"枫鬼"（树），比如"豺猛子"（鱼），比如"满天红"（灯），比如"黄皮"（狗），比如"黑相公"（野猪后转义为人的绰号），比如"清明雨"……这着实令人欢呼，天上地下，东西南北，阴阳五行，"春城"无处不飞小说，处处物物无不是小说的契机、小说的因子。我们多少次与它们失之交臂，只是由于我们的闭塞与狭隘。如果我们有韩少功的这个视野和气魄，也许我们的文学风景会敞亮得多，我们的头脑会敞亮得多。

　　韩少功的宣言石破天惊。他的每一件东西的切入点是他们的"名"。无名，万物之始；有名，万物之母。名就是万物。长篇小说居然以词典的形式、以词条及其解释的形式结构，令人耳目一新，令人赞叹作者的创造魄力，令人佩服作者把他的长于理性思考的特点干脆运用到了极致。但这并不是最重要的。因为单单是形式上的创举带有一次性的性质，韩少功的《马桥词典》之后，无论是别人还是他自己，大概难以再写第二部词典状的长篇小说了。再说毕竟在韩以前已经有外国人与中国人用类似的方法结构过较小的文章，包括韩喜爱的昆德拉，还有在《小说界》上紧随其后的蒋子丹的关于韩少功的文章，都用了准字典式。韩少功的新作的可贵处在于他的角度：语言，命名，文化，生活在语言、命名、文化中的人与物。这就比单纯强烈的意识形态思考更宽泛、更能以涵盖也更加稳定，更富有普遍性与永久性了。

近百年的中国历史，近百年的中国人的命运是高度政治化、意识形态化了的，近百年的中国人的命运主宰之神，差不多就是政治。有一位德高望重的作家在他的一篇文章中乃大谈文化是一种意识形态。然而，这只能说是一种可悲的偏狭。文化的内涵包括人类的所有创造，物质文明与精神文明，经济基础与上层建筑，科学技术、民俗、生活方式、信仰，特别是语言文字，它的内涵比意识形态要宽泛和稳定得多。

这里特别要提到的是语言，语言里包容着那么多文化观念、习惯规范、集体无意识，以至西方有论者认为人类并不是语言的主宰，恰恰相反，语言才是人类的主宰。他们认为语言才是人类的上帝或者恶魔，是人类的异化的最根本的来源。韩书中也有类似的观点阐发，独辟蹊径，很透彻、很发人深省，也多少有些骇人听闻。这种论点来自已经不十分新鲜的西方语言学新理论。韩书使这种理论与马桥的生活经验相结合，倒也有新意。我个人并不完全同意这种说法，我觉得它有点因果倒置、危言耸听，深刻与片面都十分了得。例如韩书中关于无名与女权的议论，它是有趣的，却不是绝对的和一定禁得住推敲的。中国乃至人类文化传统对自己特别敬畏的东西也是不敢命名的，如称上帝为"他"，称领袖为"老人家"，称总经理、总工程师为"总儿"，称高官为"座"。避"讳"，是一种共有的同时又是中国特有的文化传统。再如韩书中议论中国人善于给吃的行为的方方面面命名而不善于给性行为命名，留下了人类自我认识的一个黑洞，甚至以"云雨"为不善命名的例子。这值得深思，却也难以令人全部信服。不论是古典文学还是民间文学，对于性事所使用的词汇之丰富，恐怕是难以否定的，隐蔽一些的名词，如云雨，如狎（《聊斋》上喜用这个词，而有些译本将"与之狎"译之为"与她性交"，令人难受），如欢或男欢女爱，如鱼水，如破瓜，如胶漆，如春情，如恩爱，如生米成了熟饭，如周立波激赏过的"作一个吕字"……尤其是云雨，怎么能说"云雨"是语言的贫乏而不是语言的丰富和美丽呢？这些含蓄的词恐怕不是减少了而是增加了性事的乐趣与美丽。何况中国也有大量的涉性的直露、野性乃至粗暴的语词，为了清洁和不污染，这里就不列举了。

上一段可能暴露了我的"好辩"的毛病，但我无意与韩老弟故意抬杠以自我显摆与多赚稿费。韩书从语言的文化的角度切入给人以登高望远、气象恢宏的感觉。选择词典形式，读者感到的是意识形态的包容与小说角度的拓展，是近百年政治斗争掀起的风浪后面或下面还有一条文化的大江大河在不息地奔腾流泻。少功前些年主张过"寻根"，也许历史的根或根系的一部分正是在这些以语词为代表的文化里？我愈来愈相信汉语汉字是中国文化的基石（但不是主宰）。历史与自然创造着文化，而文化（包括异域与异质文化）与自然也创造着历史。也许把政治的风云放在这样一个大背景、大根系里摹写会让人更不被偏见所围限，反而更得到某些启发？例如在"民主仓"词条里，那种对于"民主"的解释，能不令人大惊失色，然后反省再三吗？

例如在"乡气"词条中作者叙述的外乡人希大杆子的故事。看来，希某人懂一点现代科学医学，救死扶伤，为马桥人做过不少好事。马桥人称这样的人为乡气实乃语词的颠倒。语词的颠倒反映了（不是主宰了）观念的乃至文化的颠倒，类似的颠倒还有"醒""科学"等一大堆词。韩书的一大任务似乎是着意发掘与揭示这种颠倒，这是一种取笑，更是普泛的反思，不是光让自己不喜欢的人动不动反思而自己永远正确。令人震惊的是这样一个希大杆子，终于还是受到了马桥人的拒斥。土改中，农民硬是坚决要把他揪出来清除出去，工作组不这么办硬是不行。这值得好好想一想。这样以文化解释某些政治事件，就比以政治解释政治以偏狭解释偏狭、以情绪解释情绪、以成见解释成见更能给人以启发——不仅是结论上的不同，而且是方法论上的拓展。

《马桥词典》里其实也不乏政治事件，但是它的好处是作者并非完全着意于以政治来发抒政治见解，无意反左反右，歌颂先进或暴露落后，无意在没有获得足够的认知以前急于进行价值判断乃至道德煽情。显然作品里也不乏尖锐的嘲讽与深沉的同情，但那嘲讽与同情后边都有一份理解和宽容。作者的立意在于将政治沧桑作为文化生活的源远流长与偶尔变异的表现之一来写。它显得更从容也更客观，更理性也更具有一种好学深思的魅力。这也区分了韩书与其他一些以煽情或黑色幽默为特点，或者是以"隔"（想象的与狂放的）与涂抹的主观随意性为特点的写百年农村或当代农村的书——这一类的书已经有很多很多，它们也有各自的长处。与之相比，韩书显得更加知识气、学理气却也老乡气、泥土气。乃至于，我要说是写得尖刻而不失厚道，优越却又亲切善意。这个度很好很妙。如果再往前走一步，我们或者可以说韩书的思考成果，有可能使人们对自己的语言文化、对自己的历史国情的认识加深那么一些些，哪怕在某些具体判断上我们与作者不相一致也罢。

令人叫绝的语言感觉与语言想象直至语言臆测比比皆是，到处闪光。例如关于"江"——韩少功对于一条河的感觉使你如临川上。关于"嬲"——好可爱的发音，它也许可以改变国人的男权中心的丑陋下流的性观念：把性看成男人糟蹋女人发泄兽性而不是男女的进入审美境界的交欢快乐。关于"散发"——看来马桥人早已有了"耗散结构"的发现——一笑。关于"流逝"——我甚至于觉得北京人也说"liushi"，但肯定是"溜势"，以形容"马上""立即"，而不会是韩少功代拟的"流逝"的知识分子的酸腔。关于"肯"——其实河北省人也说"肯"，如说这孩子不肯长，或者这锅包子不肯熟之类，可惜鄙人没有像少功那样体贴入微地去体察和遐想它。比如说"贱"——不用"健"而用"贱"来表达身体健康，这里有少功的独特发现，有少功的幽默感，说不定还有韩某的一点手脚——叫作小说家言。换一个古板的作者，他一定会在写一个没有地位的人虎都不吃不咬的时候用"贱"，而写到健康的时候用"健"。但那样一来，也就没有了此词条的许多趣味、自嘲和感触。

语言特别是文字，对于作家来说是活生生的东西。它有声音，有调门，有语气口气，有形体，有相貌，有暗示，乃至还有性格、有生命、有冲动、有滋味。语言文字在作家面前，宛如一个原子反应堆，它正在释放出巨大的有时是可畏的有时是迷人醉人的能量。正是这样一个反应堆，吸引了多少语言艺术家把全部身心投入它的高温高压的反应过程里。它唤起的不仅有本义，也有反义、转义、联想、推论直至幻觉和欲望，再直至迷乱、狂欢和疯狂。例如我曾著文提到过，老舍先生讲他不懂什么叫作"潺潺"；但是我似乎懂了：问题不在于"潺潺"本身的含义，对于我来说，"潺潺"的说服力在于字形中放在一堆的六个"子"字，它们使我立即想起了流水上的丝绸般的波纹。从上小学，我一读到"潺潺"二字就恍如看到了水波。我的解释可能令真正的文字学家发噱，但是如果对语言文字连这么一点感觉都没有，又如何能咬一辈子文嚼一辈子字，如何会"为人性僻耽佳句"呢？再如饕餮，幼时很久很久我未能正确地读出这两个字的音，但是一看这两个字我就感到了那种如狼似虎的吞咽贪婪。我们还可以举"很""极其""最"这样的程度副词做例子：从语法上说，"我爱你""我很爱你""我极其爱你"与"我最最爱你"是递进关系，而任何一个作家大概都会知道"我爱你"才是最爱。爱伦堡早就举过类似的例子，这并不是王某的发现。至于最红最红最红……则绝不是红的最高级形容，而是一种疯狂，这也不能用语法学、词义学解释。再比如"我走了"三个字，这是极简单、极普通的一个完整例句，语言学对它再无别的解释。但是王某作为一个小说作者，十分偏爱这句话。一男一女分手时如果男的说了这句话，我觉得表现的是无限体贴和依恋、珍重，深情却又不敢造次。如果是女的说了这句话，我甚至于会感到幽怨和惆怅，也许还有永别的意思。紧接着"我走了"，可能是急转直下的拥抱与热吻，也可能是"此恨绵绵无绝期"的遗憾。当然，富有考证的过硬本领的语言学家不可能认同这种过度的发挥。他们见到这种发挥只能愤慨于小说家的信口开河与不学无术。那么作家们又该怎么想呢？

　　同样，少功此书的"语言学"在不乏特异的光彩的同时（特别是在挖掘方言方面），容或有自出心裁、捕风捉影以意为之之处。但我们最好不要从严格的语言学意义上去进行考究。如果那样，倒有点上了作者的当的味道。作者就是要有意地把它包装成一部真正的词典，连"编者按"都说什么本是按词条首字笔画多少为顺序编选的……明眼人一看就知道是作者的招子。所以我说的是对语言的感觉与想象、臆测，而感觉想象云云，是相当主观的，是充满灵气却又不能完全排除随意性的，遇到考据式的语言学家的商榷反驳，那是难以沟通的。当真把它作为语言学著作来解读，大概也是"只知其一，未知其二其三"。虽然我不否认韩书有语言学内容。

那么为什么韩书要将小说当词典来写呢？第一这是一种解构，是对于传统的小说结构的消解，不仅是创新、刺激，是避开了长篇小说结构的难题，更是对于传统线性因果论、决定论的一种破除，是一种更富有包容性的文化观与历史观的实现。第二是一种建设，作者与其他小说家或文学家的一大区别在于他的思辨兴趣与理论造诣，而用词典的形式可以最大限度地使之扬长避短、尽才尽意，叫作有所发明有所贡献。第三是一种开拓，这来自如他自叙的那种野心：词典云云，果然具有一种百科全书式的大气。第四也是一种巧妙，这种形式有利于保持雍容自若，而非心焦气促。还有第五第六，少功一石多鸟。当然，语言学者从中发现语言学，小说作者从中感受小说，民俗学、社会学者从中寻找真的与虚构的民俗，评论家从中共鸣或质疑于韩氏社会评论与文艺评论，这只能说是小说的成就，是韩书具有大信息量的表现。

而我的视点来到了小说上，来到了语言后边的故事上。比起议论来，我相信韩书的故事更富有原创性。书里的精彩的故事如此众多、如此沁人心脾或感人肺腑，使我感到与其说是韩书舍弃了故事，不如说是集锦了故事，亦即把单线条的故事变成了多线条的故事集锦。铁香的爱情罗曼史，本身就够一部惊天动地的传奇长篇。希大杆子的遭遇，奇特强烈，内涵丰富，令人嗟叹，复令人深思。韩书的可贵之处在于他并不急于通过这些故事告诉你什么，如同类题材的其他作品。少功的叙述十分立体，不求立意而含意自在。韩书横看成岭侧成峰，足见其对生活、对社会的理解的过人之处。再如被人割去了"龙根"的万玉的故事，曲折跌宕，寓"雅"于（通）"俗"。人们自然会因之想起文艺问题、艺术良心问题之类，但又更突出了普通人的悲喜剧。（貌似）无意为之给人的启示常常超过着意为之，文学常常是"吃力不讨好"这一俚语的证明。万玉的故事说不定令我们的一些同行愧死。在这些故事当中，流露着作者对普通劳动人民的爱恋与对于人生的肯定，即使到处仍有愚昧、野蛮、荒谬、残忍、隔膜也罢。韩书丝毫没有避开生活中那令人痛苦的一面，但全书仍然洋溢着一种宽容和理解，一种明智的乐观，一种中国式的怨而不怒乃至乐天知命与和光同尘。它令人想起斯宾诺莎的名言："对于这个世界，不哭，不笑，而要理解。"它也使我想起我自造的一句话："智慧是一种美。"

韩书的结构令我想起《儒林外史》。它把许多个各自独立却又味道一致的故事编到一起。他的这种小说结构艺术，战略上是貌视传统的——他居然把小说写成了词典；战术上却又是重视传统的，因为他的许多词条都写得极富故事性，趣味盎然，富有人间性、烟火气，不回避食色性也，乃至带几分刺激和悬念。他的小说的形式虽然吓人，其实蛮好读的。读完全书我们会感到，与其说作者在此书里搞了现代法兰西式反小说，反故事颠覆阅读，不如说是他采取了一种东方式的中庸、平衡、韩少功式的少年老成与恰到佳处。

当然，世间万物有得有失，此得彼失，作家创作的思想性、思考性、理念价值，毕竟与纯学术性的、学理性的著作所追求者不同。韩书的议论虽然多有精彩，但有些说法失之一般，如关于潜意识之论。又有些说法可能失之轻易，更有些说法给人以舶来引入转手时鲜之感。韩书的一些故事也因简略而使人不无遗憾。如果他更多一点艺术感觉与艺术生发多好！但也许那样又不是这一个韩少功、这一个马桥了。即使如此，即使以一种挑剔的苛刻加潜意识中的嫉妒的眼光来衡量，韩书仍然是一九九六年小说创作上的一大奇葩，可喜可贺，可圈可点。我们理应给以更多的注意探讨。

1997年3月

王安忆 ◎ 王安忆的"这一站"和"下一站"

　　我最近读了王安忆的三篇小说——《本次列车终点》(《上海文学》一九八一年第十期)、《墙基》(《钟山》一九八一年第六期)和《运河边上》(《小说界》一九八一年第三期)。三篇小说是三次对于灵魂的冲击,于是心灵里的五味罐子被打翻了,喜忧哀乐,百感交集。

　　我多么希望我们的新人的作品传递出更多的光明和欢乐!物质生活的艰窘不一定能够摧毁坚强质朴的乐观主义,何况我们毕竟有着壮丽的河山、良善的人民,而党的十一届三中全会以后,生活正在经历着巨大、平稳却又是翻天覆地的大变化与大发展,我们完全有理由盼望一种更强劲与更明朗的乐曲。

　　然而,现代化的乐园只能建立在饱经忧患的现实土地上。王安忆的小说正是无法否认、无法抹杀的现实。我们的年轻的作家和她的主人公发出了颇不轻松的声息。在《本次列车终点》里,作者描述陈信千方百计、不惜一切代价终于返回上海以后，发现他已经失去了生活中最宝贵的东西，而上海也以她的拥挤、艰难和复杂的矛盾击碎了他关于黄浦江的蔚蓝色的记忆和重返上海这件事本身带来的欢愉。在《墙基》里，尽管经过了那么多交叉撞击、风雨浮沉、旋转翻腾，墙基仍然"顽固地沉默着"，也就是说，社会地位比较高、物质上与文化上显然富足得多的人与社会地位比较低、比较贫困的人之间的差别和隔膜并没有完全消除。在《运河边上》，不仅小方，而且有乐老师，还有"那第七株树"，都经历了一场旷日持久、伤神费力、令人心头淌血的苦斗、穷困、落后、无知、误解、压制，叫人喘不过气来。"瞧，我们的日子有多么沉重！"我仿佛听见王安忆和她作品中的主人公们的同声叹息。

这是不那么令人愉快的。但是我们毕竟无法在王安忆勾勒的风俗画面前，在王安忆传达的一代青年人（当然也只是青年人的一部分）的追求、苦斗、迷茫、痛苦和希望面前转过脸去。王安忆是用自己的坦诚和独特的目光去看生活的，从她的作品里，我们可以感受到她对生活的温柔的、不能不说还有些天真的幻想，她对自己的幻想，对青年人的热情的遭际，对一切冷暖炎凉的敏感。这种敏感来自一种同情心，她的作品里充满了对于各式各样的不幸者，处境艰难、地位卑微者的同情，正是这种同情，使那些渺小的读者从王安忆的作品里不会仅仅得到哀怨和眼泪，还会得到同情、爱和慰藉。那些站得高一些的读者呢，会从这些作品中得到关于自己的责任、使命的启示。如果在我们的身边还有荒漠的心灵，这样的心灵从王安忆的作品里得到的将是毛毛细雨的滋润，因而，他们的心将不至于进一步龟裂下去。这正是她的不那么令人愉快的作品里包含着的积极的、暖人的东西。

而且，她愈来愈显示了她自己，她以她自己的富有特色的面貌出现在文坛上，并且引起了注意。她用自己的眼睛去捕捉和发现生活，用自己的心去感受生活，用自己的方式去再现生活。她的叙述大胆而又细腻，温情而又冷静，含蓄而又饱含着内在的紧张、焦灼。三篇小说尤以《墙基》最富特色，它取材别致，提出了一个人们并没有自觉地去注意到，但确实不容忽视的问题。在我们反掉了极左，承认了差别以后，如何去尽力缩小这种差别，减少乃至消除差别带来的隔膜、误解和敌意，这是关系到社会的安定团结与每个人的命运的大问题。王安忆提出了这样一个新问题，虽然她可能写得还不够准确和全面，例如墙基另一面"阔家"的贵族式的生活似乎太"象牙之塔"了一点，缺少应有的现实感。在这篇小说的结构上，那种引人注目的双线并举、二重唱式的、并蒂花开式的构成，不但便于通过对比和联想发人深省、引人深思，而且引人入胜，给读者以一种特别的参差、变化、丰富而又和谐的美感，并留下了更多的咀嚼余地。年轻的作者在这篇作品中表现了写作上的可喜的长足进步。

所以，我们尽可以对她的作品提出这样那样的批评，找出一些缺点和不足，表达某种遗憾，但我要说，她的成绩和进步是值得重视的。因为，她的作品中有不俗的表现，她唱出来的，是动人的由衷的心曲。她的作品可能有许多毛病，却没有另一些作者的另一种牛皮癣似的既死不了人又治不好的顽症——随风赶浪、生编硬造、套来套去、千古文章一大抄，到头来总是摆不脱一个字的阴影——俗。

所以，我们完全有理由向她提出更高的要求。从主观上说，她也许并没有忽视报道生活里的温暖。例如，在运河边上，乐老师虽然有点沉沦，却拼命鼓起自己的余勇，为了做一根照亮小方和她的同志们的蜡烛而努力燃烧自己。小方到了画展上，备遭冷遇以后忽然遇到了一位像是从天上掉下来的"多么好的老画家"。而且作者最后宣告：希望是无穷无尽的，花凋谢以后种子会落地生根，从而"生出一个新生命"。在《墙基》里，当"穷孩子"抢来了"阔孩子"的日记本和集邮册以后，他那像沙漠里的石头一样的心灵不是终于解冻，他不是终于尽自己的微小的力量去多少保护一下在动乱中处于贱民地位的弱者吗？至于《本次列车终点》里的陈信呢，他不仅有对"月牙儿般的眼睛"的美好的记忆，有对"常常把家里的食物送给他"的孩子们的怀念，而且，当小说结束的时候，他觉悟了，"忽然感到，自己追求的目的地，应该再扩大一点……"于是，王安忆提醒她的同代人说，他们的这一次列车到达的不是终点，而是"又一次列车即将出站"。

问题是，她写得最弱的恰恰是这一面。尽管这三篇小说和她一两年前的作品相比是前进了一大截。当你看到《墙基》中偷看日记一节的时候，当你读到《运河边上》背十字架的乐老师代小方到处写信张罗画展的时候，以及从《本次列车终点》开头关于新疆人

"挖掘欢乐"的描写里，我们很容易看到执笔的这只手的稚嫩，也可以说是一种孩子气的生硬。

而且，这是太不够、太不够了。要靠手掌的"取景框"才能发现一点美就够惨的了，而小方最后竟烧起香来，我的天，多可怜！这里几乎可以引用一句"大批判"里的言语了：是可忍，孰不可忍？问题不在于小方完全可能烧香，问题在于对于这种烧香我们总不应百分之百地同情。在三篇小说里，我们的年轻的或者稍长的（如乐老师）主人公都显得那么寂寞，像是在贫瘠的土地和茫茫的人海里挣扎，而环境、生活条件、时代的变化却近似于一种陌生的、冷峻的、无法理解的、自在的力量。善良而又软弱的人的苦斗，一定能取得胜利、取得成果吗？人们不能不忧心忡忡。

忧心忡忡自有忧心忡忡的道理，只要不限于总是和只是忧心忡忡。还是不要急于责难作品的曲调里包含着悲凉和疑惑的音符吧，谁让他们经历过沉重、感知着沉重、努力试图跨越但尚未完全跨过这沉重。即使把最正确、完美、强大的哲学教训统统灌输给王安忆，也未必一定能使她的下一篇作品里震响起时代的强音。我倒是觉得我们的社会、我们的领导应该更加关心陈信、小方和目前以他们的代言人的姿态出现的年轻作家的成长。"应该再扩大一点！"说得多好，王安忆已经觉察出这一点了，这也正是她自己的不足。我们应该给她创造更多的条件、提供更多的时间去生活、学习、思考、创作。她和她的主人公们需要一个扩大视野、开阔胸襟，从而用新的经验、新的理论与实践的果实来充实自己、提高自己的路程。我们完全有必要也有根据要求她比小方或者陈信站得高一些，有更高的境界。在同情"小人物"、保持着写"小人物"的兴趣的同时，我们可以指望她切身体会到生活里除了"小人物"以外还有"大写的人"，还有强者。也许强者的数量暂时还没有"小人物"多，但是归根结底主导着我们生活的和真正代表着人民群众的利益和愿望的不是"小人物"，而是意识到了自己的历史使命的、有远大和明确目标的先进者。当然，在"小人物"与先进者之间，并不存在一道鸿沟，"小人物"完全可以成长为先进的强者，不同之处只在于后者多了一点觉悟，多了一点信念。我相信作者不会不同意，即使陈信回到上海以后面临的是重重困难，即使小方大学毕业以后碰得焦头烂额，然而陈信和小方的命运毕竟已经发生了巨大的变化，他们的新的境遇乃至新的苦恼，本身就是时代的产物、发展的产物，是我们的祖国已经切除了一个危险的肿瘤，进入了从乱到治、从穷到富的新的历史发展时期的生动例证。这就说明，青年们的命运和决定这个命运的历史并不能归结为一个盲目的与可畏的力量。一百多年来，六十多年来，民主主义者特别是共产主义者为人民掌握自己的命运、掌握创造历史的权力进行了英勇的斗争。不管有多么坎坷，不管有多少内部问题，但是以党为代表和以党为舵手的中国的仁人志士和广大人民，一刻也没有停止过自己的集体的、自觉的、有组织和有效果的奋斗。我们的年轻的"小人物"们只有把自己的命运与这种奋斗联系起来，生活才会有光彩。难道除了他们的小天地（我倒不想用诸如卑微、渺小这一类的字眼贬低他们的小天地），就没有更大、更强也更热烈的天地吗？难道几经危难的列车，不是正在轰隆轰隆地前进吗？难道陈信和小方不是这个列车上的有权利的乘客和有责任的工人吗？难道他们不应该除了发出回忆中的喟叹和抹一抹眼角的泪珠，还去看一看窗外的大千世界，听一听汽笛的长鸣和车轮的铿锵吗？

历史总是提出自己能够解决的任务的。在"这一站"，我们可以不苛求王安忆对于"下一站"更远、更大的目的地做出更充分的描述。然而，"下一站"已经摆在我们的面前了，许多"老站"，愉快的和不愉快的已经退向远方了，而且"老站"的一个重大的意义和魅力正在于它是通向"下一站"的阶梯。我愿意相信，在"下一站"，"小人物"能有更多的进取和热力，能开始感觉到一点更扩大了的天地。同时，也尽可以保持他们的平凡、克制、纯朴和亲切。王安忆已经充分感到并富有艺术说服力地开始向我们展示"下一站"的召唤了，让我们热切地期待着和祝愿着吧！

1982年3月

张　洁 ◎ 极限写作与无边的现实主义

　　在张洁的三卷本《无字》的开始，作者写到长篇小说的女主人公吴为要写一部小说，"她为这部小说差不多准备了一辈子，可是就在她要动手写的时候，她疯了"。这样的描写是凄厉和令人战栗的。是的，这是一部充满了疯狂的激情和决绝的书，是作者的力作，是作者全身心的投入，是一部豁出去了的书，是一部坦白得不能再坦白、真诚得不能再真诚、大胆得不能再大胆的书。我称其为极限写作，就像横渡渤海湾与英吉利海峡是极限运动一样。

　　这是一部"字字血，声声泪，激起我仇恨满腔"的书，这是一部"痛说血泪家史"的书——虽然其内容与小常宝或李铁梅大异其趣，仍然使人想到了中华人民共和国成立后诉苦教育的心理与文学模式。写完这部书，作者的愤懑与恶声算是到位了。

　　有许多作家包括年轻时极其激进壮烈的作家，进入老年之后，呈现出一种恬淡，一种超脱，一种与生活、与环境、与亲人乃至仇敌的适度和解，一种更多是反省与自慰的回顾，一种无法排解的对于往日的怀恋。当然也有至死"一个也不宽恕"的，比如鲁迅，比如张洁，甚至是老而弥仇，老而弥怨，老而弥坚。作为朋友，也许我宁愿建议她更心平气和一些。作为一个同行，我为她的不和解而感到困惑，因为她面对的一切毕竟与鲁迅面对过的不同，其不宽恕也不具备鲁迅的不宽恕的内涵与意义。但是我又想，如果人人彬彬含蓄，笑不露齿，还有张洁吗？不平则鸣，愤怒出诗人，太心平气和了，成仙成佛得道通达了，还能有这样一部书令你谈论，令你激动，令你不安，令你如芒在背、如坐针毡乃至令你疯狂吗？从文学史与阅读的角度，有这样一部书好还是在摇篮里就把它平息好呢？那还用问？

我相信作者在写这部书时候的坦白与真诚，包括对自我的无情拷问。但是我仍然不能不感觉到作者对书中的女主人公母女的钻牛角尖式的怜爱，以及她为这一对母女与周围的人的"一零"关系，即善良者与险恶的世情直至亲情的对比关系的痛心疾首。整个作品是建造在吴为的感受、怨恨与飘忽的——有时候是天才的，有时候是不那么成熟的（对不起）"思考"上的。我有时候胡思乱想，如果书中另外一些人物也有写作能力，如果他们各写一部小说呢？那将会是怎样的文本？不会是只有一个文本的。而写作者其实是拥有某种话语权利的特权一族，而对待话语权也像对待一切权利一样，是不是应该谨慎于负责于这种权利的运用？怎么样把话语权利变成一种民主的、与他人平等的、有所自律的权利运用而不变成一种一面之词的苦情呢？

然而，这里悖论又产生了，一个作家，他或她能提供的只是一个、一种或某一类文本，谁能面面俱到？谁能包容万物？"片面的深刻"云云，现在变成了一个时髦的褒词儿。不是有的作家正因了缺少片面或缺少偏激或不够疯狂而受到另类炮手的责难吗？不是这里也可以看到"矫枉必须过正"的伟大命题的光辉吗？说到疯狂，也许我们还应该提到陀思妥耶夫斯基，他的魅力，不正是存在于他的癫痫的已发作与欲发作之中吗？不幸的或是幸运的是，陀写的是革命前的俄国，所有的疯狂就变得无比正义和师出有名。鲁迅的时代也具有这种革命前夜的特点，这也是国家不幸诗家幸吧。

究竟是应该无所不写还是有所不写？如果是行为，那么无所不为显然不是褒义的，而有所不为是一个人的节操与原则的表现。写作，这是一种行为抑或仅仅是前行为？如果无所不写，还有没有隐私与尊严、文德和文格之类的考虑？或者，一部小说和一部揭发材料之间的区别应该怎么样界定？而如果有所不写，隐私与尊严乃至文德文格云云会不会成为一种徒劳地为"无边的现实主义"（这是法国文学评论家加洛蒂于一九六三年所著的一本书的题目。这里仅是从字面上借用此词，不尽符合原意）划定疆界与修造堤防的蠢事，乃至成为逃避与钳制、粉饰与媚俗的口实？

比如那位丈夫面对妻子的裸体而评论比自己小二十岁的妻子的衰老，使妻子感到如同是广岛的原子弹轰炸。我相信这会是女主人公的真实感受。那个（被描写为）顶级男人的说法对于一个敏感的女人太不礼貌了。这里的描写与议论堪称警惕、敏锐、针尖对麦芒，即给予了无情反击。谁能想得到从《森林里来的孩子》与《爱是不能忘记的》发展到了这一步！人类的爱情却原来就是这样脆弱和骗人！但把一句无礼的夫妻废话喻之为用原子弹炸广岛，那死难的几十万日本平民能承认其可比性吗？

　　然后妻子不再与丈夫做爱了，OK，那确实是他们两口子的事。丈夫谈到他与前妻离婚是因为前妻不让他操了。这个说法第一不雅，第二带有两口子床上说笑乃至被窝里调笑性质，带有各国都有的荤笑话即diny joke性质，再上纲，还有几千年男性中心造成的男子的性主动性霸权意识。其实英语中fuck这个动词既可以说男人怎么怎么了女人，也可以说是女人怎么怎么了男人。这个动词是相互的动作，而不是单方面施暴，从中能得出女主人公之被娶乃仅仅是为了让操的必然结论来吗？如果只是找一个让操的女人，用费那么大劲吗？如果说在爱情与婚姻中女为了男付出过许多，那么男为了女，就没有付出过什么吗？得出自己受到奇耻大辱的结论，与其说是分析的结果，倒更像是早已不共戴天的诛心。对这种驳论的非逻辑性，曾经生活在连年运动的社会环境下的我们这一代人，是怎样的不觉陌生哟。

　　从中得出"两块老肉"的愤激话语，惨烈则惨烈矣，却超出了某些人类尊严与格调的界限，而涉嫌乖戾啦。

　　然而，正因为是两口子之间的事，就无法用逻辑来论证，甚至难以用尊严和格调控制。所有的逻辑，所有的文字，包括最真诚、最痛苦、最雄辩、最俏皮的文字，在这里都是无力的。所以这部小说命名为《无字》，这样的命名不是偶然的。用无边的字来表达无字，难矣哉！然而在成功的与不那么成功的文字书写后面，我们感到了作者的比一切有理有力与无理无力的文字更动人的淌血的破碎的心。

但我辈又不能忘怀那些从小受到的教育和自幼珍视的价值。如果已经活了大半辈子，难道没有留下什么值得确实为之一活的体验？如果你爱过一个人，哪怕是最后上了当，可以不可以珍藏一点有关他或她的记忆？"道一声珍重，道一声珍重，那一声珍重里有甜蜜的忧愁。"（徐志摩诗）即使爱情的乌托邦破灭了，记忆的诗篇会存留下来。生命、人类、地球和宇宙里，总有一点点东西值得眷恋、值得爱惜，如梦如烟，仍然牵心挂肚，先期凋谢，仍然温暖心头。在我们撕碎一个偶像的时候，其实也撕碎了自己，但总不要把对生命和世界的珍重也撕碎了啊。这就是孟子说的"人皆有不忍人之心"吧。

尤其是夫妻之间、情人之间、前夫前妻以及家人之间与各种不尴不尬、弗洛伊德的人际之间，这类狗扯羊肠子的鸟事，往往是我中有你，你中有我，打是疼，骂是爱，愿打愿挨，互动互映，难解难分，谁当真欺负了谁？谁乐于受谁的欺负？（在男女间也许欺负是一个绝妙好词）清官难断，煽情何苦？其中一个成功常常就是两个成功，一个破灭自然是两个破灭。他或她的身上有着你照耀与投影的一切，能不能对某些价值再手下留情些？爱过了也恨过了，到底意难平，也还不妨解脱与尊重一点。至清无鱼，至察无徒，从上身到下体全放到X光下，情人眼里，也出不来西施。爱欲生烦恼，烦恼生嗔怨，此恨人人有，相煎何太急！落了个一片白茫茫大地真干净，也还有美好的文字写在大荒山无稽崖青埂峰的石头上。呜呼，哀哉，曹雪芹毕竟不是笑笑生，林黛玉、薛宝钗与贾宝玉毕竟不是潘金莲、李瓶儿与西门庆啊！

我也很欣赏陈寅恪的说法，他说去国如同再醮，不宜多说前夫的好话，更不可再说前夫的坏话。说得妙极。

好的是，此书总算没有囿于男男女女、床上床下的恩怨情仇，因为女主人公吴为努力去从社会、历史、政治、人生沧桑的各个方面去分析、去追根溯源那些令她失望已极的男人，力图从一切方面找原因，找理解的钥匙，从历史的动荡与扭曲来分析那些本来应该可爱的男人的变形与冷酷。她入木三分地层层解剖着胡秉辰与顾秋水，甚至连包天剑这样的旧军人将领也写得活现。此书一唱三叹，高屋建瓴，且叙且议，气势恢宏，特别是第二卷，颇有可圈可点之处。写到了东北军、张学良、抗日、二方面军、四方面军与党的地下工作。写到了军事、政治、党务与社会变迁，写到了北京、西安、东北、上海与延安，颇有力透纸背与令人拍案叫绝的高论与俏皮及黑色幽默——当然也有皮毛之见与信口开河。反正没有什么人要求这本书成为党史读本。这方面的书写令人肃然起敬，给人面貌一新之感，而作者的纤细的笔触也变得雄浑如椽起来。一个人有了一定阅历见闻，又敏锐而且善写，这确实极其宝贵，她或他一定能为后人提供一点历史的证词，镌刻在读者心上。女主人公也许应该感谢她所极其不满的那父亲与后来的丈夫吧，正是他们引起了她对这些大事的兴趣，使她接触了也多少了解了这一百年来至少是几十年来中国发生的大事，使她的飘忽的、时而天才时而天真的头脑得到了不仅在私人事情上而且在国家大事上一试身手的机会。只是她几乎是幸灾乐祸地总结性地想着顾与胡的殊途同归，这么冰雪聪明的人儿，怎么就想不到她也在或将要或可能与他们做某种程度的殊途同归呢？为什么她能犀利穿透地俯瞰书中的一些人，却不能俯瞰另一些人特别是女主人公自身呢？

我还要说，只强调势不两立与只强调殊途同归，只强调换了人间与只强调竹篮打水直至全是"一盘臭棋"，是不是有同样简单、廉价的地方呢？

对于贫贱母女百事哀的描写，太依依了吧？那个世道下，过这种苦日子的实在不是少数，比如《一江春水向东流》所表现过的。本文作者童年也度过了许多吃了上顿没有下顿的日子。这确实不能完全归咎于某个人。丑小鸭变成白天鹅以后，回忆起过去是平静地微笑好还是无限委屈痛苦好？人是不是总应该心存感激和心存畏惧呢？书中的一些人后来有一段不是挺好的吗？她在爱情上也并不总是失败的记录。有多少不一定比自己差的人却没有赶上好时候，有多少人未尽其才、未尽其情。爱过了也恨过了，骂出来了也哭出来了，难道这不是幸福？并不是每一个人都有相当充分地直至夸张地喜怒哀乐的机遇。任何一个人的成就里都包含着众人的关心与爱护，都有天时地利人和的帮忙：所以还是心存感激之意为好。哪怕是比上不足比下有余的老思想，也比老那么怨毒好。而畏惧呢，畏人，畏天，畏道，才能对自己有所约束。绝对什么也不畏，其实是红卫兵的口号。

故事者旧事也，坐在电脑屏幕前回首既往，当然会纤毫毕现，如醉如痴，沉湎激烈，夸张表述——所以叫作家嘛。窃以为秋天是收获和成熟的季节，在秋日灿烂的夕阳与白云下回忆春天和盛夏，不必再得一次早春的流行感冒与夏天的中暑和急性肠胃炎，而不妨有所超越，有所静思，有所沉淀，有所不同，加点免疫功能。一面卑微着委琐着苦苦地期盼着等待着像是感情的乞儿，一面怨恨着不平着挑剔着汗毛倒竖地警惕着逃亡着像是感情上的苦主，而同时又是自恋着相思着梦游般地追求着感情上的lady and gentleman。在一个粗粝化、革命化、大众化的背景下追求一种自身也不甚了了甚至也压根儿做不到的贵族化、皮相的西洋化与布尔乔亚化，吃饭的时候点个蜡呀什么的，吴为又成了爱情的空想家、浪漫派。小姐心胸娘子军命，心比天高身在泥地，掉到了自产自销自怨的怪圈里，越挣扎越陷得深，越挣扎越是把一切曾经美好的东西化成渣滓污水，这确实是写出了一种悲喜剧、一种性格、一种典型、一种大时代的小女人的内心，对于文学的画廊是一个新贡献、新丰富，其中确也有不少值得吟味与思考之处。

因为在吴为的情史背后，是中国人民近一二百年来甚至几千年来背离封建追求幸福的哀史。从卓文君到崔莺莺，从陈妙常到杜十娘，中国女人到底有几个人得到过爱情尤其是懂得了爱情？太惨了！然后从阿Q的革命到钱秀才的英语，从莎菲的悲哀到虎妞的违背父命的自由恋爱，从繁漪的发疯到沈凤喜的发疯再到吴为的癫狂，从鸣凤的投水到陈白露的安眠药到小东西的悬梁，从刘巧儿团圆到杨香草终于离开了小女婿，从知青的"孽种"到"被爱情遗忘的角落"，以及从欧阳予倩到魏明伦的潘金莲再评价，从封建的仍然长命百岁到现代性本身的不足恃（现在批判现代性是很时髦的喽）……都反映了中国男女告别封建追求现代性这一进程的悲壮、愤激，有时候深刻有时候肤浅、有时候血腥有时候轻薄、有时候伟大有时候渺小、有时候英雄主义有时候丑态毕露的可叹可悲可惜可笑与可歌可泣。从这个意义上说，吴为的唐突与碰壁、聪敏异常与意气用事的私人故事仍然联结着历史的大内容、大变迁，具有不可替代的典型意义。

但是问题在于，就不能与吴为这样的性格拉开一点距离吗？就不能读万卷书，行万里路，做万千思索，然后大提升、大悲悯、大沉思、大拷问、大理解、大宽恕与大赦免，迷途知返，泪尽而喜，道一声恰似一江春水向东流，春花秋叶俱往矣，从此入光明境，得清明理，抒澄明情，做分明事而再不斤斤孜孜、痴痴恨恨、嘀嘀咕咕，像驴拉磨似的在一间黑暗的小土屋里转圈子，就是说，可以进入一个新的阔大与高瞻的境界啦，天才的已经起飞多多的文友？

还有因怕抓到把柄与之离婚才干脆离开他——这等于干脆造成事实上的离婚。怕看到走形才躲着他——这不离奇吗？我们对于婚姻的祝词是白头到老，从黑发到白头，这不就是祝携手直到走了形吗？真正的爱情不但是一道走形而且还一道进骨灰罐。巴金的文章里表示愿意死后把自己的骨灰与萧珊的骨灰混合起来，装到一个罐里，这样的描写是何等地温暖着读者的心。

然而，即使你再挑上一车两车毛病，你无法否认这部书的不凡与独特，这部书的力量、这部书的值得一读的价值。它像火一样的灼烫，像冰一样的冷麻，像刀一样的尖刻，像蛇一样的纠缠。它孤注一掷，落地有声。它使你读了它就忍不住掺和进去，哪怕变成一根搅屎棍去搅和。它是一部用生命书写的，通体透明、惊世骇俗、傻气四溢的书；是一具按也按不住、补也补不齐、捂也捂不严、磨也磨不圆的精灵。置放在那里它又蹦又闹又哭又叫，你拿它没有办法。与那些轻薄的、油滑的、迎合市场趣味与牛皮烘烘的书籍相比，这样的极限写作的书还是太少了。哪怕它是一部捉襟见肘乃至破绽百出的书，却比许多游刃有余、无懈可击的书更能掀动读者灵魂里的风浪。哪怕它是一部带有粗野、任性和矫情的书，它也比许多雅致温柔的书更见红见泪见人生。这样的书如无定向飞镖，如达姆弹（炸子儿），如辣椒加了烈酒。哪怕它的语言与知识时有硬伤，然而这是一部有着自己的独特语言风格的书。我读着它，想起了印度作家说的话。他们说，他们也用英语写作，但是不是一般的大不列颠式或美式英语，而是印度英语。泰戈尔就是用这样的英语赢得了诺贝尔奖的。张洁的语言七抢八砍，鬼斧神工，妙趣灵气，自成一体，真让你没了脾气。

不论作者为这部书已经和可能付出什么样的代价，它已经刺破青天锷略残地浴血也浴骂地立到了那里。或者我们日后将会发现，在二〇〇二年，这本书的出现，是本年度文学阅读中的一个标志性事件。

2002年6月

铁　凝 ◎ 一个把自己放在书里的作家

　　这是一本相当纯粹的小说。它的人物好像回到了原初的状态，即使不太好的人如方兢、如白鞋队长的为恶也只是停留在动物的本能层面上，他们也带着几分小儿科气。而最最扭曲的以女人的身体做代价换取某种"恩惠"——如开病假条、如招工——的故事，这种情节在旁的书里会是令人发指的控诉，而在本书里是女方的主动，而且里面混合了女方的本能，所谓幼稚的计谋和天真的放荡，不那么令人痛心疾首。倒是一些人的原初欲望的后果十分惊心动魄，社会、政治、家庭……都会给原质的人找麻烦，都会形成巨大的压力，摧毁本来并不复杂也无大恶的人生。

　　这当然是人生版本之一种，正如《三国演义》把人生政治化、权谋化也是人生版本之一种。《大浴女》使我们面对原初的天真，面对生之快乐，面对一种纯洁和纯粹。顺手一击的社会背景描写并没有减少批判的力度。但更惊人的是即使在那个物质匮乏、精神荒芜的年代，生活仍然是那样有声有色而趣味盎然，人性仍然是那样五彩缤纷而澄明透亮，情感仍然是那样热烈赤诚，悲欢仍然是那样可歌可泣，精神世界仍然是充满了真实的惶惑、追求、升华，叫作被作践了的嫩芽"成全了一座花园"。

是的，嫩芽被作践着，花园却是美丽的，"内心深处的花园"一节写得堪称绝唱。让我们来欣赏这座花园吧。

由于个人的阅读口味和习惯，更由于儿时受到的教育，我不怎么容易接受《大浴女》的书名，也不易接受书里某些比较露骨的感官的描写。但读过全书之后，它在相当程度上说服——征服了我。它侧重表现的是尹小跳等一些女性的人生追求和人生遭际，其中包括灵与肉纠缠在一起的生死攸关的精神寻觅、道德自省、尊严维护、感情珍惜与价值掂量，对他人直至对社会的态度（例如小说表现了方兢的仇恨心，反衬出了尹小跳的爱心与善良），再就是对各色人等包括一些男性的精神的解剖分析。书里的主人公尹小跳是一个有强烈的几乎是超常的生命力量的人，包括智慧、热情、道德感和对生活的感悟能力。她一次又一次地追求，她拥有许多幼稚、错失、真诚、愿望、悔悟、倔强，她遭受到了背叛、欺骗直到无耻。她的种种无奈使她终于与陈在走在一起（后来又终于分手）。当他们在一起的时候，发展到比较强烈的肉身的结合，这是必然的与合乎情理的，是身体的同时也是精神的现象，这里表达了作者的坦诚，表达了作者对于读者的几乎是过分了的信任，读到这里你感到的是一种纯粹和升华而不是别的。这就与感官刺激与出卖隐私区别了开来，也与装模作样雾里看花区别了开来。这些描写使人感到了尹小跳的炽热与率真，缩短了读者与人物的距离，表现出小跳的热烈、活跃、聪慧与终究保持住了的精神的纯洁。要知道，欧洲的美术中，天使也都是赤裸裸露着屁股蛋子的。

当然也可以设想另一种选择，一种更矜持更含蓄的写法，更象征也更审美的处理，作者有选择自己的写法的自由，读者、评者也有设想另一种处理的可能的自由或者是权利——而另一些读者致力于在阅读中满足自己的窥视欲。许多精彩的文本都带有揭秘的性质，都在把遮蔽的帘布打开，虽然遮蔽的内容不同，可能是政治，可能是家庭，可能是黑手党也可能是人的生理性隐私。

于是我想起了一个我在美国看过的传记影片，它描写了一个钢琴家的一生。这个钢琴家在充斥着商业与通俗气味的百老汇大红大紫。为了搞卖点造噱头，他出场的时候甚至是跳伞运动员般地自天而降，歌星一般地闹上一大堆花里胡哨的灯光和雾气，如此这般他推销了自己的钢琴演奏。

作为一个过气作者，我以老朽的心态担忧《大浴女》的那部分比较直露的写法变成某些人心目中的卖点和噱头；读完了，却觉得他们会因之提高而不是降低阅读趣味和精神品位。如此说来，这样写还是得大于失了。是吗？然而，知止而后有定。我最喜欢给别人题的词就是这两个字：有定。这几句话不算评论，它只是一个老熟人的不合时宜的个人心思。

与有些女作家的一个重要不同在于：第一，铁凝是一个把自己放在书里的作家，你从书里处处可以感到作者的脉搏、眼泪、微笑、祝祷和滴自心头的血。她在作品里扮演的是一个抒情者、倾诉者、歌哭者、狂笑者、祝福者或者呐喊者。她与书中的人物互为代言人。你读了书就会进一步感知与理解作者，直至惦记与挂牵作者。张洁也是这种类型的作家。而另外有一些作家，你从她们的作品里可以知道许多东西，除了她们自己。她们在自己的作品里扮演的是观察者、叙述者、勾画者、解剖者、批评者、嘲笑者，最多是同情者。你分明可以感到这类作者与作品的布莱希特式的距离。这里绝无高下之别，毋宁说后一类作家更现代："酸的馒头（sentimental）"的时代毕竟已经过去了。读这样的书会觉得佩服，会拍案叫绝，会沉吟不已，却永远不那么牵心动肺。读完《大浴女》，则觉得心怦怦然，觉得到底意难平，觉得仍然惦记着尹小跳、唐菲、俞大声，直到章妩和尹小帆。

　　另一个更个人的特点是，铁凝的作品里虽然也不乏大胆的描写、尖刻的嘲弄，不乏对灵魂的拷问，但是给人印象至深的是一种生活的甘甜，是一种人的可爱，是穿越了众多的苦涩和酸楚之后，作者的比一切失望更希望、比一切仇恨更疼惜、比一切痛苦更怡悦的爱心和趣味。她总是津津有味地兴致勃勃地乃至痴痴诚诚地直至得意扬扬地写到人，写到爱情，写到城市乡村（作者是一个既善于写乡村又善于写城市的作家，我知道不止一个年长的文学人更喜欢她的写乡村之作），写到平常的日子，写到国家民族，写到党政干部，写到画家编辑，写到穿衣打扮、购物吃饭、出国逛街、读书执炊，甚至尹小跳开电灯、钻被窝与骑凤凰车也写得那样有兴味，不是颓废的享乐与麻醉，而是纯真的无微不至的活泼与欣然。读完了，人物们再不幸也罢，人生与历史中颇有些不公正也罢，事情不如人意也罢，命运老是和自己的主人公开玩笑也罢，曾经非常贫穷、非常落后、非常封闭也罢，你仍然觉得她和她的人物们活得颇有滋味，看个《苏联妇女》杂志，看个阿尔巴尼亚故事片，都那么其乐无穷。她的作品里基本上没有大恶，没有大绝望也没有大愤激。有痛苦但不极端，有嘲笑但不恶毒，有悲伤但不决绝，有丑恶但不捶胸顿足，有腥臭但不窒息。怨而不怒，哀而不伤，乐而不淫，淫而止于当止。不颓废，不怎么仇恨，也没有那种疯疯癫癫的咒骂。也许在字里行间你还能体会到作家的人物的一种生正逢时、生正逢地的幸福感，包括对于国家、社会、福安市的一切进步的自豪。回顾铁凝的其他作品，她的人物有时善良得匪夷所思。五年前我举过她的短篇小说《意外》为例，一个乡下女孩子在城里照相被弄混了照片，她领到的是另一个女子的照片，她居然没有对这种不负责任的商业事故愤怒，反倒是欣赏那个陌生人的照片，并告诉旁人那是她嫂子。在另一篇小说《喜糖》里，被新婚夫妇冷落了的主人公，宁可自己买喜糖送给自家，以维护新婚者的形象。还有一个短篇《我的失踪》，更是把一次追窃贼的经验理想化、浪漫化、快乐化。你再无法想象世界上有第二个人写这样的题材用这种调子、这种方式，这是我国小说的一枚奇果、一个变数，可惜没有任何人注意过它。

到了《大浴女》这里，这种特点更明显了，虽然小说写了那么多痛苦，虽然尹小跳似乎一直背着沉重的十字架。让我们举一个给人深刻印象的例子：方兢"抛弃"小跳以后，托唐菲给小跳带去一枚钻石戒指，小跳把戒指随手向后一丢。这样的情节无足为奇，毋宁说是相当俗，《雷雨》里的侍萍对待周朴园的支票也是一撕了事。但是这里表现了铁凝之所以是铁凝，她写的是，这枚戒指一抛，正好挂在了一棵树的枝头上，然后尹小跳就想，觉得树像女人，它们最适合戴上这样的戒指。写得好浪漫、好俏皮、好铁凝！只有写过《哦，香雪》、写过《村路带我回家》、写过《永远有多远》的铁凝才会这样写，这叫作独一无二，这叫作美善惊人。小跳被方某欺骗和抛弃，小跳有屈辱感，接受了戒指就更屈辱了，所以要抛掉，不抛掉不足以消解屈辱。但又让树枝接受了方兢的馈赠，这就同时又消解了愤怒，并没有完全否定方兢的情，挂在树枝上的戒指既是对方兢的报复也是对方兢的慰安，亦即对小跳与方兢的这一段故事的慰安和超越。小跳终于跳出来了，仍然有情有义，仍然充满了美感，其实是某种程度的原谅，也就是自身的最大安慰，睚眦必报的人自己生活得一定很痛苦。当然，小跳也并不是宽容得昏了头以至丧失了否定的能力，像某些刚刚学会做人生的四则题的大头娃娃设想的王蒙那样，宽容成了无能与怯懦的代名词。尹小跳后来对方兢的"精神与心理的落魄"的发现与洞察，实在是令方兢愧死——如果方兢还有所谓愧感的话。

我曾经说过，写出《哦，香雪》那样的作品的人是幸福的。我也曾表达过对这种乐观（如果可以说是乐观的话）和天真的希望。在一九八五年拙作《香雪的善良的眼睛》中，我说："她（指铁凝）应该在不失赤子之心的同时，艰苦地、痛苦地去探寻社会、人生艺术的底蕴……作家的善良应该是通晓并战胜了一切的不善、吸收并扬弃了一切肤浅的或初等的小善，又通晓并宽容了一切可以宽容的弱点和透视洞穿了邪恶的汪洋大海式的善。真正的高标准的美是正视生活和人的一切复杂性、艰巨性的美。真正的喜悦应该是付出了一切代价、经历了真正的灵魂的震撼的喜悦。真正的艺术的天国只有通过泥泞坎坷的道路，有时候甚至是通过地狱才能达到。"回顾五年前的这一言说，除了我为自己的"王蒙老师"式的大言不惭的口气而汗颜以外，我觉得我可以就用这些话来评价《大浴女》，只是要把动词从未来时改成现在完成时，从should be改成has been。在读完《大浴女》之后，我不平静地却又是欣慰地想，铁凝已经做到了。

　　尹小跳——一个给人以印象的名字——到了书的结尾部分，有一种平静，有一种超越，有一种悲悯，更有一种清醒。长篇小说的结尾是很难写的，但是《大浴女》的结尾却像一个电影镜头一样深深地刻印在读者的心头。我们可以说，尹小跳后来像一个圣人，像是成了观音。这当然是一种理想化的描写，也仅仅是精神上的自我完成。但这仍然是非常铁凝式的处理。我们可以比较一下一些别的作家，他或她的作品中弥漫着多少难解的（哪怕是抽象的虚拟的解一解）牢骚和怨毒！

而尹小跳有两个大的理论基础，一个是原罪与救赎的观念，为了尹小荃的死，她的良心从来没有平安过。这是一个触目惊心的处理，虽然对之过分的理论化也不免令人生疑：果真人性中就没有原生的善良吗？一个不认为自己罪孽深重的人就不能出现强烈的向善为善的内心需要吗？让我与尹小跳抬个杠：是有了善的动机才有忏悔，还是有了忏悔才有善的动机呢？这起码是一个鸡与蛋孰先孰后的无解的悖论难题——我们看到过的，我们周围的做了坏事害了别人而绝不后悔的汉子已经太多太多了。

尹小跳的第二个理论基础是弗洛伊德的精神分析。尹小跳这个人实在是太聪明了，她洞察别人的与自己的一切隐秘的不纯的动机。作者并不原谅尹小跳，作者甚至写了尹小跳为了办某种事不惜托唐菲去用不道德的手段以求达到目的。她没有像某些作家那样拼命在作品中鼓吹一个、美化一个、悲剧化一个，然后攻击另一个、糟践另一个、漫画化另一个。小跳应该算是相当老到了。书中对于方兢的描写实在是很有深度。由于政治潮流，也由于我们的小儿科式的大众化人物观念，一般文学作品对于受过迫害的那些人是给以相当正面的悲剧化处理的，而那些被错划过右派被关入过大墙的人也无不自然而然地扮演起了背负十字架的圣徒角色。但是，苦难在使一些人升华的同时，也使一些人堕落，方兢的苦难抹掉了他的差不多所有美好的情愫，而造就了他的厚颜、贪婪、冷血、自私。用书中他自己的话，就是说苦难加基因使他变成了一个不折不扣的无赖。小跳（经过一个过程）特别是唐菲（一眼）看穿了他的真实与可怖的内心。另一个人物是尹小帆，也写得令人不寒而栗，尤其是，尹小跳是怀着姊妹之情来看出小帆的浅薄、虚荣、自我中心和充满嫉妒的。

但是，小跳是不是偶尔也太聪明了呢？人至察则无徒，小跳连唐菲为她两肋插刀进京找方兢的动机都要分析一番，未免不憨厚了。小跳对尹亦寻的"嫉妒"的揭露也给人以过分的感觉，女儿能够这样与父亲说话吗？我怀疑。一个生活中的人也好，一个作品中的人物也好，是明察秋毫、纤毫毕见好呢，还是有所见有所不见、有所清晰有所糊涂好呢？五年前我表示过对女作家的"洞穿"的期望，如今，我又被这种洞穿吓住了。好为人师的王蒙就是这样出尔反尔？至少，全知全能的上帝一般万能的作者，在自己的书里精明就尽情尽兴地精明下去吧。（在书里精明万种的作家，实际生活中未必精明，书里的明察秋毫与实际生活中的滴水不漏其实是两路功。）但请不要让自己的人物也一样全能，一样明察秋毫。千万千万，给自己心爱的人物留一点混沌、留一点迟钝、留一点懵懵懂懂的荒芜吧，不要让心智的B超和CT把一切都放到透视镜下吧。拜托了。

还有几处阅读时激起我与尹小跳抬杠的欲望。其一，小跳对母亲公正吗？为什么从小章妩在小跳面前就像是一个顽童在严师面前一样？在那个时代，对病与病假条的关系，聪明的小跳论证起来就教条主义到那种程度？在铁凝的（还有残雪的）不止一篇小说里母亲扮演着颇不正面的角色。小跳为什么不反省自己对章妩的态度？章妩与唐医生的关系如果是不对的，那么小跳与方兢与陈在的关系呢？为什么一个有夫之妇与第三者如何如何就那样令小跳反感，而小跳自己却可以与有妇之夫如何如何呢？这里边有没有性别歧视和双重标准？

不知道作者的原意如何，对尹亦寻的描写令人不快。他太阴沉了，他怎么能够在小荃的死上做那样的文章！太不可爱了。顺便说一下，我至今不知道什么叫奶潽了不是奶开了。他对章妩洗黄瓜的老爷式的指责也是不可接受的。

其二，则是小跳对于妹妹小帆是不是也太洞察了？妹妹毕竟没有有意地做什么伤害小跳的事，她的那些小伎俩，她的那些与姐姐攀比的小心眼，非大恶也，更多的是人之常情，属于人性弱点女性弱点的题中可有之义。最后小帆用那种腔调出现在麦克那里，太恐怖了。小跳不是已经认真负责地拒绝了麦克了吗？何必对小帆在那里反应得如此强烈？

还有在小跳与方兢的关系上，作者写道：小跳曾经"希望方兢得到她"，这个说法与方兢对唐菲说的"我同意你吻我一下"有没有某些相似之处？男女的结合，如果说得到，是互相得到；如果说委身，是彼此委身；如果说献出，是相对献出；如果说占有，是你我占有。只有绝对的男权中心，才可以讲男人是获得、是"占了便宜"，女人是受了欺负、是被占有了。当然，由于男权中心社会并没有绝迹，在男欢女爱中，女性似乎付出得更多，痴心女子负心汉的故事似乎更有代表性，而以准流氓态度玩弄女性的男人确实也比玩男人的女人多。这样，在男女之事中，女人就变成了被得到被占有的一方。这是后果，是不公正的表现，但不是实质，越来越不是实质。何况《大浴女》中是小跳先给了方兢半个吻，也就是小跳先得到了方兢的半个吻。

请原谅我对于小跳的强词夺理，因为这个人物的描写打动了我。

上述的情爱中的男女对等关系是理论上、态度上、预设上，生活里则加上了别的因素。《大浴女》对方兢的描写堪称栩栩如生。没有社会与情爱经验的尹小跳投入方兢的怀抱，客观上是羊向狼的献礼。那么，能不能问一句：羊为什么要向狼献身？再问一句：尹小跳为什么总是不幸？

小说的回答是由于原罪，由于童年时期小跳对于章妩"乱搞"的结果及妹妹尹小荃的死负有良心上的责任。这很沉重、很深刻，然而远水未必完全解得了近渴。小说没有客气，它写到了小跳的"虚荣心和质朴到发傻的原始的爱的本能"。到这儿，小说的洞察与挖掘戛然而止。

都说小说对于女性的描写十分到位，是的，这诚然值得赞美。写得太细、太专、太女性了，读后又不免产生惶惑：什么是女性？什么是女人？首先她们应该是与男人一样的平等的与独立的人啊，她们是性别的人即性的人，同时也是社会的人、自然的人、文明的人、政治的人与阶级的人。在铁凝的某些小说里，为什么女人的价值要表现在被男人接受、欣赏和依恋里？通体放亮的《大浴女》，就不可以穿上钢盔和防弹衣吗——如果生活里确实充满了战斗的话。作者的另一名篇《秀色》这一点就更加突出，尽管此作用了许多时代的生产的、政治的与道德（大公无私、奉献精神）的背景乃或包装，其核心情节却是美少女张品脱光了让李技术员抱着看。就是说女性的价值乃至奉献是在男人的观赏和爱抚中实现的。这岂不是太男权中心了吗？尹小跳对男人的许多思想活动，都表现了或流露了一种依附感，表现了一种对男性的仰视和对同性的挑剔与苛刻——这样说是不是太过分了呢？尹小跳那么重视自己是来自北京的，说话不是福安味儿的，她去过美国，逛过圣安东尼奥……这里头流露了一点什么信息没有？这里与开初的对方兢的仰视有什么关联没有？（抱歉，这有点在小组会上追查思想根源的酷评味道了。）小跳一直被陈在叫作小孩儿，叫作懒孩子，唐菲则被她热恋的舞蹈演员叫作"小嫩猫、小肉鸽、小不要脸"，这是偶然的吗？虽然写了那么多女性，却缺少当今社会的抗争性极强的女权意识，因此不由得不尽情透露出女性的细腻、温柔、漂泊与依附心理。这些是男权社会中男子所喜欢于女性的并始终是如此这般地塑造女性的，但却不是一个理想的现代女性所需要的全部，女性也许更需要独立、自信、奋斗和内里的刚强，与男性至少是平起平坐的感觉。是的，尹小跳最后终于显示出了她的刚强的一面，她对方兢的最后一句话是"你让我过去"。天啊，太精彩了，方兢到这时候只是一个绊脚石啦。然而，难道她的心胸与视野就不能更伟岸些、更阔大些或者更强硬些吗？羊何必那么崇拜一只虚幻的狼的伟大？太热衷于弗洛伊德了，会不会遮蔽一个人物的目力和思维呢？

抬杠云云已经过于膨胀，这也是文字的魔法所致，抬杠本身会繁衍抬杠，文字会衍生文字，以致超出了预期与实质。但这也至少说明了一个问题，即《大浴女》是动人的，有的地方像一根刺一样，刺痛了读者，搞得读后不能已于言，读后想说一点，再说一点，再多说一点。

《大浴女》其实是够沉重的了。原来一个人从生下来就承负着那么多自己的和别人的包括上一代人的和社会的罪恶。这种种罪恶是混沌的，有的是自身的罪，有的是被认为的罪，其实不一定是罪。然而，把不是罪的认定为罪并要当事人承担罪责，这本身又成了大罪，罪恶感就是这样无处不在！想到这一点读起来觉得惨然、肃然。唐菲的命运堪称可怖，她与小荃一样似乎压根儿就被取消了生的权利。她的母亲在"文革"中的经历固是特殊的政治运动使然，却也是长期积淀的道德文明与习俗的力量的结果。人类可能压根儿就有自虐和他虐的倾向；当然，这也是悖论，我们想不出一个全能的替代方案，小说未必有意颠覆这种婚姻与两性关系上的全部人类守则，当所有这些规则都被推翻之后，也许人类面临的是新的罪恶。唐医生的结局——赤身裸体地从高烟囱上跳下来，不是小跳而是大跳，也不能说不是一种控诉。这样的自杀方式不很新奇，生活中、作品中都曾见过，但本书的安排却产生了一种荡气回肠、肝胆俱裂的强效应。章妩的无奈与自责只能使读者同情她，一个母亲，一个妻子，一个女人，一个公民，几重身份的义务与规范已足以撕裂她的平平常常的灵魂。智力一般乃至不够用，总不能算她的人格缺陷，可惜作家没有真正地钻到她的灵魂里写。小帆客观上是无法比得过她姐姐的，这其实是人生的一个无解的难题，同样的境遇，同样的心气，同样的素质，但是两个人仍然永远不会平衡，心理不会平衡，命运不会平衡，才具不会平衡，精神力量也不会平衡。羡慕和嫉妒，赶超和怨嗟，永远不会停息。而书里的主角尹小跳呢？为什么她距离幸福仍然是差之毫厘，失之千里？为什么她像一个赶公交车的人，走到哪一站都错过了自己的班次？天乎天乎？掩卷唯有长叹而已。

　　写过长篇小说的人也许会同意，这样的体裁里结构是最困难的。而本书的结构几乎无懈可击。书里的长诗长歌一气呵成的文气也令人羡慕。在总体的写实风格中，描写时而露出神秘和象征、浪漫和幻化。作者此作里发挥了她的一贯的俏皮（不是男性的那种幽默）的语言风格，妙语如珠，俯拾皆是。"在那个有风的晚上，我看见一个小女孩儿抱着邮筒叹息。""一种莫名的委屈弥漫着她的心房，一声小孩儿你怎么啦，是她久已的期盼。""当一个时代迫切想要顶替另一个时代的时候，一切都会夸张的，一切，从一个小说到一个处女。""人们为回到无罪的本初回到欢乐而耗尽了力气。""观照即是遮挡。"……值得摘抄的句子还多着呢。再看看小说的小标题："美人鱼的渔网从哪里来""猫照镜""头顶波斯菊"，都令人会心地微笑。

在第二十四节写到巴尔蒂斯的绘画的时候，尹小跳想，巴尔蒂斯"把她们的肌肤表现得莹然生辉又柔和得出奇。那是一些单纯、干净，正处于苏醒状态的身体，有一点点欲望，一点点幻想，一点点沉静，一点点把握不了自己"。还说："画面带给人亲切的遥远和熟稔的陌生就是他对艺术的贡献……"我们完全可以用这些话来描述这本小说。铁凝写了一本不同凡响的书，这同时是一本相当讲究的书，结构严谨，文字充满活力，集穿透与坦诚、俏丽与悲悯、形而下的具体性与形而上的探寻性、苍茫性于一体。

2000年9月

王　朔 ◎ **躲避崇高**

　　五四以来，我们的作家虽然屡有可怕的分歧与斗争，但在几个基本点上其实常常是一致的。他们中有许多人有一种救国救民、教育读者的责任感：或启蒙，或疗救，或团结人民、鼓舞人民、打击敌人、声讨敌人，或歌颂光明，或暴露黑暗，或呼唤英雄，或鞭挞丑类……他们实际上确认自己的知识、审美品质、道德力量、精神境界——更不要说是政治的自觉了——是高于一般读者的。他们的任务、他们的使命是把读者也拉到、推到、煽动说服到同样高的境界中来。如果他们承认自己的境界也时有不高，有一种讲法是至少在运笔的瞬间要"升华"到高境界来。写作的过程是一个升华的过程，阅读的过程是一个被提高的过程，据说是这样。所以作品比作者更比读者更真、更善、更美。作品体现着一种社会的、道德的与审美的理想，体现着一种渴望理想与批判现实的激情。或者认为理想已经实现，现实即是理想，那就是赞美新的现实、今天的现实与批判旧的现实、昨天的现实的激情。作品有着一种光辉，要用自己的作品照亮人间，那是作者的深思与人格力量，也是时代的"制高点"所发射出来的光辉。有一分热，发一分光；吃的是草，挤出来的是牛奶；做灵魂的工程师（而不是灵魂的蛀虫）；点燃自己的心，照亮前进道路上的黑暗与荆棘……这些话我们不但耳熟能详也身体力行。尽管对于什么是真善美、什么是假恶丑我们的作家意见未必一致，但都自以为是，努力做到一种先行者、殉道者的悲壮与执着，教师的循循善诱，思想家的深沉与睿智，艺术家的敏锐与特立独行，匠人的精益求精与严格要求。在读者当中，他们实际上选择了先知先觉的"精英"（无近年来的政治附加含义）形象，高出读者一头的形象。当然也有许多人努了半天力做不到这一点，那么他们牵强地、装模作样地，乃至作伪地也摆出了这样的架势。

当然，在老一辈的作家当中也有一些温柔的叙述者、平和的见证者、优雅的观赏者，比如沈从文、周作人、林语堂乃至部分的谢冰心；但他们至少也相当有意识地强调着自己的文人的趣味、雅致、温馨、教养和洁净；哪怕不是志士与先锋直到精美的文学，至少也是绅士与淑女的文学。

我们大概没有想到，完全可能有另外的样子的作家和文学。比如说，绝对不自以为比读者高明（真诚、智慧、觉悟、爱心……），而且大体上并不相信世界上有什么太高明之物的作家和作品；不打算提出什么问题更不打算回答什么问题的文学；不写工农兵也不写干部、知识分子，不写革命者也不写反革命，不写任何有意义的历史角色的文学——即几乎是不把人物当作历史的人、社会的人的文学；不歌颂真善美也不鞭挞假恶丑乃至不大承认真善美与假恶丑的区别的文学；不准备也不许诺献给读者什么东西的文学；不"进步"也不"反动"，不高尚也不躲避下流，不红不白不黑不黄也不算多么灰的文学；不承载什么有分量的东西的（我曾经称之为"失重"）文学……

　　然而这样的文学出现了，而且受到热烈的欢迎。这几年，在纯文学作品发行疲软的时刻，一个年轻人的名字越来越"火"了起来。对于我们这些天降或自降大任的作家来说，他实在是一个顽童。他的名言"过去作家中有许多流氓，现在的流氓中则有许多是作家"（大意）广为流传。他的另一句名言"青春好像一条河，流着流着成了浑汤子"，头半句似乎有点文雅，后半句却毫不客气地揶揄了"青春常在""青春万岁"的浪漫与自恋。当他的一个人物津津有味地表白自己"像我这样诡计多端的人……"的时候，他完全消解了"诡计多端"四个字的贬义，而更像是一种自我卖弄和咀嚼。而当他的另一个人物问自己"是不是有点悲壮"的时候，这里的悲壮不再具有褒义，它实在是一个谑而不虐或谑而近虐（对那些时时摆出一副悲壮面孔的人来说）的笑话。他拼命躲避庄严、神圣、伟大，也躲避他认为的酸溜溜的爱呀伤感呀什么的。他的小说的题目《玩的就是心跳》《千万别把我当人》《过把瘾就死》《顽主》《我是你爸爸》以及电视剧题目《爱你没商量》，在悲壮的作家们的眼光里实在像是小流氓小痞子的语言，与文学的崇高性实在不搭界，与主旋律不搭界，与任何一篇社论不搭界。他的第一人称的主人公与其朋友、哥们儿经常说谎，常有婚外的性关系，没有任何积极干社会主义的表现，而且常常牵连到一些犯罪或准犯罪案件中，受到警察、派出所、街道治安组织直到单位领导的怀疑审查，并且满嘴俚语、粗话、小流氓的"行话"直到脏话。（当然，他们也没有有意地干过任何反党反社会主义或严重违法乱纪的事）他指出"每个行当的人都有神化自己的本能冲动"，他宣称"其实一个元帅不过是一群平庸的士兵的平庸的头儿"，他明确地说："我一向反感信念过于执着的人。"

当然，他就是王朔。他不过三十三四岁，他一九七八年才开始发表第一篇小说，他的许多作品被改编为电影、电视剧，他参加并领衔编剧的《编辑部的故事》大获成功。许多书店也包括书摊上摆着他的作品，经营书刊的摊贩把写有他的名字的招贴悬挂起来，引人注目，招揽顾客。而且——这一点并非不重要，没有哪个单位给他发工资和提供医疗直至丧葬服务，我们的各级作家协会或文工团剧团的专业作家队伍中没有他的名字，对于我们的仍然是很可爱的铁饭碗、铁交椅体制来说，他是一个零。一面是群众以及某些传播媒介的自发的对他的宣传，一面是时而传出对王朔及王朔现象的批判已经列入大批判选题规划、某占有权威地位的报刊规定不准在版面上出现他的名字、某杂志被指示不可发表他的作品的消息。一些不断地对新时期的文学进行惊人的反思、发出严正的警告、声称要给文艺这个重灾区救灾的自以为是掌舵掌盘的人士，面对小小的火火的王朔，夸也不是批也不是，轻也不是重也不是，盯着他不是闭上眼也不是，颇显出了几分尴尬。

这本身，已经显示了王朔的作用与意义了。

在王朔的初期的一些作品中，确实流露着一种玩世不恭的态度。他的第一部长篇小说《玩的就是心跳》的主人公，甚至对什么是已经发生或确实发生的、什么是仅仅在幻想中出现而不曾发生的也分不清了。对于他来说，人生的实在性已经是可疑的了，遑论文学。已经有人著文批评王朔故作潇洒了。因为他更多地喜欢用一种满不在乎、绝不认真的口气谈论自己的创作："玩一部长篇""哄读者笑笑""骗几滴眼泪"之类。"玩"当然不是一个很科学、很准确更不是一个很有全面概括力的字眼。王朔等一些人有意识地与那种"高于生活"的文学、教师和志士的文学或者绅士与淑女的文学拉开距离，他们反感于那种随着风向改变、一忽儿这样一忽儿那样的咋咋呼呼、哭哭啼啼、装腔作势、危言耸听。他不相信那些一忽儿这样说一忽儿那样说的高调大话。他厌恶激情、狂热、执着、悲愤的装神弄鬼。他的一个人物说：

> 我一点也不感动……类似的话我……听过不下一千遍……有一百次到两百次被感动过。这就像一个只会从空箱子往外掏

鸭子的魔术师……不能回回都对他表示惊奇……过分的吹捧和寄予厚望……有强迫一个体弱的人挑重担子的嫌疑……造就一大批野心家和自大狂。（《动物凶猛》）

他和他的伙伴们的"玩文学"，恰恰是对横眉立目、高居人上的救世文学的一种反动。他们恰似一个班上的不受老师待见的一些淘气的孩子。他们颇多智商，颇少调理，小小年纪把各种崇高的把戏看得很透很透。他们不想和老师的苦口婆心而又千篇一律、指手画脚的教育搭界。他们不想驱逐老师或从事任何与老师认真作对的行动，因为他们明白，换一个老师大致上也是一丘之貉。他们没有能力以更丰富的学识或更雄辩的语言去战胜老师，他们唯一的和平而又锐利的武器便是起哄，说一些尖酸刻薄或者边应付边耍笑的话，略有刺激，嘴头满足，维持大面，皆大欢喜。他们惟妙惟肖地模仿着老师，亵渎着师道的尊严，他们故意犯规说一些刺话、做一些小动作，他们的聪明已先洞悉老师的弱点，他们不断地用真真假假的招子欺骗老师，使老师入套，然后他们挤挤眼，哄大家笑笑，并在被老师发现和训斥的时候坚持自己除了玩、逗笑外是这样善良和纯洁，绝无别的居心目的。他们显然得意于自己的成功。他们不满意乃至同样以嘲笑的口吻谈论那些认真地批评老师的人，在他们看来，那些人无非要取代现有的老师的位置，换一些词句，继续高高在上地对他们进行差不多同样的耳提面命的教育。他们差不多是同样的冥顽不灵与自以为是。他的一个人物说，既然人人都自以为是，和平相处的唯一途径便是互相欺骗。

是的，亵渎神圣是他们常用的一招。所以要讲什么"玩文学"，正是要捅破文学的时时绷得紧紧的外皮。他的一个人物把一起搓麻将牌说成过"组织生活"，还说什么"本党的宗旨一贯是……你是本党党员本党就将你开除出去，你不是……就将你发展进来——反正不能让你闲着"。（《玩的就是心跳》）这种大胆妄言和厚颜无耻几乎令人拍案："是可忍孰不可忍！"但是我们必须公正地说，首先是生活亵渎了神圣，比如江青和林彪摆出了多么神圣的样子演出了多么拙劣和倒胃口的闹剧。我们的政治运动一次又一次地与多么神圣的东西——主义、忠诚、党籍、称号直到生命——开了玩笑……是他们先残酷地"玩"了起来的！其次才有王朔。

多几个王朔也许能少几个高喊着"捍卫江青同志"去杀人与被杀的红卫兵。王朔的玩世言论尤其是红卫兵精神与样板戏精神的反动。陈建功早已提出"不要装孙子"（其实是装爸爸），王安忆也早已在创作中回避开价值判断的难题。然后王朔自然也是应运而生，他撕破了一些伪崇高的假面。

而且他的语言鲜活上口，绝对的大白话，绝对的没有洋八股、党八股与书生气。他的思想感情相当平民化，既不杨子荣也不座山雕，他与他的读者完全拉平，他不但不在读者面前升华，毋宁说，他见了读者有意识地弯下腰或屈腿下蹲，一副与"下层"的人贴得近近的样子。读他的作品你觉得轻松得如同吸一口香烟或者玩一圈麻将牌，没有营养，不十分符合卫生的原则与上级的号召，谈不上感动……但也多少满足了一下自己的个人兴趣，甚至多少尝到了一下触犯规矩与调皮的快乐，不再活得那么傻，那么累。

他不像有多少学问，但智商蛮高，十分机智，敢砍敢抢，而又适当搂着——不往枪口上碰。他写了许多小人物的艰难困苦，却又都嘻嘻哈哈、鬼精鬼灵、自得其乐，基本上还是良民。他开了一些大话空话的玩笑，但他基本不写任何大人物（哪怕是一个团支部书记或者处长），或者写了也是他们的哥们儿、他们的朋友，绝无任何不敬非礼。他把各种语言——严肃的与调侃的、优雅的与粗鄙的、悲伤的与喜悦的——拉到同一条水平线上。他把各种人物（不管多么自命不凡），拉到同一条水平线上。他的人物说"我要做烈士"的时候与"千万别拿我当人"的时候几乎呈现出同样闪烁、自嘲而又和解加嬉笑。他的"元帅"与黑社会的"大哥大"没有什么原则区别，他公然宣布过。

抢和砍（侃）在他的作品中，在他的人物的生活中，起着十分重大的作用。他把读者砍得晕晕乎乎、欢欢喜喜。他的故事多数相当一般，他的人物描写也难称深刻，但是他的人物说起话来真真假假、大大咧咧、扎扎刺刺、山山海海，而又时有警句妙语、微言小义、入木三厘。除了反革命煽动或严重刑事犯罪的教唆，他们什么话——假话、反话、刺话、荤话、野话、牛皮话、熊包话直到下流话和"为艺术而艺术"的语言游戏的话——都说。（王朔巧妙地把一些下流话的关键字眼改成无色无味的同音字，这就起了某种"净化"作用。可见,他绝非一概不管不顾)他们的一些话相当尖锐却又浅尝辄止,刚挨边即闪过滑过,不搞聚焦,更不搞钻牛角尖,有刺刀之锋利却绝不见红。他们的话乍一听"小逆不道",岂有此理;再一听说说而已,嘴皮子上聊作发泄,从嘴皮子到嘴皮子,连耳朵都进不去,遑论心脑。发泄一些闷气,搔一搔痒痒筋,倒也平安无事。

承认不承认,高兴不高兴,出镜不出镜,表态不表态,这已经是文学,是前所未有的文学选择,是前所未有的文学现象与作家类属,谁也无法视而不见。不知道这是不是与西方的什么"派"什么"一代"有关,但我宁愿认为这是非常中国、非常当代的现象。曲折的过程带来了曲折的文学方式与某种精明的消解与厌倦,理想主义受到了冲击,教育功能被滥用,从而引起了反感,救世的使命被生活所嘲笑,一些不同式样的膨胀的文学气球或飘失或破碎或慢慢撒了气,在雄狮们因为无力扭转乾坤而尴尬、为回忆而骄傲的时候,猴子活活泼泼地满山打滚,满地开花。他赢得了读者,令人耳目一新,虽然很难说成清新,不妨认作"浊新"。此亦一是非彼亦一是非。和光同尘。大贤隐于朝,小贤隐于山野,他呢,不大不小,隐于"市"。他们很适应四项原则与市场经济。

当然王朔为他的"过瘾"与"玩"不是没有付出代价。他幽默、亲切、生动、超脱、精灵、自然,务实而又多产。然而他多少放弃了对文学的真诚的而不是虚伪的精神力量的追求。他似乎倾倒着旧澡盆里的污水以及孩子。不错，画虎不成反类犬，与其做一个张牙舞爪的要吃人又吃不了的假虎，不如干脆做一只灵敏的猴子、一只千啼百啭的黄莺、一条自由而又快乐的梭鱼，但是毕竟或迟或早人们仍然会想念起哪怕是受过伤的、被仿制伪劣过也被嘲笑丢份儿过的狮、虎、鲸鱼和雄鹰。在玩得洒脱的同时王朔的作品已经出现了某些"靠色"（重复或雷同）、粗糙、质量不稳定的状况。以他之聪明，他自己当比别人更清楚。

王朔的创作并没有停留在出发点上。其实他不只是"痞子"般地玩玩心跳，他的不长的长篇小说《我是你爸爸》中充满了小人物，特别是小人物的儿子的无可奈何的幽默与辛酸，滑稽中不无令人泪下的悲凉乃至寂寞。他的《过把瘾就死》包含着对以爱的名义行使的情感专制的深刻思考，女主人公歇斯底里地捆住男主人公的手脚，用刀逼着他说"我爱你"的场面接触到人性中相当可悲亦可怖的一面；主人公虽不乏王朔式的痞子腔调与形状，毕竟也"体会到了一种从未有过的激情。那种巨大的……过去我从来不相信会发生在人类之间的激情……"。自称"哄""玩"是一回事，玩着玩着就流露出一些玩不动的沉重的东西，这也完全可能。而他的短篇小说《各执一词》，实际上包含着强烈的维护青年人不受误解、骚扰与侮辱的呼吁。如果我说这篇小说里也有血泪，未必是要提一提这位"玩主"的不开的壶。

王朔会怎么样呢？玩着玩着会不会玩出点真格的来呢？保持着随意的满不在乎的风度，是不是也有时候咽下点苦水呢？如果说崇高会成为一种面具，洒脱和痞子状会不会呢？你不近官，但又不免近商。商也是很厉害的，它同样对文学有一种建设的与扭曲的力量。作为对你有热情也有宽容的读者，该怎么指望你呢？

1993年

陈　染 ◎ 凡墙都是门

　　陈染的作品似乎是我们的文学中的一个变数，它们使我始而惊奇，继而愉悦，再后半信半疑，半是击节，半是陌生，半是赞赏，半是迷惑，乃嗟然叹曰：

　　陈染，你是谁？我怎么不认识你？我怎么爱读你的作品而又说不出个一二三来？雄辩的、常有理的王某，在你的小说面前，被打发到哪里去了？

　　单是她的小说的题目就够让人琢磨一阵子的：《潜性逸事》《站在无人的风口》《另一只耳朵的敲击声》《与假想心爱者在禁中守望》《巫女与她的梦中之门》《秃头女走不出来的九月》《凡墙都是门》。这一批题目使你悚然心动：她的笔下显然有另一个世界，然而不是在中国大行其道的魔幻现实主义，不是寻根，也不是后现代或者新什么什么。因为她的作品，那是"潜性"的，是要靠"另一只耳朵"来谛听的"敲击"，是"巫"与"梦"的领地，是"走不出来"的时间段，是亦墙亦门的无墙无门的吊诡。而多年来，我们已经没有那另一只耳朵，没有梦，逃避巫，只知道墙就是墙，门就是门，再说，显性的麻烦已经够我们受的了，又哪儿来的潜性的触觉？

是的，她的小说诡秘、调皮、神经、古怪；似乎还不无中国式的飘逸空灵与西洋式的强烈和荒谬，她我行我素、神里吧唧、干脆利落、英姿飒爽、信口开河，而又不事铺张，她有自己的感觉和制动操纵装置，行于当行，止于当止。她同时女性得坦诚得让你心跳。她有自己独特的语言、独特的方式，她的造句与句子后面的意象也是与众不同的：

> ……看着一条白影像闪电一样立刻朝着与我相悖的方向飘然而去……那白影只是一件乳白色的上衣在奔跑……它自己划动着衣袖，揩撑着肩膀，鼓荡着胸背，向前院高台阶那间老女人的房间划动。门缝自动闪开，那乳白色的长衣顺顺当当溜进去。（《潜性逸事》）

> 我坚信，凡·高的那只独自活着的谛听世界的耳朵正在尾随于我，攥在我的手中。他的另一只耳朵肯定也在追求这只活着的耳朵。我只愿意把我和我手中的这只耳朵葬在这个亲爱的兄弟般的与我骨肉相关、唇齿相依的花园里……我愿意永远做这一只耳朵的永远的遗孀。（《另一只耳朵的敲击声》）

在她的记忆中，她的家回廊长长阔阔，玫瑰色的灯光从一个隐蔽凹陷处幽暗地传递过来，如一束灿然的女人目光。她滑着雪，走过一片记忆的青草地，前面却是另一片青草地……她不识路……四顾茫然，惊恐无措。（《与假想心爱者在禁中守望》）

想想自己每天的大好时光都泡在看不见摸不着无形无质的哲学思索中，整个人就像一根泡菜，散发着文化的醇香，却失去了原有生命的新鲜，这是多么可笑……（《凡墙都是门》）

这样的例子俯拾即是，琳琅满目。还有她的小说人物的姓名，黛二、伊堕人、水水、雨若、缪一、墨非……这都是一些什么名字呀？据说有一种理论认为理论的精髓在于给宇宙万物命名。还有她的稀奇的比喻和暗喻，简直是匪夷所思！这就是独一无二的陈染！她有自己的感觉，自己的语汇，自己的世界，自己的符号！她没有脱离凡俗（这从她的许多冷幽默和俏皮中可以明确地看出，她是我们的同时代人，生活在"我们"这个世界上，生活在我们之中），却又特立独行，说起话来针针见血，挺狠，浑不论（读lin）。她有一个又清冷，又孤僻，又多情，又高蹈，又细腻，又敏锐，又无奈，又脆弱，又执着，又俏丽，又随意，又自信自足，又并非不准备妥协，堪称是活灵活现、呼风唤雨、撒豆成兵的世界，这个世界里有对爱情（并非限于男女之间）的渴望，有对爱情的怀疑；有对女性的软弱和被动的嗟叹，又有对男人的自命不凡与装腔作势的嘲笑；有对中国对于P城的氛围的点染，有对澳洲对英国的异域感受；有母亲与女儿的纠缠——这种纠缠似乎已经被赋予了某种象征的意味，又有精神的落差带来的各种悲喜剧。她嘲弄却不流于放肆，自怜却不流于自恋，深沉却不流于做作，尖刻却不流于毒火攻心。她的作品里也有一种精神的清高和优越感，但她远远不是那样性急地自我膨胀和用贬低庸众的办法来拔份儿。她绝不怕人家看不出她的了不起，她并不为自己的扩张和大获全胜而辛辛苦苦。她只是生活在自己的未必广阔，然而确是很深邃、很有自己的趣味与苦恼的说大就大说小就很小的天地之中罢了。这样她的清高就更自然自由和本色，更不需要做出什么式样来。

她其实也挺厉害，一点也不在乎病态和异态，甚至用审美的方式渲染之。她一会儿写死，一会儿写精神病，一会儿写准同性恋之类的。她有一种精神分析的极大癖好，有一种对独特的异态事物的兴趣。在她的作品里闺房的、病房的、太平间的气味兼而有之，老辣的、青春的与顽童的手段兼而有之。她的目光穿透人性的深处，她的笔触对某些可笑可鄙的事情轻轻一击。然后她做一个小小的鬼脸，然后她莞尔一笑，或者一叹气一生病一呻吟一打岔。这也算是一个小小的恶作剧吧？然后成就了一种轻松的傲骨，根本不用吆喝。

我当然是孤陋寡闻的，反正我读很多同代青年作家的优秀作品的时候一会儿想起加西亚·马尔克斯，一会儿想起昆德拉，一会儿想起卡夫卡，一会儿想起艾特玛托夫，最近还动辄想起张爱玲……而陈染的作品，硬是让我谁也想不起来。于是内心恐惧而且胆小怕事的我不安地惊呼起来：

"陈染，真有你的！"

然后我擦擦眼镜，赶掉梦魇，俨然以长者的规定角色向微笑着走来的陈染说：

"祝贺你，你也许会写得更好。"

1996年5月

张　弦 ◎ **善良者的命运**

　　在张弦的小说里，我们看到了一个又一个善良而又不那么幸运的人物。因为把电影胶片颠倒了几秒钟而被"颠倒"了十多年的方丽茹（《记忆》），因为被遗忘的"爱情"而被扼杀了年轻的生命的存妮和一直生活在巨大的阴影下面的荒妹（《被爱情遗忘的角落》），被流言蜚语、封建偏见压得抬不起头来的周良蕙（《未亡人》），在追求幸福的挣扎中感到了深深的疲惫的傅玉洁（《挣不断的红丝线》），失去了当年的爱情、总算在"贵人相助"下得到了婚姻的孟莲莲（《银杏树》）等等，这些人物大多是一些女性，她们有秀美的外表和心灵，她们有过天真而又美好的青春，但是，当有形的而在更多的情况下是无形的俗恶势力扑向她们的时候，她们是不设防的，也许可以干脆说这是一些善良的弱者。对于斗争，她们都那么缺乏准备、经验、艺术和勇气，她们是太娇嫩了，似乎不该生在这个荆棘丛生、战云密布、难逢开口笑的世界上（他写的那个相当成功的电影剧本《心在跳动》里的罗秉真医生和《一只苍蝇》里的萧总工程师，虽是男性，却颇乏雄风，同样具有那种善良、软弱、不敢也不善斗争的特点）。她们的命运有起有伏，她们的结局有悲有喜，她们的故事经历了许多年乃至几十年的时间，她们的活动场景大部分都比较单纯，多数人的悲欢离合全是表现在爱情、婚姻和家庭里的。然而，与一般的甜腻腻的恋爱或者想入非非、虚无缥缈的感情不同，她们的爱情是发生在、变故在、回响在中国的现实的土地上，与政治、与经济、与历史、与地理（例如"角落"）、与社会心理这样深、密地纠结在一起的，是食人间烟火者的爱情。

这就是张弦的爱情故事比起某一些很可能写得更有才气也更泼辣大胆的爱情故事高明一些的地方。他写的是爱情，但更是写了社会、历史、人间烟火。他写的这些故事，要更加平实，更加可信，更加吸引人和易于被人接受，同时，透过那单纯、明快、深入浅出的故事的叙述，我们同样可以感到作者对于许多严肃得近乎沉重的问题的思索。

在这些故事的写作里，张弦渐渐形成了自己的风格。他的作品是那些比较严肃、格调不低的作品中最好读的，又是那些比较好读的作品中最严肃和最有容量的。他的小说结构完整、人物清楚、叙述干净、语言纯朴。他的小说里没有繁复的线索，没有大恶、大智、大勇或者过于复杂深奥、令人琢磨不透的人物，没有那种爆破式的、倾泻式的或者旋风式的恃才大书特书，没有那么多大段抒情、哲理、政论以及那些令人羡慕又让人晕眩的天南海北、古今中外的学识显示，没有那么多色彩浓重的、当当响的、有刺激性的语言，不论是方言、行业语言、绘声绘形、大粗大细的群众语言或者是高深渊博夹带欧化的"现代"知识分子语言，都很少用。

然而，他的那些质朴而又娓娓动听的故事，他笔下的那些善良者的悲欢离合、喜怒哀乐却自有一种魅力，一种征服人心、以情动人的力量，并且触及了社会生活的许多方面，也触动了千千万万善良的读者的灵魂。怨而不怒，哀而不伤，平而不淡，深而不艰，情而不滥，思而不玄，秀而不艳，朴而不陋，这就是张弦的风格，这就是张弦的节制，这也恰恰是张弦的局限性。

一个作家就是一个局限，同时又是一种探索，一种突破局限的势头，也可以说是局限与反局限的统一。一种风格也是这样，唯其有局限才有风格，唯其不断地努力突破局限才有新意、有创造、有生命、有发展，才不会僵死，不会令读者初而喜、继而倦、终而厌。

这种局限与反局限的统一的成功的例证我以为首推《记忆》。当宣传部部长秦慕平抱着深深的歉疚去见被他亲手做了错误的处理因而失去许多美好的东西的方丽茹的时候，张弦是这样描写方丽茹的：

> 然而，她没有悲伤……她的文化有限，但胸襟开阔。她懂得她的遭遇并非由某一个人、某一种偶然的原因所造成，

也并非她一个人所独有。她没有能力对摧残她的那些岁月做出科学的评价，但她确信历史的长河不会倒流。当明丽的阳光已照在窗前的时候，人们不总是带着宽慰的微笑去回忆昨夜的噩梦，并随即挥一挥手，力图把它忘却得愈干净愈好吗？

多么好的人民，多么好的心灵，多么好的善良者之歌！

然后方丽茹"用农村妇女的方式，麻利地抓起几只蛋往秦慕平的口袋里塞"。于是秦慕平想起了"在冀中平原，在鲁东南和南下的征途上……大娘大嫂子们，一手挡住自己推让的胳臂，一手把鸡蛋强往荷包里塞"。

最后秦慕平自问道："而今天，面对人民的真诚信托，作为一个党的干部，还能像当年那样于心无愧吗？"

这篇小说写得比较开阔，它正面写了平反冤假错案这样一件大事。通过挖掘秦慕平的心灵，他把这件大事的意义进一步深化了，带有更深的悲剧性和更庄严的正剧性，入情入理，情理并茂，与那种血淋淋的、剑拔弩张的写法不同，但比那种写法有着更大的说服力和内在的紧张性。善良者的命运比起那些行高和寡、语出惊人的先知先觉者更易于激起读者的巨大同情心，如果读到这些描写，还不肯放弃过去的那种把人民当敌人整的"左"的做法，也就实在不便于形容了。

《被爱情遗忘的角落》同样大大突破了故事本身的局限。问题显然不在于作者对小豹子和存妮的那种原始的、"贫困"的"爱情"抱有几多怜悯乃至同情,作品的笔触涉及的是我们的某些偏僻的角落里的极其不发展的状态。有不少人责备作者在这篇作品里写到了一点点情欲,个中得失是可以讨论的。也许,这种描写确实不合"国情",不能被当今的许多正派人接受。但是,我们总不能不看到情欲背后的作者的悲天悯人、忧国忧民的沉思。而且,我想,不管我们怎么骂这种情欲是"兽性",这种情欲并不会因别人痛骂便挥发消释净尽,那么,它造成的灾难后果,就不能不令人拍案顿足。毋庸置疑,小豹子和存妮的关系是蒙昧的,但我们不妨问一问,因为他们的这种蒙昧而逼死一个、抓走一个的势力,难道不是更加蒙昧和野蛮吗?对小豹子和存妮一味同情固然不对,但那些痛骂他们"兽性"的富有人性的文明的好人,就不应该想想自己对于帮助某些角落发展生产,建立两个文明,对于帮助、提高小豹子、存妮这样的人是负有责任的吗?

但另一方面,有时当张弦面临相当复杂的生活纠葛的时候,他仍然企图给这种生活穿上一件尺码不大的制服,就不免显出某种捉襟见肘。引起热烈反响的小说《挣不断的红丝线》存在着这方面的不足。为了恪守"挣不断"的题意,小说把傅玉洁在粉碎"四人帮"后的处境写得与之前并无大的差别,这就不仅伤害了作品的真实可信性,而且增加了一些本来可以不必争议的可争议性。复杂化了的生活对象与略嫌简单的艺术提炼与艺术表现手段,这是一个需要解决的矛盾。如果为了故事的完整性而伤害了生活的真实性、丰富性，那就是得不偿失了。

张弦一九八二年的一篇新作《银杏树》令人相当兴奋。相反，与此篇差不多同时发表的《回黄转绿》就显得艰窘得多，后者对生活的剪裁有较多的以意为之乃至强使生活就范的痕迹。《银杏树》里孟莲莲的喜剧式的结尾比哭哭啼啼的悲剧还令人震惊。这种处理手法在张弦的作品里是一个突破，它打破了张弦的许多小说里驾轻就熟地写惯了的善良者失去了自己的青春和爱情的咏叹调，加深了对生活的认识，充实了对善良者的挖掘剖析。从道德和法律的观点看来，孟莲莲当然是非常正面的。但是作者的眼睛透视了更深的一层，留下了一个更久远也更艰难的问号。张弦实际上提出了树立新的、真正体现高度的社会主义精神文明的价值观念这样一个激动人心却又是一时难以理出头绪来的重大问题、一个走在了生活前面的问题。考虑到现实，考虑到人心向背，谁能不赞美包老爷式的郑霆呢？在这里，小说的高度现实感和现代感或者叫作未来感巧妙地结合在一起了。可惜，当今陈世美的描写仍然简单化了。如果姚敏生比现在更善于美化自己一些，如果姚敏生更多一点深度，如果姚敏生的新欢不是县委某副部长的独生女……会不会更耐人寻味一点呢？

然而这样的建议是冒险的。一篇作品在寻求"深刻""丰富"的同时完全有可能丧失一部分读者，如果不是像某些人愤愤指责的"背离"读者的话。

《一只苍蝇》在他的作品中可能不算最好的，但我对这部作品倒是有一点偏爱。这是张弦另一个突破自己题材局限的有意义的尝试，虽然这个尝试并未取得大的成功。龙科长写得太浅了，显然，张弦并不善于写恶人。

《污点》《未亡人》和《角落》题材上有些相近，人物性格也有点相近，而挖掘却浅得多，这实际上不是太好的征兆。

文如其人。二十六年前的初冬，在《文艺报》召集、侯金镜同志主持的一个谈短篇小说的座谈会上，我第一次见到张弦。他给我的印象是一个大学生，温文尔雅，俊秀整洁，入世未深。他五十年代的小说和电影剧本，都反映了那个时代的朝气蓬勃、热情而又严谨的理工科大学生对生活的向往、信念和刚刚开始的忧虑。上海姑娘白玫其实写得相当浅，虽然这种形象容易讨好。《苦恼的青春》则早在那个时期就写出了谢惠敏式的人物，可惜这朵花开迟了，而且作品表现的正面理想同样是单纯的、善良的、软弱的和幼稚的，这种调子一直保持到现今。当然，经过痛苦的考验和锤炼，他对生活的艰难复杂认识得也描写得深沉多了、成熟多了。对善良而又不那么幸运的人的同情心却更加强了，这应该说是张弦的作品的人道主义力量所在。然而，作为张弦作品里的正面理想、正面力量的善良和同情心，与他描写的社会环境以及历史性的矛盾、试炼相比，较之五十年代的作品，似乎还没有得到同等比例的充实和发展。就是说，他如今写的矛盾、试炼要比五十年代时写得复杂多了也深刻多了，然而他拿出来的正面理想、正面力量，却还没有相应地更丰富、更坚实、更深刻。可能就是因为这个原因，在读张弦近年作品的时候，我脑子里仍然时时浮现出他那新中国第一代的大学生形象。

张弦这几年的小说数量不算太多，但获得了相当大的成功。作为他的老友，我为他高兴。作为他的老友，我为他又感到深深的不满足。与他的经历相比，他写出来的东西太少了。与他的生活的矿藏相比，他开采作业的"掌子面"还是嫌窄了。然而，他的写作是严肃的、认真的、刻苦的。他已经战胜了本来不应该有的许多坎坷险阻，所以我相信，他也能战胜他自己——超越他已经为自己架起来的、与他人相比并不算低、与他自己的潜力和努力相比还远不够高的标杆！在笔者写这篇序的时候，从正在付印的张弦的"最新作"《春天的雾》，已经可以在开拓题材，反映正在变化的、五花八门的新生活与突破他所习惯的比较一板一眼的叙述手法，试着多用几套笔墨方面，看出他突破自己的可喜的努力。虽然这篇"最新作"似仍然存在着正面思想力量单薄乃至陈旧的弱点。是的，我祝愿他在今后的采矿作业中使用更加犀利的风钻乃至高功率、高效能的掘进机，进行更大规模的全方位、全天候总体作业。那么，今后张弦的笔下会有更多的善良者和非善良者出现，把那些非善良者揭得更透一些吧！并愿那些善良者更强有力些，他们理应得到也完全有本事得到更好些的命运。

——张弦小说集《挣不断的红丝线》序

1982年4月

宗　璞 ◎ **读宗璞的两本书**

·

宗璞抱病写下的《南渡记》《东藏记》这两部小说，读后令人起敬。作者的风格一贯是细腻的，但这两本书却喷发着一种英武，一种凛然正气，一种与病弱之躯成为对比的强大与开阔。这一代人与继承自上一代人的价值观念是有它的生命力的。说下大天来，对于国家、人民、民族、文化与教育的命运的关心仍然是一种优良的传统，以身许国仍然是值得敬重的。

同样是回忆，同样是自我，有的就成为江河湖海，成为高山峻岭，成为一个世界、一个宇宙，成为一个开阔的轴心；有的就只是那么一点琐事，那么一点欲望，那么一点生理反应，那么一点蚊子嗡嗡嗡，那么一点阴沟里、花瓶里、内衣里的小小操练，何其不同也，着实可叹。

作者写的一些高级知识分子在我们的文学画廊中并不多见，能见到的也往往是一点轻薄讽刺而已。从正面写，远远要比幽它一默要困难，但是作者的此书确实显现了真正的高雅而不是伪贵族的吹嘘做作。其实中国的文学当中压根儿就没有像样的贵族，有贵族也是叶广芩式的或漫画式的。有的人自命贵族或自命清高则更像小市民，如果不是更糟更矫情的话。

这两部小说写得十分俭省，那么多人物，那么多事件，在作者笔下精当有致。夹一点独白，再加一点散曲，中西合璧，兼美并收。另外通过笔墨的转换不但增加了阅读的趣味，也拉开了一点与所写对象的距离，避免了过分的煽情和絮叨，绝不纠缠。这使我对作者的认识更加清晰：真是大家风范呀！虽然有时候我会觉得作者对她笔下的人物爱得有余而解剖得不足，觉得描写的空间还可以更充分地展开，但是话说回来，心地宽仁而吝惜笔墨，这也是作者的一贯风格。

我有时候惊异，这些生活的直接经验应该来自作者儿时的记忆，由此也可以看出作家儿时生活对于他的写作是多么重要。是的，文学是民族和群体以及个体的记忆的一部分，没有这种郑重的文学，人会变成失却记忆者。往事是今天的一个根，一个原素，只有趋时的无可救药者才只把目光投向眼前的浅层次肥皂泡。

我是一贯对文学现状抱理解和同情态度的，但是对于这两本书的忽略，我认为是不可原谅的。我也禁不住学着那些愤世嫉俗者或者被叫作"愤青儿"者发问："我们的文学、我们的评论到底怎么啦？"

2001年10月

陈建功 ◎ 永远做生活与艺术的开拓者

　　最初读到的建功的小说，是一九七九年第二期《花城》上的《萱草的眼泪》。这篇作品颇好读，委婉多情而又干净流畅，读起来如"眼睛吃冰激凌"，读后却觉得这样一个"家庭出身不好"的姑娘的悲剧，并无太多的新意。那种戏剧性的场面，特别是最后妈妈的哭诉，既动人又有点廉价。当时的印象，通篇如小说女主人公的名字：黎露，黎明时分的露珠，晶莹，清新，留不下多少痕迹，也没多大价值。

　　当然也可以看得出来，作者的初衷绝不只是用一个悲哀的故事赚取眼泪，他已经在形成和发表自己的对于生活、对于革命、对于人的尊严和权利的哲学见解。《萱草的眼泪》是为弱者洒下的一掬同情之泪，也是对强者的呼唤。但是，比较一般化的戏剧性故事并未能完全表达作者的哲学，我以为。

　　不久，我看了《京西有个骚鞑子》，小说一开头就以其特有的质朴、幽默、地方色彩（不只是北京味儿，而且是特定的京西矿区的味儿）、性格的独特性、"斗争"（如果"装骚鞑子"也算一种斗争方式的话）的独特性和如临其境的生活实感把我给镇住了，这个作者在给我们的文学园地提供新的东西！那一阵，正是用文学作品写反官僚、反特权相当热乎的时候，但建功的这一篇独出心裁，借用洋名词儿来说，叫作有点荒诞又有点黑色幽默，读了叫你哭笑不得。我说了，只是"有点"，就是说极有限，适度。因为像夫妻分居两地这样的矛盾，当然十分令人同情，却不能说这是由于什么"官僚"造成。义愤填膺、痛心疾首、势不两立……都不是解决问题的有效办法。皮德宝的那一点点荒诞和幽默，倒不失为一种比较健康的态度。皮德宝毕竟大年初一没有去主任家吃饺子，我们的工人是善良的、通情达理的。主任的难处作品也写到了，建功并不认为生活的缺陷一定是某一个"坏蛋"造成的，这种写法也是难能可贵的。当然，王老头这个大慈大悲的形象一树起来，刘主任、皮德宝的形象就蔫下去了。但王老头这个形象始终使我有点难受，弄这么一个光棍给皮德宝看孩子，令人于心不忍。也许建功就是要动读者不忍之心吧？还是建功给王老头分配任务的时候太蛮横了些呢？

小说发表以来，又好几年过去了，皮德宝小两口调到一块儿去了吗？还真让读者怪惦记的。

那个时候我还没弄清，这篇东西与《萱草的眼泪》同出一位青年作者的手笔。

紧接着，旁人向我推荐了《流水弯弯》：一个姑娘嫁了一个金玉其外、棉花（倒不一定是败絮）其中的人，越来越怀念早先丢掉的那块真金。这样的故事并不怎么能打动我，妻子嫌丈夫庸俗，这在旧俄、苏联、我国的小说中似乎都屡见不鲜。例如《青春之歌》里对林道静和余永泽的描写。但这篇作品里至少有两条使我激动：第一，写了"我"与钟奇投奔"红卫兵公社"这样一件虔诚、浪漫而又是"用空想和狂热来开生活的玩笑"的事，是作为钟奇奋斗路上的一个阶梯来写的。这不简单，因为按当时的"行情"，更时兴把红卫兵写成暴徒浑蛋。第二，是后来"我"去看望钟奇，钟奇的那受了伤的、潦倒的生活。特别是结尾，"我"对钟奇说"你对你的爱人要好一些，她是个很好的人"，催人泪下。这就是善的力量，这就叫心灵美，这就是温暖，这就是光。但一封信六年没看到，这种误会又"戏剧"得有失做作了。把钟奇们遭受的打击仅仅归咎于几个"一贯正确"的领导，也有失简单。其实，何必在一个短篇里为钟奇的挫折做出肤浅的解说呢？

这以后，我开始在一些会上认识陈建功同志了：年轻而不幼稚，有见解、有知识而不炫露，毕竟是做过十年矿工的人，是走了"与工农大众相结合"的"必由之路"的一个好同志，这就是我的印象。

他一边上着大学，一边写小说，既丰产丰收，又没耽误上学，没脱离群众，没在本校本班显得挺"各"，这不容易。新作哗啦哗啦地发出来了，《盖棺》《丹凤眼》都得到了好评，《迷乱的星空》《飘逝的花头巾》《雨，泼打着霓虹灯》《被揉碎的晨曦》

《走向高高的祭坛》……则完全是另一类题材，另一类语言，另一类写法。仅这一点就特别值得重视了：我们的崭露头角的青年作家表现了相当的宽度、容量和开拓的追求与勇气。给一个不知就里的人看一下《盖棺》和《迷乱的星空》吧，能不能看出来是一个人写的呢？

这是一个很有趣的文学现象。近年来涌现出来的新作者多矣，有的作品比建功打得更响，有的很快被评论家和读者确认了"一眼可以看得出"的风格。但陈建功这样的，一上场就是两套家什、两套拳路、两把"刷子"的"二元"现象，却相当罕见。一眼是看不出《萱草的眼泪》与《京西有个骚鞑子》是同出一人之手的，两眼也未必行，恐怕得看个三四遍，然后还得好好琢磨琢磨。

我个人很欣赏这种现象，虽然我不能预言建功会长久地"二元"下去、多元下去，还是会慢慢地找到一种自己最得心应手的路子，"定于一"。逐渐"定于一"是可能的，但"定于一"仍然是相对的，除非他停止艺术上的追求，除非他使自己的永无至美至善之日的风格凝固以至于衰亡，他是不可能永远"定于一"的。就像活的细胞总是要分裂一样，艺术探索也是一种分裂——发展，他是他自己，又是新的非我。我相信，提倡开拓生活的陈建功，他这种创作上的多元现象表现的也是一种开拓精神，这是可喜的。

当然，风格应该是多样的统一，孙悟空虽然七十二变总还是能被辨认出来。《丹凤眼》与《迷乱的星空》二者题材、手法、语言看起来风马牛不相及，但仍然都有"陈记"的戳印。在辛小亮的傲骨里，难道就没有与顾志达相通的地方吗？当然，顾志达又会使我们想起钟奇，想起秦江，想起《被揉碎的晨曦》中的"我"。这些作品，是对对抗着生活中的浊流的强者的颂歌。这些强者认为，生活的意义不在于享受，而在于开拓，对于那种庸俗的功利主义，他们抱鄙夷的态度，他们认为人生就是要追求理想，即使为了理想而碰得头破血流，也绝不应退缩叫苦。《丹凤眼》中的辛小亮，可爱就可爱在这里。辛小亮因为是井下的矿工，世俗者嫌他们工种不好，没有姑娘愿意嫁给他，他可不自怨自艾。他说："咱窑工让人瞧不起，可并不是武大郎卖豆腐，人熊货软！"他讽刺那些势利眼的姑娘说："那是给矿上的小科长们啊，写材料的小白脸儿们啊，头头脑脑的儿子们啊预备的。"妙极！建功之可爱就在于虽然他本人也在矿上写过材料，却绝非"小白脸儿"之流，他与矿工，与辛小亮、魏石头（《盖棺》）、云虎（《甜蜜》）以及皮德宝、王老头们心连着心。如果不是工农化，他能写出下面这一段来吗？请看辛小亮对那个老头在煤炭部工作，却看不起矿工的一家的恶作剧吧：

熊？我出气了！临走，趁屋里没人，顺手把身边的暖气给他关了！把旋钮摘下来，出门又扔回他家报箱了！别看你是煤炭部的，冻一宿吧！

痛快！该浮一大白！

而辛小亮的朋友活宝是怎样说的呢？"老弟上刀山下火海，也得给你奔个大嫂子来。明儿还给他们送喜糖去，气他！"

仗义！铿锵有力，金石之声！我看，这就是建功的心声，也是读者看到这里不能不发出的心声！

《盖棺》里的魏石头是一个值得注意的新形象。这个多少有点被扭曲的形象的心灵里包含着黄金和热火，这既是对生活中的荒诞因素、对浊流的抗议，也是对人的尊严、对强者的呼唤。这篇作品是耐读的，理应受到更多的重视。

从某种意义上来说，阅读和分析作品，是对作家的灵魂的探索。陈建功创作上的二元现象，说明这位三十二岁的大学生的灵魂颇不简单，那不是一条窄窄的小胡同（哪怕有几分幽深），也不是浅浅的一洼水（哪怕有五光十色的反光），陈建功肚子里是颇有玩意儿的，说得雅一点就叫作他有一个丰富的灵魂。目前为这个灵魂下断语还为时过早，因为这种二元现象在标志着丰富的同时，也标志着他自己还正在摸索，他还没有写出他最得意的代表作，他的创作还不那么稳定。不论写矿工还是写教授，他在召唤强者，他在嘲笑和谴责浊流，他努力为了尊严而唱赞歌，然而他的赞歌成就不一。

这里，我不想详谈他的一些带有急就章味道的作品。《雨，泼打着霓虹灯》（还有《被揉碎的晨曦》，题名都有失雕琢）和《飘逝的花头巾》在思想方面有某种共同性。选材、立意都非常新，显示了建功对生活的敏感与深思，特别是后一篇，估计在青年特别是在大学中会引起热烈的反响。但我总觉得这两篇小说的题材还没有消化、酝酿得很成熟，好像是面团，还没有发酵够、揉匀，里面还有疙瘩，因而，两位女主人公的戏剧性的一百八十度变化，就不那么令人信服。

窃以为，如果建功结构故事的时候少追求一点戏剧性的对比，他的小说也许会更自然一些。《走向高高的祭坛》更是如此，读后人们不免会觉得作者在对天坛有了一个强烈的感受和深邃的思索以后却没有找到应有的活泼泼的生活内容，因而编造了一个相当费解（晦涩）的故事，虽然妄想型的精神病患者的故事很可能是实有所闻。《哀曲》的戏剧性就更浅薄了。

这里又出现了一个有趣的现象。估计建功本人对《流水弯弯》《迷乱的星空》一类作品具有更多的偏爱，所以他给集子起名为《迷乱的星空》。笔者曾建议他采用"丹凤眼"为好，一方面因为笔者更喜欢"丹"类小说，一方面是因为生意经，以"丹"为名，说不定能获得新华书店更多的订货（不知这算不算"浊流"）。从社会效果上来看，也还是他的《京西有个骚鞑子》《盖棺》《丹凤眼》要影响大一些（青年学生可能更喜欢"星空"一类）。

我完全赞赏建功继续用"两把刷子"刷下去，我丝毫不想指手画脚要他舍此就彼。但我要说，迄今为止，建功写知识分子的小说远不如他写矿工的小说更有特色，有风格。不用说别的，就拿语言来说，"丹"类小说是如何令人拍案叫绝！"星空"类呢？不是显得还缺乏独特的东西吗？再说人物，他写的那些普普通通的工人，都是活灵活现的，而他精心塑造的钟奇、顾志达、秦江（《飘逝的花头巾》）却相对地苍白一些、概念化一些。

《迷乱的星空》是结构比较庞大、内涵比较丰富、提出的问题也比较尖锐的一篇力作，读后心怦怦然。作者把父女二人的爱情与他们的生活哲学结合起来，描写的视角适当变化，已死的炜炜的母亲与《老人与海》的穿插和象征，特别是炜炜终于未能与顾志达相好这样一个令人遗憾、令人深思却也令人感到一种"欲穷千里目，更上一层楼"的欣悦的结局，都说明了建功艺术上是有追求的、有潜力的、有来头的，正所谓前途不可限量。

美中不足的是顾志达这个形象本身，既伟大又单薄，给人以过分愤世嫉俗而生活在云端之感。他这么伟大，恐怕没有哪个姑娘有资格爱他，至多能得到他的一次热吻，下一次就是冷吻了，再下一次就得拉吹。他会不会落一个王老头乃至魏石头的下场呢？完全可能的，虽然魏石头是那样渺小而顾志达是那样伟大。不是钟奇也颓唐了吗？不站在坚实的土地上，只凭一副傲骨，不是很容易被浊流淹没，而伟大与渺小之间也绝不存在着十万八千里的距离吗？

以短篇而论人往往是瞎子摸象。建功的灵魂还有待于开掘和发展，建功的生活还有待于开掘和积累。抓住象耳朵说它像蒲扇，抓住象鼻子说它像绳索都是可笑的。他的创作在赢得了极其可喜的成绩的同时，也出现着不平衡、参差、新的苗头与新的不足，这是完全正常的现象。他还是个大学生，创作与生活斗争之路还在前面，不管有多少岔路，也不管他会经历多少曲折和挫败，我希望他不要失去开拓的理想、强者的自尊，我同样希望他不要失去与劳动人民、与工农大众的血肉相连的关系，不要失去他的谦逊、朴实的作风。祝他什么呢？更大的成就？天下哪有那么廉价的成就？廉价的成就属于明伟、凌凯以及戴过花头巾的"她"。那么，祝他孤高自傲、超尘绝俗，像被揉碎的"我"和找不到爱人又考不上研究生（当然也可以说是他不屑于考研究生和找一个俗气的爱人）的小顾？不，这是一种不公正的诅咒。还是祝他多得到一些读者吧！但要说明，宁可多一些严格得近乎苛刻、关心得近乎挑剔的读者，而不要碰到那些捧场的哥们儿！让建功永远不得轻松、不得安宁吧！建功得到的，绝不会是一条大鱼的空空的骨架子。

——陈建功小说集《迷乱的星空》序

1981年8月

董鼎山 ◎ **斯人斯书，令人雀跃**

　　读董鼎山先生的《纽约客书林漫步》，脑子里马上就出现了"信息量""开脑筋""另类""视角""文体"等一些词。当然，脑海里也出现了董先生那种风度翩翩、谦恭含蓄、温文尔雅、魅力十足的形象，斯人斯书，能不令人雀跃！

　　用今天的北京土话来说，这本书的干货极多，长年生活在纽约而又常常回中国来的作者对众多的美国当代作家不仅掌握了大量材料，而且有些人是有过直接的接触、直接的印象和了解的。阿瑟·米勒由于《推销员之死》的演出成功在中国很有名气，但董先生的短文中描写了他自负和过气的那一面。福克纳也是令有诺贝尔情结的国人羡杀愧然的一位美国文学大师，却原来他也曾为生计所迫给好莱坞写过脚本，而且他的成功与美国的一位文学洋伯乐的指点、栽培有关——看来大师也不一定伟大到人人只能仰视的程度。还有许多一听名字我们就佩服得喘不过气来的人物，比如萨特，比如海明威，比如索尔·贝娄，比如塞林格，他们的花絮，他们的私生活，他们的淫乱和他们的酗酒，他们的自我吹嘘与目空一切，都在董书的描写叙述之内。甚至海明威算不算"知识分子"（姑用此词，详见董书）也在美国颇有争论。

知道这些情况，我想其意义并不在于毁损大师的名望，更不是要轻薄文学，叫作"轻薄为文哂未休"，而在于"开脑筋"，去傻气，更亲近地了解他们作为活人（曾经是活人而不仅仅是一些伟大的符号）的诸多特点，少一点无知也就少一点误解或迷信，多一点客观和见识。董书的优点之一就是他不论写到多么显赫或臭名昭著的作家，都用几乎是同等的平视的语气。而我们已经习惯于写一个作家以前先定下调子：颂扬还是贬低，大树特树还是大批特批，至少是党同还是伐异，这是让每个读了你的评介的小孩子也弄得清的。

这是视角的问题，也是文体的选择，我很喜欢董书的平静的叙述。简洁的文字，自然而然的评点，顺手一带的放松姿态。他在旁征博引的同时，并不拒绝顺便写一点第一手的印象和自己的见解，但适可而止，不搞得那么膨胀，那么雄辩兮兮。我童年时候家长经常教导我"读书深处意气平"，可惜我这一辈子为文还是嫌气盛了。

我也想到国内最近常常喜用的"另类"一词。从董书中可算看出另类来了。他描写的那些羞怯的害怕人的作家，那些放纵自己的性生活的作家，那些曾经"打架、欺诈、赌博、撒谎"的作家，那些具有自我毁灭倾向和发疯倾向的作家以及具有断袖之癖的作家，对于我们这些多半是因社会姿态而被注意的中国作家来说都是另类。中国的标榜另类，其实也变成了社会姿态的选择了，其所以被注意与选择做旗帜、做喉舌、做请命者代言人、做灵魂的医生等有共同之处。只不过中国的另类不是以医生的角色，而是以病人的角色自我炒作罢了。另类存在的依据是同类。比较起来，你读了董书也许会明白美国作家比起我们来说是寂寞多多的，因为在美国不大有那个占主导地位的同类。

但有些地方又很不另类而是同类。比如用作品宣传自己的思想，比如文人相轻中外皆然的故事等等，读起来是颇为亲切的。

对这个世界还是多知道一点真实情况比道听途说和想当然为好。

——《约约客书林漫步》读后

2000年3月

辑二

当时只道是寻常

彦周　李一氓　王任重　陆文夫　丁玲
胡乔木　　周扬　三联诸友丁玲
李一氓　胡乔木　彦周
萧也牧　陆文夫　黄秋耘
三联诸友　萧也牧　周扬　王任重黄秋耘

胡乔木 ◎ 不成样子的怀念

一九九二年秋，我结束了在澳大利亚昆士兰州布里斯班市参加华拉纳节作家周的活动，应澳艺术理事会的邀请转赴悉尼。到悉尼的第一天，得悉了胡乔木同志逝世的消息，当即给他的遗属拍去了唁电。

对某些所谓"中国问题专家"来说，我的反应是出乎他们的意料的。因为，他们习惯于以"保守派"与"改革派"、"强硬派"（或鹰派）与"温和派"（或鸽派）、"正统派"与"自由派"的两分法来划分中国的一些人士。这种简单化的划分，实在与"凡有人群的地方都有左、中、右"的"阶级分析"的方法并无二致。同样简明，同样粗糙，有时候是同样正确，有时候又是同样荒谬。按照这种粗糙并有时荒谬的"两分法"和角色的派定，王某人不应该与胡常委（他逝世前担任的最后一个职务是中顾委常委）相互友好。

一九八一年我第一次接到了乔木同志来信，信上说他在病中读到了我的近作（看样子读的是人民大学编印的《王蒙小说创作资料》，一本以教学参考资料为名广为行销的"海盗版"书籍），他对之很欣赏。他写了一首五律赠我，表达他阅读后的兴奋心情。

不久我们见了面。他显得有些衰弱，说话底气不足；知识丰富，思路清晰，字斟句酌，缓慢平和。他从温庭筠说到爱伦坡，讲形式的求奇和一味的风格化未必是大家风范。他非常清晰而准确地将筠读成yún而不是像许多人那样将错就错地读成jūn。他说例如以托尔斯泰与屠格涅夫相比，后者比前者更风格化，而前者更伟大。（大意）我不能不佩服他的见地。

他也讲到，马、恩等虽然有很好的文化艺术修养，有对文艺问题的一些有价值的见解，但并没有专门地系统地去论述文艺问题，并没有建立起一种严整的文艺学体系。他说："我这样说，也许会被认为大逆不道的。"他的这一说法给我以深刻的印象，可惜，也许是顾虑于"大逆不道"的指责，人们未能见到乔公对这个问题的进一步阐述。后来，我在《读书》上发表的一篇文章《理论、生活、学科研究问题札记》吸收了这个思想，虽然这篇文章使一些人至今如芒在背而难以释然。

我举例问到了关于对毕加索的评价，我想知道他个人是否欣赏毕加索，我也想知道在中国，艺术空间的开拓还要遇到多少阻力和周折。他的回答出我意料，他说："在我们这样的国家，还难于接受毕加索。"我以为他的回答流露着某种苦涩，也许这种苦涩是我自己的舌蕾的感觉造成的。

我问他对于典型问题的看法，他说，这个问题谁也说不清楚，他说"典型"是外来语，然后他讲了英语stereotype，他说这本来就是样板、套子的意思。他发挥说，比如说高尔基的《母亲》是典型的，但高尔基最好的小说不是《母亲》，而是《克里姆·萨木金的一生》。然后他如数家珍地谈这部长而且怪的、我以为没有几个人读得下来的小说，使我大吃一惊。

其后不久乔公对《当代文艺思潮》上徐敬亚的一篇文章大发雷霆，于是我看到了此老的另一面。他认为徐的文章是对革命文艺的否定，认为《当代文艺思潮》这本刊物倾向不好，他甚至不准旁人称徐为"同志"。这使我觉得他处理问题有时感情用事。我告诉他，《当代文艺思潮》的主编是一位"好同志"，这位同志曾协助省委主要领导做文字工作等等。乔木的反应是："那就更荒诞了！"随后，他谈此杂志时的调门略降低了一些。

一九八三年春节我给他拜年。他读了我的小说《布礼》，认定我的爱人一定极好，便责怪我为什么不带爱人来，并且立即命令派车去接。

一九八二年下半年《文艺报》等展开对"现代派"的批判，一位日丹诺夫主义的中国传人理论家在会议上大讲"这一场斗争是不可避免"的，另一位负责人也郑重其事地大讲"批现代派的政策界限"，令"犯了事"的作家紧张莫名。连他的亲属也上了阵，讲："党的十二大精神是建设有中国特色的社会主义，而他们要搞'现在派'！"

乔木同志当时在政治局分管意识形态工作。他当然熟知这些情况，更知道批现代派中"批王"的潜台词和主攻目标。一九八三年春节他对我一再说："我希望对现代派的批评不要影响你的创作情绪。"

这一点也很有胡乔木的风格。他要批现代派，或不能不首肯批现代派，他也要保护乃至支持王蒙。鱼与熊掌，兼得。

这一次会面起到了他所希望起的那种作用。一些人"认识到"胡对王蒙夫妇的态度是少有的友好，从而不得不暂时搁置"批王"的雄心壮志。

胡乔木对张洁的小说与生活也很关切。他知悉张洁婚姻生活的波折与面临的麻烦，他关心她，同情她，并且表示极愿意帮助她。

另一个引起胡关注的女作家是宗璞。他读了她在报上发表的《哭小弟》，宗璞的弟弟是搞尖端科学的，英年早逝。当时中央正在抓中年知识分子的生活待遇与政策落实问题。胡说他读了《哭小弟》，给作者写了信。我向他介绍了冯的家学渊源。他后来又接触了一些冯的作品，颇赞赏。胡的艺术趣味偏于雅致高洁，与宗璞对路。他曾经激赏过我的小说《歌神》，却接受不了我的幽默、调侃，也是一证。有一位革命文艺批判家权威，一提宗璞就气不打一处来。这位权威主要是厌恶宗璞的书卷气与学府生活。比较一下他和乔木的态度，令人叹息。

说到个人爱好，胡喜欢黄自和贺绿汀，把一盒复制的黄自歌曲的磁带赠送给了我，并批评音乐界的"门户之见"。胡喜欢看芭蕾舞，并向我建议请舞蹈团以抗震救灾为题材搞一个舞剧。胡的欣赏品位是高的，所以他对文艺界的某些棍子腔调斥之为"面目可憎"。我曾经开玩笑说，胡乔木是"贵族"马克思主义者，而棍子们是流氓"马克思主义者"。罪过！

与此同时，乔木又不断地劝诫我：在文学探索的路上不要走得太远。一九八一年，我的小说《杂色》发表后他写信来，略有微词。他又把一期载有高尔斯华绥的一篇评论文章的译文的《江南》杂志寄给我，该文的主旨似亦在主张"大江大河是平稳的，而小溪更多浪花和奇景"，我已记不清了，反正是不要太"现代派"。我想，这对于一心追新逐异的浅尝者们，还是有教益的。

我曾与周扬同志谈起乔木的这一番意思。周立即表示了与胡针锋相对的意见。周主张大胆探索，"百虑一致，殊途同归"。我感到了胡与周的相恶。对于周，我理应在今后写更多的回忆文字。

胡乔木还曾托付一位与我们都相熟的老同志口头转达"让王蒙少搞一点意识流"之类的意见。我毫不怀疑他在"爱护"我，乃至有"护君上青云"之意。

此后由于我也忝列于某些有关文艺工作的"领导层"之中，便与胡发生了更频繁的接触、交流与碰撞。一九八五年，作协"四代会"开过，一次胡找我，要我把一篇反对无条件地提倡"创作自由"的文章作为《文艺报》的社论发表。此次，他谈到了他去厦门时到舒婷家拜访舒婷的事，他说他的拜访是"失败"的。我想他的意思是指他未能在政治与文艺思想方面对舒产生多少影响。但我仍然感到，他能去拜访舒婷，如不是空前绝后的，也是绝无仅有的。我甚至主观地认为，他的"失败"论是一种防护姿态，以免因这一拜访受到某些面目可憎的人的指责。八十年代以来，舒婷亦多次受到批评，以"大是大非的问题不能朦胧"为由批判"朦胧诗"，与前述的以"建设有中国特色的社会主义"为由批现代派逻辑一致，语言一致，版权归属一致。

据说，胡对舒婷是很友好的。他说："如果这样的诗（指舒诗）还看不懂，那就只能读胡适的《尝试集》了。"当然，他不可能"微服私访"，他进行了一次前呼后拥、戒备森严的访问，这也是失败所在吧。诗心相通，谈何容易？

一九八五年有一次，胡向我表示："我很担忧，今后像《北国草》（从维熙作品。——王注）、《青春万岁》这样的作品没有人写了。"他还表示既赞赏陆文夫、邓友梅的作品，又感到不满足。

我接到胡派下来的文章，便与作协诸新老领导共同研究，并组织力量对文章进行了某些增加"防震橡皮垫"型的修改。我总是致力于使上面派下来的提法更合理也更容易接受些。也许我常常抹稀泥，但我仍然认为抹稀泥比剑拔弩张和动不动"断裂"可取。修改稿胡看后表示"佩服"，以编辑部文章名义发了出去。胡于是直接下令包括《文学评论》与《当代文艺思潮》在内的几个刊物限期转载。

他的做法引起了一些议论。于是朱厚泽（当时任中宣部部长）、邓友梅（作协书记之一）和我到正在住院的乔木同志处，我反映了一些意见。胡略有些激动，他说："作家敏感，我也敏感！"

我谈到那年的一匹"黑马"到处讲胡要对王蒙如何如何下手。他更激动了，他甚至说："我怎么可能打倒王蒙呢？我如果去打倒王蒙，那就像苏联的（政治笑话所描写的那样。——王注）赫鲁晓夫去打倒斯大林，斯大林倒了，也把他自己压倒了……"

这有点拟于不伦，但也说明他情真意切。这也许透露了他的"一本难念的经"，也许还含有对我当时如"芝麻开花节节高"的态势的讽刺。谁知道呢？

这次见面中邓友梅讲了一些对浩然和有关现象的看法。胡当时没说什么，但事后他表示十分反感。他愤然说，是他特别指示《人民日报》发表了浩然新作《苍生》出版的消息。提起浩然他也充满友善。我于是告诉了他北京中青年作家对浩然的友好态度和一些事实，当然，说的是浩然流年不利那几年。他笑了。

和他接触多了，我有时感到他的天真。虽然他是老革命、老前辈，虽然他饱经政治风雨特别是党的上层沧桑，但我很难判断他是否入世很深、城府很深。我不知道是否因为他长期在高级领导机关工作，反而失去了沉入社会底层，与三教九流、黑白两道打交道混生活的机会。他当然很重视他的权力与地位，他也很重视表现他的智识（不仅是知识）和才华，以及他的人情味。这种表演有时候非常精彩，以致使我相信他的去世所造成的损失是无法弥补的。乔公是不二的人物，有时候又十分拙劣，例如自己刚这样说了又那样说，乃至贻笑大方。一九八三年他批了周扬又赠诗给周扬，他的这一举动使他两面不讨好，这才是胡乔木。只谈一面，当不是胡的全人。

胡乔木很喜欢表达他对知识分子的尊重，也乐于为知识分子做一些好事。他与钱锺书的交往许多人都是知道的。为了"帮助"我不要在现代派的"邪路"上越走越远，他建议我去请教钱先生，并说要代为荐介。我觉得由胡介绍我去拜见钱，有点"不像"，便未置词。

胡对赵元任先生的尊重是公开报道过的。

胡对季羡林、任继愈都极具好感。任继愈担任北京图书馆馆长，就是胡乔木提名的。他曾向我称道金克木、王干发表在《读书》上的文章。年轻的王干，竟是乔木说了以后我才知道并相识交往了的。那年宗璞患病，住院住不进去，我找了胡的秘书，胡立即通过当时的卫生部部长帮助解决了这一问题。

给我印象最深的是胡对电影《芙蓉镇》的挽救。由于一九八七年年初的政治气候，有一两位老同志对《芙蓉镇》猛烈抨击，把这部影片往什么什么"化"上拉。胡给我打了一个电话，要我提供有关《芙蓉镇》的从小说到电影的一些背景材料。胡在电话里说："我要为《芙蓉镇》辩护！"他的音调里颇有几分打抱不平的英雄气概。

后来，他的"辩护"成功了。小经波折之后，《芙蓉镇》公演了。

从这里我又想起胡为刘晓庆辩护的故事。刘晓庆发表自传《我的路》以后，电影界一些头面人物颇不以晓庆的少年气盛为然，已经并正在对之进行批评，后被胡劝止。

我又想起他对电影《黄土地》的态度。他肯定这部片子，为它说过话。胡做过许多好事，例如他对聂绀弩的诗集的支持。胡做这些好事多半都是悄悄地做的，"挨骂"的事他却大张旗鼓。这也是"政治需要"吗？这需要有人出来说明真相，我以为。

一九八九年的事件以后他的可爱、他的天真与惊惧都表现得很充分。该年十月我们见面，他很紧张，叫秘书做记录，似乎不放心我会放出什么冷炮来，也许是怕这一次见面给自己带来麻烦。

谈了一会儿，见我心平气和、循规蹈矩、一如既往，并无充当什么角色之意，他旋即转忧为喜，转"危"为安，又友好起来了，面部表情也松弛了许多。

不久，他约我一起去看望冰心，为之祝九旬大寿。他还要我约作曲家瞿希贤与李泽厚一起去。后因瞿当时不在京，李也没找到，只有我和他去了冰心老人那里。他写了一幅字，四言诗给冰心，称冰心为"文坛祖母"。然后又是与冰心留影，又是与我照相。他还讲起他对李泽厚等人的看法，认为他们是搞学术而被卷到政治里的，不要随便点名云云。这是我最后一次与这位老人见面了。后来他寄来了他签名的诗集。

他大概仍然想保护一些人。但是这次已不是一九八二或者一九八三年。他本人也处于几位文坛批判家的火力之下。在一次"点火"的会议上，几个人已经用"大泰斗保护小泰斗"这样的说法攻击乔木。也有的人干脆点出了乔木的名。

据说在一次会议上他极力与批他的人套近乎，说了许多未必得体的话，但反应冷淡。据说还向另一位曾撰文委婉批评他的人大讲王蒙的"稀粥"写得如何之不好。我觉得他已经为与王蒙拉开距离做了铺垫。这和他的与我讲看访舒婷"失败"具有相近似含义。他的这些努力都引起了一些说法，而且，反正他对意识形态工作的影响，是越来越式微了。

在这篇不成样子的怀念文章的最后，我想起了一九八八年他的一次谈话。当时中央正准备搞一个文件，就对文艺工作的领导问题提出一些方针原则。有关同志就此文件草稿向他征求意见。他对我说："要把党领导文艺工作的惨痛教训，郑重总结以昭示天下。"他说得很严肃，很沉痛，对文件的要求也非常之高。他慨叹党内缺少真正懂文艺的周恩来式的领导人。他要求回顾历史的经验。但是他又说："不要涉及《在延安文艺座谈会上的讲话》。"对最后这个意见，我传达给有关负责人以后，我们一致认为无法照办。

乔木凋矣，但我没有也不会忘记他。我远远谈不上对他有多少了解。也许我的记忆有误，也许我的体会感受有误。当然我写的只是我眼中的胡乔木。也许，一个更深沉、更真实、更完全也更政治的胡乔木，是我没有也无法把握的。但我仍然有义务把这一切写出来，为了对他的怀念与感激。愿他的在天之灵安息！

1994年11月

附：《旧事旧诗偶记》

一九八一年夏，我收到胡乔木同志一封信，说是他在医院中读了我的一批小说，非常高兴，乃赋诗以赠。这里说明一下，他读的是人民大学一个资料部门出版的"白皮书"，书名是"王蒙创新资料"之类。书中收了一些我当时的似乎有点惊世骇俗的所谓意识流小说，内含《夜的眼》《风筝飘带》《海的梦》《春之声》《布礼》《蝴蝶》和一些有关评论，多少有点争鸣的意思。当时某些人尚无或至少是宁无著作权观念，亦无有关法令，他们以教学资料的名义编选，仍然是卖人民币的，而且卖了不少，但对作者是连个招呼也不打。这就不完全是一个法律问题，而是一个常识和文明礼貌问题了。

不尊重作者权益也罢，想不到它的出版构建了我与乔公交往的基石，对我的后来的遭际，有相当的影响。

我是个马大哈，后来就再也找不着乔公的赠诗了，这使我颇觉抱歉。谁想得到，事隔二十年后我去新疆，与一位老友谈起此事，他说我一九八一年秋去新疆时曾将此诗写给过他，他是个仔细人，果然一找便找了出来。诗是这样的：

> 故国八千里，风云三十年。
>
> 庆君自由日，逢此艳阳天。
>
> 走笔生奇气，溯流得古源。
>
> 甘辛飞七彩，歌哭跳繁弦。

往事垂殷鉴，劳人待醴泉。

大观园更大，试为写新篇。

这首诗应该算什么体，请方家有以教我，说是五律吧，多出来了四句。说是古体吧（当然不是那种胡诌的伪古体），它又比较精致而不失古朴，对仗、平仄都挺讲究。能不能算受乐府体的影响呢？

头两句是我自己的话，见于当时我的一篇谈创作的文章中，指我的写作题材。接着的"庆君自由日"，有趣，倒像我是才从囹圄中放出来。其实，二十年来，比起很自由的人不如，比起不自由的人，我也算够自由的了。特别是"文革"二十多年，我成了三不管的人，更是物极必反的辩证法的活证。自由与艳阳天联系在一起，这也不赖。而且"逢此艳阳天"云云使我想起他的领导身份，当然要强调艳阳的高照。"走笔"好懂，"得古源"实际是我的一点自我辩护，因为有人见了比较自由的笔体和什么内心独白就惊呼"现代派来了""食洋不化"，还要"掌握政策界限"之类，装腔作势，借以吓人。我乃引用李商隐诗歌和《红楼梦》对贾宝玉内心世界的描写为例，努力证明心理描写的流动性古已有之，我虽写了，仍是爱国爱党的大好人。乔公称之为"得古源"，也有为我正名之大义存焉。我当永远感谢他老人家。"七彩""繁弦"句是说那几篇小说的风格，还是够美丽的，过奖啦。"往事""劳人"一联，也很有居高临下的概括性与导向性，毕竟是登高望远与庸众不同。

最后两句弱一点，但他后来当面告我，他的用意是你王某人也不见得篇篇写什么"八千里、三十年"，那样写下去会自我重复的。他的这个意见确实是对的。

胡诗失而复得，令人快乐。回想旧事，亦有沧桑之感。乔木老对我确是呵护有加，祝他的在天之灵安息。

保存了此诗的是新疆文学评论家陈柏中，他是浙江人，进疆多年，为新疆的文学事业贡献不少，他担任过新疆文联的副主席。

2002年1月

李一氓 ◎ 永远的怀念

　　我想我第一次与李一氓同志见面并给他留下了一点印象是在
一九八一年，当时很可能在总统大选中获胜的法国社会党领导人密
特朗应中共中央总书记胡耀邦的邀请到中国访问，客人提出希望会
见中国的一些作家，我与艾青等出席了与他们一行会面的活动。当
时有一些法国记者，提出了一些问题，其中有所谓比较敏感的地下
刊物问题、不同政见者问题等，我都即席做了回答。事后，李一氓
同志表达了对我的注意和一些肯定。

　　到一九八四年年底，他老又读了我写的《访苏心潮》。那时
中苏关系并未正式解冻，但已开始往正常方面发展，写访苏文章有
一点难度，你不能像五十年代那样去歌颂苏联，你又不能像对资本
主义国家那样骂苏联，也不能像我们在"文革"中那样大批苏联现
代修正主义与社会帝国主义。于是我全面写了各种酸甜苦咸辣的感
想，五味俱全。他通过张光年同志告诉我说，他觉得我写得已经很

成熟了。

不久我就被邀去做中国国际交流协会的副会长，会长是李老，当然这也是他老人家对我的关心和器重的一个具体表现。

这期间，我几次在作协的文学评奖发奖会上见到他老的身影。从工作分工来说，他本可以不参加作协的这些活动，虽然他也是老作家，老创造社。我觉得他之所以参加这些活动，除了与张光年同志的友谊以外，是想表示他对常常处于议论乃至争论中心的作家与作品们的支持。他渴望在党的十一届三中全会以后，中国的文艺、中国的思想界出现一个新局面。在中国，文艺是一个风向标，文艺界气候的温暖与清明是社会政治走上坡路的标志；而文艺界的肃杀与恐怖，就是社会政治相反走向的标志。李老通过自己的行动，表达了他的政治愿望。

一九八七年，一氓老在《人民日报》上发表了一篇文章谈我的长诗《西藏的遐思》。这对于我来说也算是荣幸之至了。

来往比较多还是在我离开了文化部领导岗位之后。不论我什么时候去，李老都能推心置腹又是高瞻远瞩地给我分析一些重大的问题，使我得到不少教益。李老一直非常关心文学界的情况，常常叹息我们还需要更多的大作家，他有时屈指算一算，说是那时的大作家多是中华人民共和国成立前成长起来的，中华人民共和国自己的大作家还是太少太少了。对一些复杂的情况，他都能够以丰富的实践经验与高超的理论修养做出精辟的分析，释疑解惑，令人信服。至于他对我个人的处境的关心、爱护，非言辞可以记述。

李老善书，在他的生命的最后一段时间，他给我写了一幅字，引用的是《文心雕龙》上讲创新的一段话。这也是他人虽高龄，仍然孜孜于新事物的一点意思吧。

李老走了，一走就是十年了，我纪念他，回想诸事，特别感到惭愧。好在他走后的这十年，中国发展建设得很不错，九泉之下，他该感到欣慰的吧。

2001年

王任重 ◎ 切身的怀念

　　我第一次与任重同志见面是在一九八〇年，那时他担任中宣部部长。据说是由于他老的女儿王晓黎的建议和牵线搭桥，任重同志打算并开始与一些所谓最活跃的中青年作家见见面，增加交流与沟通。我那时住在前三门，任重同志住在不远的地方，我到他那里去很方便。

　　任重同志与我交谈十分坦率，实话实说，态度鲜明，从不隐瞒自己的观点。同时，他也不像有些人传说的那样"僵硬"，而是表现了大度与通情达理。例如他对当时的某些"伤痕"文学作品、揭露性的报告文学作品都表示可以首肯，但他也提了一些希望，提出了单纯揭露或控诉（"文革"）之不足。他谈文艺问题从来都是两点论、辩证法，不搞一棍子打死。他对我的《组织部来了个年轻人》《说客盈门》等都十分赞扬，显示出一种颇为高兴的情绪。在一些会议上他也讲了他的这些观点。他对于有关文艺界的种种议论，并不轻易表态。例如他就问过我关于文艺家们的稿酬、演出收入等状况，我讲了情况后，他表示文艺家的总体收入并不算高嘛。他对我所反映的一些作家的意见也很重视，有的当即交代下去处理解决。一次，为了某出版社邀请一些作家去风景胜地访问的问题，我与某个部门有不同的看法，任重同志知道后立即让那个部门的领导与我交谈，以取得协调，使一些小矛盾化解于无形。他的这种务实的与善意的工作方法我觉得是很好的。

一九八一年年底，他来电话邀我与另一位作家去广西看看。那时我还从未去过广西，便高兴地答应了。我们先到了桂林，再到了南宁。在南宁，我们参观了麻纺厂，接触了一些先进人物，也接触到一些先进工作者之间的内部矛盾。（后来我写了一篇报告文学，另有一个中篇小说也与此次广西之行的见闻有关。）一九八二年新年，我们是在南宁与任重同志一起过的，当时任重同志邀了刘志坚政委等一起吃年饭，也交谈了一些对当地基层工作的印象。我那天只是随便说一说，想不到任重同志很重视，事后，他专门找了韦纯束同志（当时任南宁市委书记）来听我的汇报。我觉得这未免闹"大"了，很不安。

这一年召开的党的十二大上，我被选为中央候补委员。后来，我才知道，提名我做候补委员候选人的，包括了王任重同志。我当时就想，其实，我们的许多领导同志还是很愿意多接触人、多听取意见的，如果能够多沟通，其实他们也很乐于相信别人、扶助别人。可惜的是，他们接触各色人等的机会还是不太够，这样的沟通，还是太少太少了呀。不然，许多事情会好办得多。

后来我有更多次与任重同志交谈的机会，他家的大门对我从来都是敞开着的。我到文化部工作以后，也常去他那里。他对高占祥同志也是十分关心的，常常向我打问占祥的情况。

一九八七年年初，他找我，想帮一个犯了严重错误、面临着严重问题的文学界人士的忙，他说："我们这些人是有经验的，我们知道对人的处理一定要慎重，我们要想想办法。"在那个时候他能提出这个问题来，我十分意外，也很感动。我于是去与他当面计议。当然，由于客观的状况，他老的好心没能开花结果。但他能在那种情况下提出这个事，也算是极端的善意——我要说是菩萨心肠了。

一九八七年春天，我去找过他一次，提出来，经过一个阶段的实践，我觉得自己还是辞去领导职务专门从事创作为好。他一再说："这是个好意见，这是个好意见。"并答应代向最高领导人转达。

也正是这几年，他的身体每况愈下，谁想得到竟在一九九二年溘然长逝！他老仙去已经五年了，我经过他的旧宅的时候仍然时感悲伤。什么时候再有与这位老同志促膝谈心的机会呢？

1997年

陆文夫 ◎ 想念文夫

　　说起文夫，大家都觉得他可爱，有趣，有人缘也有文缘。

　　他的《小巷深处》与我的《组织部来了个年轻人》都收在中国作协编的《一九五六年短篇小说选》里。然后，在一九五七年那一"劫"里，他和一批江苏青年作家因为什么"探求者"一"案"被搞得不亦乐乎，他还好，被弄成"中右"。而更多的人与北京的几位一样，被彻底打入了另册。到二十世纪六十年代，似乎他也搅到什么"中间人物"一"案"中了。他干脆下放去当工人去了。

　　这样，一直等到七十年代末，"四人帮"倒台，住院在北京电影制片厂改剧本的他居然能找到我在京的亲戚那里，意外地让"关系"尚在新疆的我见到他与老管夫妇并共进午餐，真是太令人惊喜了。

　　他有江南秀士的风姿，他有土生土长的淳朴。一九八六年我们一起作为国际笔会的特约嘉宾去纽约开会的时候，他不喝泛美航班上供应的饮料，而是只要开水冲泡自己携带的绿茶，用餐时则拿出家乡的"洋河大曲"。一九九一年我们同去新加坡参加作家周活动，他每顿饭都要索取一盘炸花生米。当时他的名著《美食家》已经名震中外，他已经当了一年的法国美食俱乐部的荣誉会员，还在一九八九年秋到法国吃了一圈。

他的作品与他本人一样，亲切多姿，别人容易接受。他写起来就自然做到了怨而不怒、哀而不伤、乐而不淫。他说实话多，说大话少；说老百姓的话多，说字儿话、官话、显学问的话少。他从生活中来的体会琢磨甚多甚多，云端立论、巅峰抡斧甚少甚少。他天生实事求是，从来没有大言欺世。他颇有趣味，但绝不油滑耍嘴。他也关心自己，但是并不高调压人。他或有自我感觉特别良好的偶然机遇与天真表现，但是绝不中伤嫉妒旁的同行。

或称之为陆苏州。苏州因他而更加苏州，文夫因苏州而更加文夫。一方水土养一方作家作品。一方作家作品使这一方更加凸显特色。

他住在苏州，不但与北京也与江苏首府南京稍稍有点距离，客观上带点自我边缘化的聪明和狡黠，但也有谦虚和本分。他自诩过"闲云野鹤"。他的作品有苏州园林的精致，但是并不雕琢，不较劲，而是偏于行云流水。他的作品不乏对于时弊的针砭，但是绝不风风火火。他的短篇小说《围墙》曾在河北省委的三级干部会议上印发，作为空谈误国、实干兴邦的学习材料。他喜欢没完没了地说话，但是不说是非，不传长舌。

他喜欢烟酒。他当人民代表那些年每到北京两会，都要到我家小饮。他的评论是"王蒙家的酒可以，菜不怎么样"。边饮边谈，他对诸如世态人情、三教九流、文坛争执、官场沉浮无不了然于心，他有自己的臧否，也有付之一笑的超脱。他有兄长之风，但没有兄长的人之患在好为人师。历次北京开作家代表大会，他的得票老是很多，当非偶然。

二〇〇四新年前我去苏州，登门拜访，他身体不好，又经历了丧女之痛，我与他们夫妇交谈时只觉辛酸。他们对我的友谊仍然火热。他那天很兴奋。一年多后，他走了。所谓二十世纪五十年代（露头角的）作家正在凋零。张弦早就走了，刘绍棠也没有了，还有老的，病的，不写了的……我曾经十分感叹一些文学老人的离去，现在轮到自己这一辈人了。我能说什么呢？陆文夫是个好人、好作家、好朋友、好兄长啊……

彦　周 ◎ 难忘的天云山

用浩然喜欢说的话，作家们都是些个人精人核儿（北京话读胡儿）。人们的印象是，这类人多半是些口出狂言、任意臧否、喜激动、爱放炮的性情人物。加上"文革"遗风，更有些满嘴脏话、以野蛮为本真、以最最起码的文明规范为虚伪的廉价愤青儿们。

身为货真价实的作家，不是以写作之名混名混利的混混，而能谦恭谨慎、与人为善、心平气和而又正派执着、始终如一者，并不是到处可见。

（陆）文夫是一个，只是喝多了，谈深了，他会流露一点孩子气的自我满足。他的自鸣得意，小有吹擂，相当可爱，至少比满嘴恶毒、认定所有中外人等各欠着你两万美元的可爱——和后一类同行在一起，我也会惴惴不安起来，乃至怀疑自己是不是借了他或她的钱没有及时销账。

彦周则是无瑕的兄长，他想得更多的是他人的长处、好处。二〇〇五年我去合肥参加他的文集的发行式，他激动得几乎落了泪，他说的是感谢的话，他心里装着的是感恩的情。

二〇〇三年他组织"迎驾笔会"，我要说的是应约到了的有影响的作家比一个有关单位组织的正式会议还要全。彦周则能使这些人精人核儿们个个满意。他与老伴，直爽诚恳的张嘉，照顾旁人十分周到。同行们风流自炫者有机会风流自炫，谈言微中者有机会"闲"谈微中，忧思邈邈者自然仍是忧思邈邈，东张西望者则尽可以东张西望。个性不受钳制，却又有一个基本健康的调子，亲近祖国大地，赞美安徽名山，同行相亲相敬，追求文明进步。

看看"文革"后所谓复出后彦周的家喻户晓的名作《天云山传奇》吧，你已经知道了他的真情、他的取向。他从来都不接受那些装腔作势、借以吓人的棍棒，他从来都站在祖国的发展、进步、文明、开放的主潮中间。我曾经实话实说，安徽最知名的山有两座，一个是黄山，一个是天云山——这座只存在在彦周的艺术虚构里的充满苦难和正气的山岭。

不论是他早年写的《归来》还是《找红军》，不论是他写的《阴阳关·阴阳界》，不论是他写《廖仲恺》还是最后一部七八十万字的长篇小说《梨花似雪》，也不论他是写话剧剧本、电影剧本，长、中、短篇小说，不论他是写前清、写民国、写解放、写"文革"，他从未改变过他对于文明、民主、社会进步与祖国繁荣的追求。他还有一种诚挚与稳健，创作上大胆出新却并不一味求怪异，保持严肃仁爱与理想主义却不膨胀自恋，从来都注意阅读与接受效果、尊重受众但绝不媚俗，追求真理但从不大言欺世……

他大我六岁，已经先走了。他的音容笑貌、他的风格、他的好意仍然令人快乐着。想到世上毕竟有过鲁彦周这样的好兄长式的作家，诚恳而又和气的作家，勤奋而又常带笑容、多情却又沉得住气的写作人，而并非都是恶少、救世主、巫毒、候补肉弹与文化骗子，你会觉得咱们这里的文学这一行可亲了许多。

黄秋耘 ◎ **官愈做愈小的老革命**

　　秋耘是我最早熟悉的老作家之一。早在一九五六年，当时他与韦君宜一道主编的《文艺学习》连续几期展开了对我的小说《组织部来了个年轻人》的讨论，而且讨论有愈搞愈大、不好收场的趋势。韦主编偕黄副主编找我交谈。韦的谈话基本上是对作品一分为二，但以保护作者为主。黄的谈话则一直是欣赏和叹息。他尤其喜欢赵慧文这个人物，后来的接触中他频频提到赵慧文。有一次在钟敬文老师家里看到一幅字，是一首旧诗，诗不记得字句了，只是记得它很抒情，朦胧委婉而且忧伤。我在二十岁左右的时候正好有点喜欢这种情调。秋耘立刻说："赵慧文……"其实我自己并没有从那首旧体诗里发现什么赵慧文。顺便说一下，当时对小说的批判意见里，有个人就指出赵慧文特别"不健康"。

　　后来"反右"了，我不用说了，秋耘和君宜日子也不好过，但他终于被邵荃麟保护过了关（他自己告诉我的）。即使在"反右"

以后，在那个"失态的季节"，秋耘一直对我关怀备至。后来情况稍微好一点，就是说在六十年代初"调整、巩固、充实、提高"的那个时期，他热心于《青春万岁》的出版，帮我出了许多主意。当然，人难胜"天"，书还是没有出来，秋耘是尽了力了。他的信中提到过，如果书出来，他要"浮一大白"。他谈起这部长篇小说，一直说"我喜欢这部书"，就像他读的不是清样而是成书似的。

一九五七年以后《文艺学习》没有了，他到《文艺报》担任了编辑部副主任。六十年代以后，他住在东单小羊宜宾胡同的家，是我最常去的地方之一。他也数次到我住的一个极破烂的小平房里来过。每次他都爱护备至地向我介绍许多情况，中心意思是说空气愈来愈紧张，许多事情都不好办，我们只能善自珍摄，小心谨慎。每次他说起话来也是小心翼翼、长吁短叹的。与此同时，他又不停地为我想办法，一会儿说我的这个短篇可以寄《鸭绿江》，一会儿又建议我的另一篇作品寄给《新港》。当然由于气候不对，寄哪儿也没有用了。

最难忘的是一九六二年初夏，一次我建议他同去颐和园游玩，他同意了。我提出我们游泳共渡昆明湖，从知春亭游到龙王庙去，他也欣然接受。他是广东人，游得很好，倒是我第一次游那么远，颇有点气喘如牛、手忙脚乱的狼狈，但总还是安全地游过去了。这次游泳显然给他留下了深刻印象，在后来我到新疆以后的通信中，他曾怅然地提道："如今畅游难再矣。"

一九六二年党的八届十中全会提出"不要忘记"以后不久，他的历史题材小说《杜子美还家》与《鲁亮侪摘印》被指责为借古喻今，也是恶毒攻击一类吧。他的情绪更低落了，他心惊胆战地告诉我海瑞的戏和田汉的《谢瑶环》都被点了名。他告诉我说，田汉的戏里有一个毒刑叫作"猿猴戴冠"，被康生指出那就是"戴帽子"。又过了几天，陈翔鹤的历史小说也被批评了，说是因为陈的小说里提到如果某个古人活到今天说不定应该担任某个文艺家协会的主席，这不就把历史故事挂到今天来了吗等等，一片肃杀的消息。

到一九六三年，我要去新疆，他依依不舍，并写诗相赠，后面四句是："文章与我同甘苦，肝胆唯君最热肠。且喜华年身力健，不辞绝域做家乡。"前面四句记不起来了，反正很有感情。

赴疆前夕，他主动问我有什么经济上的需要，就是说他愿意借钱给我做长途迁移之用，在大家都困难的时期，他的这种相濡以沫的友谊也是令人非常感动的了。我也确实借用了他的钱，到新疆后一个月汇还了他。

我赴疆后不久，接到他的来信，说是他奉调将赴广州羊城晚报社工作。他还提到"青春做赋，皓首穷经"，他今后不打算写多少东西，而是闭门读书了。他写了诗给我，说是"不窃王侯不窃钩，闭门扪虱度春秋"，也是不惹是非、得过且过之意，令人感到了几丝悲凉。

如此这般，真是无路可走。果然，一场大浩劫遍及全国，灾难也就到了头了。

"文革"后期与"四人帮"倒台初期，他几次到北京，参加《辞源》的编纂工作，我也数次与他在京见面。得知我们二人在"文革"中的遭遇还算是好的，只是一般的靠边站，倒还没有什么飞来横祸，也没有受多少皮肉之苦。也许这应该归功于他的一贯的小心翼翼与叹气不止吧？

　　鱼相忘于江湖，近二十余年，情况好了，人就忙了，互相联系反而少了。一九八二年我们一道去美国参加一个研讨会，我发现他还是一副沉重兮兮的性情，似乎他的脑子里仍然是各种要整肃谁谁的坏消息，我忽然觉得他有点习惯性的忧郁，忧郁的后面是莫名的恐惧。而我想，人生不能没有忧患意识，正如不能只有忧患意识，何况我当时确实有点天真的兴奋劲儿。记得也是在此次的国际研讨会上，我提到某女士的著作体现了诗教的"怨而不怒"的风格，秋耘便起立发言，表示他不赞成什么怨而不怒。这是我第一次看到他的比较激烈的一面。后来在我担任公职期间，一九八八年，我去广州出差时到他家看望他，他引用诗句作为对我的警策。他引用的句子是："寄语位尊者，临危莫爱身。"是充满了忧患意识的。这句话给我的印象太深、太刺激了。我也知道做到这一点是多么重要，多么难能可贵啊。

　　今年八月下旬，我照例从北戴河游泳写作回来，友人邵燕祥来电话告诉我秋耘已经过世的消息，我又连忙把噩耗告诉与他相熟的张洁。记得有一年，张洁在广州生病住院，秋耘对她呵护有加。我们都说："一个好人啊，过去了。"后来才接到讣告，由于我搬家，讣告是寄到原地址去的，从原址转来，就晚了几天。

都知道秋耘是一个人道主义者，他翻译过罗曼·罗兰的著作。人道主义者选择了中国共产党领导的人民革命，这是历史的必然，难道人道主义能够选择帝国主义、封建主义、官僚资本主义三座大山的压迫吗？秋耘是老革命，曾经从事过艰苦卓绝的秘密工作，然而文人的气质、书生的理想主义，在这种背景下的人道主义在严峻的现实面前显得是多么无奈！他碰到的挫折大概也不少吧？但他也坚定地说过："在我历练诸多之后，我承认，革命的过程与我想象的有很大出入，但是，如果回到当年的情况，我仍然会毫不犹豫地选择革命。"他的话是意味深长的。

老年以后，每次与他见面，他都给我以泪眼迷离的感觉。有一个作家对我说：秋耘是那种"官愈做愈小"的老革命。戏言乎？不平乎？呜呼！

而他的人道主义、理想主义与对不幸者、孤独者、弱者包括对那个"季节"的我的关心，都是令人永远不能忘怀的。他自己告诉我，"文革"后周扬在广州与他见面时，特别提道：还是要讲讲人道主义。

2002年1月

萧也牧 ◎ 一个甘于沉默的人

"要甘于沉默。"这位高个子、黑面孔、眼窝深陷,有一种既操劳过度,又精神十足的神气的作家,用低沉的声音,对我缓缓地说。

在我的一生中,得到这样的劝告,这是唯一的一次。谁都知道作家往往是最不甘于沉默的人,最耐不得寂寞的人,他们总是要叫,要笑,要唱,要长太息以掩涕。他们最大的希望就是发出自己的声音,哪怕那声音不像夜莺而像叫驴也罢。

但是他在一九六三年这样地劝我了,因为他当时和我一样,都在噤声五年以后,在重新得到了发出自己的声音的一点点机会以后,又感到了山雨欲来风满楼的气氛。全国的文艺刊物彼此之间十分默契,一九六二年"放"了一阵,一九六三年就收上了,直收到一九六六年,连自己也被收进去了,落了个白茫茫大地真干净的局面,卫生,不传染。

"让咱们沉默，咱们就沉默吧。"他的潜台词里包含着这么一句，他是很听话、很驯顺的，从无二心。"不要因为不甘寂寞而做出下贱事来。"也许，更重要的是这一层意思。十年浩劫中，不甘寂寞的文人丢了多少丑啊！如果他们有这种"甘于沉默"的精神，情况不是会好得多吗？"多做些默默无闻的事情吧！"也许，"甘于沉默"四个字还含着这样一种积极的意向呢。不是吗，他"沉默"着，却发现了，又帮助了那么多作家，使那么多作家得以引吭高歌，声震云霄！

　　我碰到的第一个编辑就是他。那时候我刚满二十岁，把自己的处女作《青春万岁》的初稿送到了中国青年出版社，有时候我走过东四十二条出版社的门口，看到一些戴着深度眼镜、微驼着背、斯斯文文、说话带南方口音而且满嘴的"题材"呀、"提炼"呀、"主线"呀、"冲突"呀的编辑，我是怀有一种敬畏之感的。终于，这个出版社的文艺编辑室的负责人接见了我，那就是他。当我知道这位吴小武同志就是鼎鼎大名的受过批判的萧也牧的时候，我却产生了一种对他的怜悯之感。解放初期，我读过他的《我们夫妇之间》，读得蛮有兴趣，后来不知道怎么的就批上了，罪名大概是小资产阶级倾向之类，（天知道这篇小说到底有什么倾向问题！）从此，他就沉默了。到一九五五年我在萧殷同志家里第一次与他见面时，已经有好几年没有见过他的作品了。一个作家而多年失去了发表作品的权利，其可怜与可悲，即使幼稚如当时的我，也是完全明白的。

我现在完全想不起我们的谈话的具体内容了。但我记得，他是用一种深知个中甘苦的、带几分悲凉的口气来谈创作的，他不但懂得创作的技巧，他更理解创作的心理、作者的心理。他深知写作的艰难，他好像多次用过"磨"这个词。一九六二年我们重逢的时候（当然，那时用不着我可怜他了，彼此彼此），他说过："我只能业余时间写一点，我是搞不成长篇了，一部长篇就磨白了头发。"他的话带着一种苦味儿，谈起创作来他很激动，有时用手势加强语气，他的这种劲头让我感到了他对创作这一门该死的劳动的神往。他向往创作，这是肯定的。尽管创作给他带来了灾难、不幸、死亡……有哪一只鸟不向往天空，哪一条鱼不向往大海呢？

一九五六年，我在北京一个工厂做共青团的工作。那个工厂的青年文学爱好者，请他去一起座谈了一次，此事我事先毫不知晓，当时我也不在场。但后来党委宣传部的一位负责同志（一位很质朴的好同志）却很紧张，说："怎么咱们都不知道他们就请来了萧也牧！萧也牧是被批判过的，对党是不满的，怎么请来了这样的人？"呜呼，因为他是被批判过的，所以他是对党不满的；因为他是对党不满的，所以应该对他进行批判。这种天才的、颠扑不破的、天衣无缝的逻辑有多么荒谬、多么愚蠢、多么残酷又是多么混账！这种逻辑或许至今还有市场的吧？

一九六二年，他曾把他的小说《大爹》的构思讲给我听，谈的时候他的两眼放着光，但他整个的人仍然沉浸在一种凝重、晦气的色调里。他的脸上总有一种"苦相"，有一种生理的痛楚的表情。

他好像越来越知道写小说是一件"凶事"，而他又遏制不住自己。不久，他就提出"甘于沉默"的口号了，显然，他已经预感到了一点东西，老关节炎对天气总是敏感的。一九六三年，我去新疆前夕，他到我家表示惜别，我留他吃饺子。第二天，他要了出版社的车把我们全家送到火车站，然后是站台上的挥手，离去。

从此大家都沉默了，中国也沉默了，只有八个样板戏的锣鼓大吵大闹地渲染着新纪元的大好形势。直到一九七八年，我应中国青年出版社之约又来到北京，见到出版社的黄伊同志，才知道也牧同志已经长眠地下好久了。后来，我听一个当时在团中央干校的同志告诉我，也牧同志死得很惨。

中国文人的不幸遭遇确实很多，但中华人民共和国成立以后的党员作家命运如萧也牧之坎坷者，却也不多。粉碎"四人帮"以后，他本来可以呐喊、可以高歌了，然而，他已不在了——他永远地沉默了。也许，他还有许多话希望健在的同志替他说一说吧？

1980年7月

周 扬 ◎ 悲情的思想者

一

顾骧把他的新著寄给了我，它披露了二十世纪八十年代周扬的一些思索、遭遇和那个年代对文艺工作的讨论等内部材料，它已经受到思想史专家的重视。由于书中的事情我在场许多，耳闻许多，牵心许多，书中不止一个地方提到我的名字，至今读起来仍觉得历历在目，言犹在耳，有的惊心动魄，有的为之嗟叹。

恰恰在近日出版了拙作长篇小说《青狐》，小说的相当一部分题材，与这本书的题材重叠或者交错，有的段落可以互为验证，互为补充，互为演绎。这更增加了我对顾书的兴趣。前几年我应邀在南京东南大学做过一次讲演，题目是《文学互证论》，这回可以自己参与进去互证一番了。

但更多的是一种隔世之感，是一种平静，是"白头宫女在，闲坐说玄宗"的间离效应。我问过一个读了此书的中年人,他说他觉得书的材料翔实,但是他怀疑,如今再回顾这些前朝旧事,这些详尽的争斗细节,有那个必要吗?

也许这才是真正的悲哀,这是真正的隔膜。一个"异化",一个"人道主义",已经没有那么悲壮或者那么严重乃至那么重要了。人们会怀疑,难道值得为之献身或者为之大动干戈?

二

周扬同志首先是一个革命者,同时,他与那些靠朴素的阶级感情跟着打土豪分田地的人不同,他是一位刨根问底的思想者。我一九五六年听他在全国第一次青年创作积极分子会议上讲话,他说:"在座的各位是搞形象思维的,而我是逻辑思维的了,哈哈哈……"他开怀大笑,我觉得他带几分得意。

革命与思想,这是周扬其人的关键词。革命需要思想,毋宁说在社会矛盾足够尖锐的前提下,革命是思想、是意识形态的产物。法国大革命时期,自由、平等、博爱还不是现实,而是一种新兴资产阶级的意识形态。在国际共产主义运动的高潮时期,共产主义也不是现实,起码尚未充分现实化,而是如火如荼而又寒光闪闪的意识形态,是一把出了鞘的剑。"王侯将相,宁有种乎"与"迎闯王,不纳粮""苍天已死,黄天当立"是农民起义的意识形态。而马克思主义成为二十世纪无产阶级或无产阶级领导的人民大众革命的意识形态。没有革命的理论就没有革命的运动,这是一个经典的命题。很少有政治家、领导人像革命的政治家、革命政权的领导人这样重视思想、理论、意识形态直到文学艺术唱歌演戏的。所以我们中华人民共和国对于领导人的逝世，自然而然地以"伟大的（或杰出的）马克思主义者"作为对历史人物评价的最崇高的称号。

革命同时需要情感，革命充满了悲壮的、正义的即绝对道德自信的、排他的、斗志昂扬的、宁死不屈的激情。我想列宁所说的没有人情味就没有对于革命的追求就是这个意思。革命思想不是数学符号式的单纯的逻辑推理，而是激情、想象与科学论断结合的产物。《共产党宣言》正是充满悲壮激情的革命意识形态的一个范本。"宣言"是犀利通透的理论，也是大气磅礴的散文诗篇。强调学习毛著的年代，说是一定要带着（阶级）感情学，这并非偶然，由此而引申成为的反智主义，则是悲情走向了异化——反面。

这样的革命有极大的魅力，革命需要文学，文学倾心革命。革命特别吸引文学青年，哪怕这些人被定性为"小资产阶级"知识分子。

革命的威严与压倒一切，使革命党有信心也有必要掌文学的舵。个中最主要的是以革命的意识形态统领文学，向文学创作特别是理论中一切异己倾向做无情的斗争。半个多世纪以来，文艺领域的反（错误）倾向斗争不断，半个多世纪以来，文艺老是充当"重灾区"，永远需要端正方向，以致没有哪个革命文艺的头面人物敢说文艺方向问题已经解决。在二十世纪七十年代，批"右倾回潮"时，"方向问题解决论"是回潮的一个罪状。

周扬即是一个革命意识形态战斗者与领军人的角色，他领导革命的文艺运动长达半个多世纪。如顾书中所说，他的职务不算太高，但是他的影响与威信大大超过了他的级别。名胜于"职"（不是"质"）使他面临某种危险。

他的威信是党的威信，是马克思列宁主义、毛泽东思想的威信，也是他个人的善于思想，并且善于进行悲情的与雄辩的理论阐发的威信。"文革"中姚文元批周扬，说周扬是反革命两面派，说他是（做）报告狂，这从反面表明了周扬在研究、讲授、运用与发展革命的意识形态方面的热情、特长、深思与自信，也表明了他自以为十分政治化了，其实仍然保持了某些知识分子特点或曰文人特点。言多必失，在中国，真正的大政治家不会做这么多长篇大论的演说。周扬毕竟搞了一辈子文艺，而且不幸的是，他真钻进了文艺，不是只在文艺圈做管理干部。他总是有太多的文艺话、理论话，而且是相当内行的话要说。

三

"文革"之后，周扬上下求索，他要给类似"文革"的事件一个马克思主义的说法，他要寻找一个庄严的、符合马克思主义的历史主义的必然观的、悲情的与原罪的概念——命题，无所不包地说明他所虔诚信仰和舍命投入的革命事业产生挫折的原理。他找到了"异化"一词，他为之激动并对之青睐。他以为，他有可能从而找到总结历史教训、避免类似事件重演的理论关键。而就主导方面看来，异化这个理论，当时被认为有为各种社会主义的反对派包括所谓"文革派"利用的危险。现在，这个词其实已经被学界广泛接受和相当轻易地使用，但在党的正式文件上，这个词仍然不被认同。

以我的初级阶段的理论知识而言，异化与变质含义也差不多。我党是很喜欢讲什么什么人蜕化变质的。确实，不同的人都可以方便地使用异化这个词。我就听周扬的老秘书露菲同志说过，一位文艺观点乃至政治观点与晚年周扬大相径庭的人，后来表示欣赏异化论；他们所说的异化，主要是用来批评改革开放带来的与传统观念中的社会主义不一致的东西。

至于人道主义，应该说没有什么"另类"。一九八三年批评周扬的时候，我就听中联部一位资深领导同志讲过，要慎批"人道主义"，如法共机关报就叫《人道报》嘛。一九八六年我访问齐奥赛斯库时期的罗马尼亚时，也知道罗共的纲领规定，要以爱国主义、人道主义与历史乐观主义教育人民。（这从另一面反衬了人道主义标榜的不足恃）以人为本，现在则已经载入中国共产党的正式文件。

时代发展了，自然要讲人道主义，也不妨提一提异化。我们既不觉得它们有什么洪水猛兽，也已经不显得振聋发聩。我倒是从中拟于不伦地联想到了重庆大足石刻中的几幅连环浮雕：表现一头牛先是套着绳索，挣扎而不得脱，后来自然而然地就摆脱了绳索，在明月清风之下自在徜徉。

生活之树常绿，生活比论争更强，或者说有时候不争论的方针比大辩论的方针更有力；对于教条主义的消解，比与教条主义认真论争更有效，更少以条易条的危险。只要基本健康的理性占了上风，生活，尤其是人民群众的经济生活与普通常识，天生地站在鲜活的创造性的实践一边，而不可能是站在不合时宜的吓唬人的条条框框一边。这是令人欣慰，令人扼腕，抑或令人失落的呢？

四

然而又是事出有因：马克思主义由于主张暴力革命、阶级斗争，党由于搞土改、搞流血斗争屡屡被攻击为不人道，人道主义确实曾经被派过反共、反革命的用场。这是特定历史阶段特定国情下的事，这当然不是人道主义的罪过。我在《青狐》中就写到过，那个时期，不仅"人道"一词会引起某些老革命家的警惕，"爱心"呀，"美"呀，"说真话"呀，"写真实"（这其实是斯大林提的）呀都会被某些同志视为可疑，乃至遭到公开批判。

这里还有一个问题，马克思主义在中国至少是在中华人民共和国从来不是一个纯学术的概念，而是真理、革命话语权与指挥权、进行无产阶级专政或人民民主专政的权威的根据与标志。马克思主义是中华人民共和国的道义权威、理论权威、政治权威的集合象征。所以，我们会看到：讨论马克思主义的一些带有根本性的命题，便是讨论谁来掌权和怎样掌权的问题。这样，马克思主义往往难于七嘴八舌，争鸣齐放，不可能允许任意置喙，而只能由党的领导集体，由党的领导核心，由党的最高领导人极端慎重地也是极端郑重地予以首先是坚持，其次才是发展丰富乃至修正，出现新的提法，立即成为新的革命经典，不可任意越雷池一步。马克思主义而马列主义，而毛泽东思想，而邓小平理论，而"三个代表"的重要思想，中华人民共和国的马克思主义发展史就是明证。当然，这里也有特定的不同情况，例如，十一届三中全会前后，理论界关于"实践是检验真理的唯一标准"的讨论，由于与政治生活的操作要求高度一致而受到极其积极的评价。紧接着关于"生产目的"的讨论却由于未必符合操作需要，便不了了之了。

　　周扬出于自己的马克思主义信念、智慧和历史经验特别是十年"文革"的痛苦经验，意在对于马克思主义当仁不让地有所发展解释，其情可感，其志可嘉，其心胸可敬可歌，其思想水平、理论水平也令人赞佩，然而，他多少脱离了研讨马克思主义的具体政治条件。他没有更多地从中国党的实践中，从中国党的领导人的言论指示中，而是从马克思的早年文字中寻找理论资源，文章到底是书生啊！而且他是党的高级干部，以他的资历和身份，他要以署（真）名文章的方式在党中央机关报《人民日报》上以显著地位发表新论，他当然是在为党立言，只能是为党立言！不经过中央的授权至少是认可，发这样的文章怎么可能？这怎么可能是纯学术问题？

也许现在是时候了，我们可以讨论在同心同德、艰苦奋斗的情势下，在保持作为党的政治纲领即政治实践的理论基础的权威性、统一性、严肃性的前提下，怎么样做能更好地发挥人民的特别是理论工作者与党史专家们的历史主动性与理论创造性；怎么样做更有利于作为世界观与方法论，作为哲学、政治经济学与人类学、社会学、历史发展学说的马克思主义学说的科学性与人民性的结合，怎样做更有利于发挥集体智慧、人民的智慧来学习、研究、发展马克思主义，来活跃头脑与建立真正的人文科学、社会科学研究的合理的和更加民主即更加生动活泼的格局，此事体大，这是另外的话题。我们现在回顾这一段历史，只是为了理解当年发生的事情的历史必然性，而从中国封建社会的悲情思维定式：忠而见疑、怀才怀忠不遇、小人进谗的认识模式中超越出来。

五

然而周扬是悲怆的。"文革"后复出，周扬创巨痛深，常常是双目含泪，反思和致歉。他从事革命意识形态工作的经验使他确信，一个正确的思想，一个理论命题或者概念，将改变国家的命运、文艺的命运、几代人的命运。他是决心背起共产主义运动的曲折与人民革命斗争的艰难这副十字架的。这种悲情的思想者特色其实并不自异化论与人道主义论始。

几十年来，我听周扬同志的报告常听到他引用歌德的两个言论，虽然我至今没有找到出处与原文。一个是"愤怒出诗人"，周扬就是用这个话来动员作家们参加反右、反修、反这个反那个的斗争的。不少人至今以怒为荣，以怒为吸引眼球的妙计。其次是说："一个阶级上升的时候面向世界，没落的时候面向内心。"对这个说法我也一直是且信且疑。歌德有那么强的阶级观点和非内心观念——有点唯物论的反映论的意思了——吗？怎么解释《浮士德》呢？求识者教我。

请看一看他五十年代的著名讲演《文艺战线的一场大辩论》和六十年代的另一次著名演说《哲学、社会科学工作者的战斗任务》吧，他同样是悲情地与雄辩地、富有创造性地讲着"个人主义是万恶之源""小人物打倒大人物"，高屋建瓴，势如破竹。他同样激情洋溢地进行过反右与反修的大辩论。他的理论是革命的、普罗的与人民大众的，而"被侮辱与被损害"（语出陀思妥耶夫斯基的小说题目，邵荃麟译）者的革命，永远是小的、弱的、无名的（弱势群体）打倒那些庞然人物，这样的造反有理心态，这样的失去锁链得到全世界的零和心态，离不开悲情与煽情。

我再补充一句，在那个"激情燃烧的岁月"，一些人接受批判戴帽也是充满悲情的，一些被批判的人欢呼革命的深入，忏悔自身的不足，悲情无限地准备着脱胎换骨，从此破旧立新，舍命求新。只是在屡屡实际遭遇荒谬闹剧以后，才发生了从悲情到无奈调笑的过渡。

周扬毕竟是思想者，不可能满足于欢呼圣明与人云亦云，他在二十世纪六十年代如日中天，是由于他善于理解和别具风格地、不无创造性地与感情充沛地诠释他所崇拜的毛泽东的思想指示决策，当然，听从着他的良知，在可能范围内他也做了例如保护一些人才、普及正确的文艺观的事。在高龄以后，欣逢新时期的开始，他有一种使命感和急迫感，他具备另一种思想悲情，他的沉重的反思命令着他：对他为之献身，也为之不惜硬起心肠做了许多严酷的事情的马克思主义，他应该做出新的探索、解释和阐发。他同样对自身的马克思主义水平与意识形态在我国社会生活政治生活中的作用信心十足，他要去推动马克思主义在中国的发展，要以新面貌的马克思主义来使中国至少是使中国文艺焕然一新。一九七九年纪念五四运动六十周年时，他首先提出了"三次思想解放运动"的重大命题，他在理论上的影响越来越大。然而，紧接着，一九八三年在为马克思百年祭立言的事情上，他碰了壁。

　　同时如前所述，周扬这一代方方面面的领导干部习惯于进行反倾向斗争，他们要根据毛泽东的矛盾论找主要矛盾，找牛鼻子：明确是要反"左"还是反右，做出正确的（希望是英明的）判断，这才叫领导，这才是最主要的统揽全局、驾驭形势、决胜千里的领导艺术。晚年周扬的一个重要的与千辛万苦的努力就是力图说服上上下下，"左"才是当时文艺工作的主要错误倾向（而不是"自由化"）。对这种旷日持久的要反"左"还是反右，还是两样都反的讨论辩论，笔者（王）至今回想起来都有一种疲劳感与无力感（亦请读《青狐》）。周扬意在保护文艺家特别是中青年文艺家，其情可感，但未必人人知情。

我想起了自称"散淡的人"的杨宪益先生的打油诗（原文不在手边，以下按记忆复述）：

……周郎霸业（！）已成灰，（括弧与惊叹号为王所加）

沈老萧翁（当指沈从文、萧军，王注）去不回，

好汉最长窝里斗，

老夫不吃眼前亏。

漠然，敬而远之，观戏，这恐怕是"沉默的大多数"文人的感受，真正的平民视角。周扬的在天之灵，希望不要有类似鲁迅在《药》中表达的感受。

六

更沉重的是，现在已经不是完全用理论用意识形态来裁判一切、用反倾向斗争治国的时代了。砍头不要紧，只要主义真，而主义真不真要靠实践这个唯一标准来检验。中国共产党已经完成和正在完成着从革命党到执政党的转变。当然，没有放弃而是继续。坚持与高扬革命的意识形态的旗帜，才有理念，才有方向，才有执政的合理性、合法性、连续性与稳定性，才有人民、民族的凝聚力、向心力。主导方面多次宣告绝不实行领导思想的多元化，原因即在于此。毛泽东对马克思主义有一个简明的解释：造反有理。邓小平强调马克思主义的精髓是：实事求是。十六大的提法则强调马克思主义的理论品格是：解放思想，实事求是，与时俱进。从中当可以

看出时代发展与理论提法发展的轨迹。

难以设想一个十几亿人口大国的执政党，会主要以不可更动的前人理念言辞治国，会主要依靠意识形态的神圣性与全能性安邦，会永无宁日地以抓一个常常是顾此失彼的错误倾向（"牛鼻子"）而使各种次要矛盾迎刃而解。也就是说执政而搞一言兴邦、一言丧邦，那是远远不够的。执政后的现实、执政的得失、社会发展的成败进退等等，诠释者、责任者已经不是旧的反动政权，而是革命党人自身了。这时候，听取现实的声音不断校准与发展既有的理念比任何时候都更重要，至少与用理念来武装自身、用理论衡量实践一样重要。与用理论剪裁现实比较，更重要的是以现实校订并丰富理论。在野党、革命党可能是理想主义直至乌托邦主义者，而执政党首先必定是、必须是求真务实的现实主义者。面对日新月异的现实，曾经至高无上的理论工作者不能不感受挑战，感受尴尬，也迎接新的激发与丰富。

执政，在正常年代，正在从以呼风唤雨、风云变色、山岳崩颓的反倾向斗争为纲到以管理公共事务为主线上过渡。相当大一部分公共事务如防治传染病、维护公共秩序、保证春运畅通、打击假冒伪劣……未必仅仅从属于某种特定的意识形态理念，但它体现着立党为公、执政为民的宣示。人们在重视意识形态的作用的同时，必然同时强调统筹兼顾、重在建设、经济工作是中心、依法治国、学习（世界上）先进的管理经验、注意人才、科教兴国等等。包括文艺生活方面，个案处理式的就事论事乃至若无其事的行政处置，有可能或已经取代了一部分震天动地的意识形态搏斗。

而周扬那个时候，虽然他意在反"左"，意在拨乱反正，他仍然沿用当年的思想论战的方法、理论论证的方法、意识形态概括的方法、大宣讲和大辩论的方法、抓牛鼻子的方法反"左"。其实正是毛主席，最善于以华彩的理论论争摆平一切对手，摆平一切具体矛盾。而周扬确是学习了毛主席的理论感与思想威力感。他是一个理论的探索者乃至先行者、献身者，他的贡献将被有心人记住。但历史的经验恰恰证明，仅仅从理论到理论不能完全解决问题。

那个时候社会上流行一个词，叫作"观念更新"，以为中国的问题是一念或多念之差所致，我从来对之抱且信且疑的态度。观念是要更新的，但同时需要或者更需要的是切实的与建设性的工作，通过现实的新意来更新观念，观念更新与生活更新需要互相配合、互相适应，需要良性互动。

我们常常强调正确的理论使中国革命面貌一新。其实我们也应该想一想，中国革命的实践与革命前特别是革命后的现实，确实使马克思主义理论的面貌一新。

夺取政权的斗争是悲壮的英雄主义的，而全面建设小康社会便相对更强调求真务实，也许我们为了务实而多少付出了一些理想主义、浪漫主义、豪言壮语与直上云霄的理论作为代价。有人在怀念革命的悲情与崇高，怀念"左"的年代的宏文谠论，喜欢唱"世风日下，人心不古"的五百年老调，或者为"生活在别处"而慷慨激昂。人们不能不为腐败、拜金主义、价值危机、人文精神失落……而痛心疾首。所以至今仍然有，一定需要有民间的悲情思想者，他们可爱、可敬，有时也不免失之天真乃至偏狭。他们仰慕先哲：鲁迅、切·格瓦拉、福柯……或者另一种人物如顾准、哈维尔（至于把陈寅恪也放到名单里则恐怕属于误植）。他们无法把社会拉回到昨天或拉到别处。我们的社会确实应该有足够的勇气与胸怀听取他们的哀声与警告，即使说得很不受听，也可以发现与寻找他们的见解中的值得警策之处。他们做得好了有可能点燃起新的思想火炬。（至于悲情则可以少一点，历史已经证明，悲情、愤怒、咋呼有可能靠不住。）同时对今日的悲情思想的地位要有一个恰当的估计：不可无视，不可轻慢，不可不分青红皂白地敌视，应该认真面对。但这些搞得太自恋了，也并非没有可能成为东施效颦、缘木求鱼的半瓶子醋。人们更不能忘记的是，时刻倾听生活的信息与启示。

七

顾骧对于周扬同志非常尊敬，非常怀念，他的怀念与尊敬同样充满悲情，这是自然的与感人的，情走笔端嘛。同时不难看出，作者对此书中的周扬同志的"对立面"胡乔木同志颇有非议。

无疑，在晚年周扬的那一段公案中，周扬在道义上得到过文化圈子内颇多人的同情与尊敬。而胡乔木则有些尴尬，对他的腹诽不少。在后来一个场合他又从正面讲了许多人道主义的好话，他其实感到了为难。我们还可以说，周扬与胡乔木，在对待改革的理解与态度上，确有不同。

胡、周二位领导、二位大人物、二位前辈，对于我都是倍加爱护与帮助的。根据我的有限的理解，事情可能不像此书想的那样简单。胡在一九八八年曾经颇带感情地对我与吴祖强同志说过："必须废除文坛领袖制度……"他说得斩钉截铁，深恶痛绝。他批评音乐界忽视黄自、萧友梅是由于"门户之见"，他还向我表示过对于丁玲遭遇的不平与同情。他也有他的悲情与正义感、不平感。虽然他更讲纪律，更少流露，更多的是使自己的才华与学问，使他的缜密与华丽的文字为党所用，为中央所用，为领导人所用，而且自觉地被用得得心应手。一家一本难念的经，他的晚年同样有他的郁郁之处。

他们毕竟是一代风流人物，我有幸亲见亲历，聆听教诲，每每感从中来。虽然我不敢也无意掩盖我与他们的差距、差别，我愿直言不讳地怀着钦敬的与平常的心情放言写下对他们的看法，包括事后诸葛亮的妄评，同时我永远不会忘记他们对我的关心帮助。天老沧桑，哲人其萎，胡乔木，周扬，这样的一些名字正在或者已经从历史的篇章中翻过去，历史已经掀开了新的一页，又一页。他们的革命理想、理论理想，至今仍然在鞭策着也烤灼着我们。我们怀念与尊敬老一辈悲情的思想者，温故知新，我们有可能汲取一点他们终其一生才换来的宝贵的经验教训，今之视昔如后之视今，对历史其实也是对现实，对古人其实也是对自身，我们需要正视，更需要深思、深思、再深思。我们都可以想得做得更长进、更完善、更明白些，而绝不是更糊涂。

同时也感慨，原来我们已经走了那么多、那么长的路，而前面的路更长、更艰巨。

2004年9月

丁　玲 ◎ 令人思量和唏嘘

　　这是一个危险的题目，因为丁玲是国内外如此声名赫赫、如此重要的一位当代作家，因为她的一生是如此政治化，她面对过和至今（死后）仍须面对的问题是如此尖锐，因为她与文坛的那么多是是非非、恩恩怨怨纠缠在一起。还因为，在某些人看来，王与丁是两股道上的车，反正怎么样写也不得好，弄不好又会踩响一个或一个以上的地雷。再说，王与丁，分属于两代人，她开始文学生涯的时候鄙人尚未出世。我对她的了解极其有限，承蒙她老的好意，一九八五年六月签名赠送给我她的六卷本精装《丁玲文集》（湖南人民出版社版），我只是为写这篇文章最近才捧起阅读的。这样，我写起来确实难免挂一漏万，郢书燕说，捕风捉影，以讹传讹，强作解人……总之什么不是都会落到自己头上。

　　这个难题的挑战性恰恰吸引了我。纪念胡乔木的文章就是这样写出来的。我说，这篇文章没有办法写，但是《读书》的编辑说：

"你行。"于是我就来了劲，冒起傻气来了。再说，在我的少年时代，我曾经那样崇拜过丁玲。我读了一些谈到丁的文字，我又觉得与丁的实际有着距离。你不写，谁写？

一位论者说，那些一九五七年出过事的青年作家，在七十年代末复出文坛以后，投靠了在文坛掌权的领导，而忘记了与自己同命运而与领导是对立面的老阿姨（丁玲）。

可是我至今记得，一九七九年丁玲刚刚从外地回到北京时，我与邵燕祥、从维熙、邓友梅、刘真等人，在丁玲的老秘书，后来的《中国作家》副主编张凤珠同志引见下去看望丁玲的情景。我们是流着热泪去看丁玲的，我们只觉得与丁玲之间有说不完的话。

事隔不太久，传来丁玲在南方的一个讲话，她说："北京这些中青年作家不得了啊，我还不服气呢，我还要和他们比一比呢。"

北京的中青年作家当时表现了旺盛的创作势头，叫作红火得很，当然作品是参差不齐的。大家听到丁阿姨的话后，一个个挤眼缩脖，说："您老不服，可是我们服呀。您老发表作品的时候我们这些人还不知道在谁的大腿肚子里转筋呢，我们再狂也不敢与您老人家比高低呀！"

后来几年，我又亲耳听到丁玲的几次谈当时文学创作情况的发言。一次她说："都说现在的青年作家起点高，我怎么看不出来？我看还没有我们那个时候起点高啊。"

另一次则是在党的工作部门召开的会上，丁玲说："现在的问题是党风很坏、文风很坏、学风很坏……"

而在拿出她的《牛棚小品》的时候，她不屑地对编辑说："给你们，时鲜货……"

在一些正式的文章与谈话里，丁玲也着重强调与解放思想相对应的另一面，如要批评社会的缺点，但要给人以希望；要反对特权，但不要反对老干部；要增强党性，去掉邪气，对青年作家不要捧杀；等等。（见《丁玲文集》——以下简称《文集》——第六卷第233、365页）其实这也是惯常之论，只是与另一些前辈的侧重点不同，在当时具体语境下颇似逆耳之音。

于是传出来丁玲不支持"伤痕文学"的说法。在思想解放进程中，成为突破以江青为代表的教条主义与文化专制主义的闯将的中青年作家，似乎得不到丁玲的支持，乃至觉得丁玲当时站到了"左"的方面。而另外的周扬等文艺界前辈、领导人，则似乎对这批作家作品采取了热情得多、友好得多的姿态。

这一类"分歧"本身包含的理论干货实没有什么了不起。与此后的若干文艺界的某一类分歧一样，大致上是各执一词，各强调一面。这也如我在一篇微型小说里描写过的，一个人强调吃饭，另一个人强调喝水，于是斗得不可开交。但是分歧背后有更复杂的或重要的内容，分歧又与政治上的某种大背景相关联，即与左右之类的问题以及人事的恩怨问题相关联，加上文学工作者的丰富感情与想象力，再加上吃摩擦饭的人的执着加温……分歧便成了死结陷阱，你想摆脱也摆脱不开了。

一位比我大七八岁的名作家，一次私下对我说："丁玲缺少一位高参。她与××的矛盾，大家本来是同情丁的。但是她犯了战略错误。五十年代，那时候是愈左愈吃得开，××批评她右，她岂有不倒霉之理？现在八十年代了，是谁左谁不得人心，丁玲应该批判她的对立面的左，揭露××才是文艺界的左的根源，责备他思想解放得不够，处处限制大家，这样天下归心，而××就臭了。偏偏她老人家现在批起××的右来，这样一来，××是愈批愈香，而她老人家愈证明自己不右而是很左，就愈不得人心了。咱们最好给她讲一讲。"

令人哭笑不得。当然，一直没有谁去就任这个丁氏高参的角色。

而从丁玲的角度呢，她和她的战友好友们悲愤地表示：从前批她右，是为了害她，现在看出来批右是批不倒她了，又批上她的左了，真是翻手为云，覆手为雨——说你左你就是左，说你右你就是右呀！

丁玲的所谓左的事迹一个又一个地传来。在她的晚年，她不喜欢别人讲她的名著《莎菲女士的日记》《在医院中》《我在霞村的时候》；而反复自我宣传，她的描写劳动改造所在地北大荒的模范人物的特写《杜晚香》，才是她最好的作品。

丁玲到美国大讲她的北大荒经验是如何美好快乐，以致一些并无偏见的听众觉得矫情。

丁玲屡屡批评那些暴露"文革"、批判极左的作品。说过谁的作品反党是小学水平，谁的是中学，谁的是大学云云。类似的传言不少，难以一一查对。

那么丁玲是真的"左"了吗？

我认为不是。我至今难忘的是《人民文学》的一次编委会。那时全国短篇小说评奖，是中国作协委托人民文学杂志社操作的。在讨论具体作品以前，编委会先务一务虚。一位老大姐作家根据当时的形势特别强调要严格要求作品的思想性。话没等她说完，丁玲就接了过去，以不容置疑的口气说："什么思想性，当然是首先考虑艺术性，小说是艺术品，当然先要看艺术性……"

我吓了一跳。因为那儿有毛主席《在延安文艺座谈会上的讲话》管着，谁敢把艺术性的强调排在对思想性的较真前头？

王蒙不敢，丁玲敢。丁玲把这个意思最终还是正式发表出来了。（见《文集》第六卷第447页）

有一次丁玲给青年作家学员讲话，也是出语惊人。她说："什么思想解放？我们那个时候，谁和谁相好，搬到一起住就是，哪里像现在这样麻烦！"

她又说："谁说我们没有创造性，每一次政治运动，整起人来，从来没有重样过！"

如此这般，不再列举，以免有副作用。我坚信，丁玲骨子里绝对不是极左。

那么怎么理解丁玲的某些说法和做法呢？

首先，丁与其他文艺界的领导不同，她有强烈的创作意识、名作家意识、大作家意识，或者说得再露骨一些，她有一种明星意识、竞争意识。因此，对活跃于文坛的中青年作家，她与其说是把他们看作需要扶植、需要提携、需要关怀直至青出于蓝完全可能超过自己的新生代，不如说是在潜意识里把他们看作竞争的对手，大面上则宁愿看作需要自己传帮带、需要老作家为之指路纠偏的不知天高地厚、不成熟而又被她的对手吹捧起来的头重脚轻、嘴尖皮厚的一群。她是经过严酷的战争考验和思想改造的锻炼的，在党的领导人面前，她深知自己活到老改造到老、谦虚到老的重要性、必要性；但在中青年作家面前，她又深深地傲视那些没受过这些考验锻炼的后生小子。她自信比这些后生小子高明十倍、苦难十倍、深刻十倍、伟大十倍至少是五倍。她最最不能正视的残酷事实是，出尽风头也受尽屈辱，含辛茹苦销声匿迹三十余年后复出于文坛，她已不处于舞台中心，已不处于聚光灯的交叉照射之下。她与一些艺术大星大角儿一样，很在乎谁挂头牌。过去她让领导添堵也是由于这个，她从苏联开会回来就散布，在苏联爱伦堡几次请她讲话，并说："你是大作家，你应该讲话。"但她不是代表团团长，代表团团长是与她不睦的××。她引用爱伦堡的话说那个××团团长"长着一副做报告的脸"等等。请想想，这样的话传出去，她能不招领导讨厌吗？

（她说的并非完全不是事实，但中国国情与苏联不同，我们这里认的是谁是什么什么长，而不是谁是大作家。愈是大作家大什么家愈要把你摆平，这也是一种自由平等博憎，也许是乐感文化。）

那么，她看到那时的所谓中青年作家左一篇作品右一篇作品得奖，以及各种风头正健的表演——其中自然有假冒伪劣——她能不上火吗？恨乌及屋，她无法对党的十一届三中全会以来的文学潮流抱亲和的态度。当然，她也想立一些人，如写《灵与肉》的张贤亮，她不止一次地为之谈话和著文，但她已无法成事，她支持中青年的动作的影响已经无法与××相比，还不如少支持一点打起另一面旗子。她的可爱其实也在这里。在这上头，她恰恰表示出她是普通一兵，是骡子是马咱们拉出来遛遛。咱们比的不是年龄，不是资历，不是级别，而是实打实的写作。她喜欢的位置在赛场上，而不是主席台上。她争的是金牌而不是满足于给金牌得主发奖或进行勉励做总结发言。见到年轻人火得不行而并无真正的得以压得住她的货色，她就是不服，她就是要评头品足、指手画脚乃至居高临下，杀杀你的威风。这样的伟大作家前辈并不止她一个，而且，说老实话，如果不及时反省调整，王某人也会变成或已开始变成这样的角色。

其次，是由于她的特殊政治经验特别是文坛内斗的经验。由于她长时期以来一直处境严峻，她回到北京较晚，等到她回来的时候，"伤痕文学"已经如火如荼地火起来了。她那时虽然获得了平反，却也一度仍留着尾巴。而她认定应该对她的命运负责的××正在为新时期的文学事业鸣锣开道，思想解放的大旗已经落到了人家手里，人家已经成了气候，正受到许多中青年作家和整个知识界的拥戴，却也受到某些领导人与老同志的非议。她怎么办？她自然无法紧跟××，她要与之抗衡就必须高擎相对应的类似反右的旗帜。她在党内生活多年，深知自己的命运与领导对自己的看法紧密相关，这决定于是你还是你的对手更能得到党的信赖。要获得这种信赖就必须顶住一切压力、阻力、人情、面子坚持反右，这是政治上取胜的不二法门——那位老作家的高参论其实没有丁玲高。她必须像爱护自己的眼珠一样地爱护自己的政治可靠性、忠诚性、信用性，亦即她的一个老革命、老共产党员的政治声誉。她明确地下定义说："作家是政治化了的人。"（见《文集》第六卷第230页）这来自她的血泪经验，也来自她的政治信念、价值系统，当然有她的道理。燕雀安知、鸿鹄之志、鸿鹄之道？在鸿鹄们看来，根本用不着与那些书呆子燕雀雏儿讨论这种问题。

她的对手过去一再论证的就是她并非真革命、真光荣、真共产主义者，这有莎菲女士为证，有她的某些"历史问题"为证，有她的犯自由主义的言谈话语为证。这是对她的最惨重的打击。有了这一条她就全完了，再写一百部得斯大林奖的小说也不灵了。而她的生死存亡的决定因素是她必须证明她才是真革命的：这有《杜晚香》为证，有她复出后的一系列维护党的权威、歌颂党的领导以及领导人的言论为证。"一生真伪有谁知？"这才是她的最大的情意结。当她差不多取得了最后胜利的时候，当她的对手××被证明是犯了鼓吹人道主义和社会主义异化论的错误从而使党的信赖易手的时候，她该是多么快乐呀。

这样我就特别能理解她在"文革"后初复出时为什么对沈从文对她的描写那样反感。沈老对她的描写只能证明她的对手对她的定性是真实的——她不是革命者、马克思主义者，而只是一个小资产阶级、个人主义者。她必须痛击这种客观上为她的对手提供炮弹、客观上已经使她倒了半辈子霉的对她的理解认识勾勒。打的是沈从文，盯着的是一直从政治上贬低她的××。你说她惹不起锅惹笊篱也行，灭不了锅就先灭笊篱，灭了笊篱就离灭锅更靠近了一步。这是政治斗争也是军事斗争的常识性法则，理所当然。她无法直接写文章批××，对××她并不处于优势，她只能依靠党。与××斗，靠的不是文章，而是另一套党内斗争的策略和功夫，包括等待机会，当然更靠她的思想改造的努力与恪忠恪诚、极忠极诚的表现。对于沈从文，她则处于优势，她战则必胜，她毫不手软，毫不客气。她没有把沈放在眼里，打在沈身上就是打在害得她几十年谪入冷宫的罪魁祸首身上。

我还要论述，这里不仅有利害的考虑，而且有真诚的信仰。革命许诺的东西太多太多了，要求的东西也太多太多了。一个人接受了革命，就等于换了另一个人——如毛泽东赠丁玲词所言：昨日文小姐（请注意，是小姐，这个称谓并不革命），今日武将军。过去种种比如昨日死，今后种种比如今日生。他或她时刻准备着为革命洒尽最后一滴血，为革命甘当老黄牛，忍辱负重，万死不辞。她在一九四二年六月即延安文艺座谈会刚刚开完时，触目惊心地论证道："改造，首先是缴纳一切武装的问题。既然是一个投降者，从那一个阶级投降到这一个阶级来，就必须信任、看重新的阶级……即使有等身的著作，也要视为无物，要拔去这些自尊心、自傲心……不要要求别人看重你、了解你……"（《文集》第六卷第

21页）没有对于革命或用丁的话即对于新的阶级的真情实感，是写不出这样的刺刀见红的句子的。这样激烈的言辞透露了她在文艺座谈会上受到的震动，也透露了某种心虚。把这样的作家打成右派，真是昏了心！无怪乎直到丁死后，其家属一直悲愤地与治丧人员谈判，要求将鲜红的镰刀斧头党旗覆盖在她的遗体上。而治丧负责人以按上级明文规定她的级别不够为由，并没有满足这一愿望。呜呼，痛哉！

革命的崇高伟大与艰难牺牲决定了它的奋不顾身、一往无前的决绝。丁玲自然不能讲情面。她认为她有权利也有义务反击不知革命为何物的沈从文对她的歪曲——至少是对她的未革命时的某一侧面的不合时宜的强调。为了革命的正义性，她可以毫不犹豫地不念与沈的旧谊。北京一解放，沈去看望丁，丁对他并不热情，联系一下当时的语境，我们就无法以不革命的庸人的观点去评说这件事。当时一个是老革命，是胜利者、接管者、掌权者，一个是老不革命，最好也不过是刚刚得到解放、刚刚开了革命之窍、肯定对革命还有许多糊涂思想的老知识分子，说不定还有若干需要审查的历史疑点，丁怎么可能以老朋友的态度对待沈呢？以革命家的身份衡量丁玲，丁玲未必是那么不近人情，而是近更高的阶级情、政治情、原则情。丁玲为革命确实付出了不少东西，那么再把老友沈从文搁置一下，让分管沈的部门去处理，有何不可？沈和丁的恩怨沧桑更多的是历史造成的，我们当然不能责备沈老，同样也无法以一般人情世故的观点去责备丁玲。如果没有一点狂热和自豪，又哪儿来的知识分子的革命化？而中国知识分子的革命化，正是中国革命迅速取得胜利的一个因素，是中国革命的一个特点或者优点。当然，如果丁玲还活着，那么待以阶级斗争为纲的年代过去以后，在尘埃落定以后，也许我们愿意与她老人家共同假设一下，如果当初她老人家不那么严厉，如果她当初也能尊重与自己的政治选择、人生选择不同的知识分子，如果她能够多一点人情味，多一点平常心，多一点对芸芸众生的善意，有何不好，岂不更好？换句话说，革命者在取胜以后，在普天之下莫非革命之土以后，盛气凌人地炫耀自己的革命与傲视别人的不革命，究竟是有利于执政巩固革命成果还是相反呢？这也值得确实革过命的杰出人士们三思。

年轻得多的人无法理解丁玲的那种政治激情，有时把投身革命与什么仕途进退搅在一起，这会让革过命的人气得发疯。反过来说，如果认为一个人既然参加了崇高伟大的革命就超凡脱俗，从不考虑"仕途"（当然是用别的词儿，如进步、信任或者关怀、考验），大概又太天真烂漫了。

那么，丁玲是一个政治家了？可惜不大是。丁玲是一个艺术气质很浓的人，她炽热、敏感、好强、争胜、自信、情绪化、个性很强、针尖对麦芒、意气用事，有时候相当刻薄。在一九三一年写作的未完稿的《莎菲女士日记》第二部中，她的莎菲女士写道："不过我这人终究不行，旧的感情残留得太多了，你看我多么可笑，昨天竟跑了一下午，很想找到一点牡丹花……"（《文集》第三卷第312页）这是她的一个夫子自道。到了半个世纪后她的《牛棚小品》里，丁玲描写她与陈明同志的爱情，竟是那样饱满激越、细腻温婉，直如少女一般，令人难以置信，但这是真正的艺术的青春。一个确实政治化了的人绝对写不出那样的小品——那却也让极政治化的人觉得肉麻。有一次是中篇小说评奖大会后的合影留念，她来了，坐下了，忽然看到了身旁座位的名签：××，就是她最不喜欢的那个领导，她"噢"了一声像被蝎子蜇了一下，立即站起身来。她的表现毫无政治风度。再比如她动不动打击一大片，只求泄愤，不顾后果，结果搞得腹背受敌；政治家绝不会这样做。如她说什么作协创作研究室编辑的对二十四个中青年作家的评论集是"二十四孝"，用这样恶毒的话来树敌，暴露了自己的心胸不够宽广，窃以为不足取。然而，这才是丁玲，她的个性，她的光辉，她的感情气质，常常也表现在这里。

她的过分自信也表现在她晚年办文学杂志的事情里。在新侨饭店举行的创刊招待会上，她是如何喜气洋洋、通体舒泰呀。她是以发表革命老作家的作品的理由来创办新刊物的，但是她主办的《中国》，实际上以发表遇罗锦、北岛的作品而引人注目。历史可真会戏弄人。她创办刊物并未收到登高一呼、应者云集的效果，而是举步维艰。她的那些跟随者也并不总是买她的账，她不得不亲自出马，提着礼物去协调与自己的编委们的关系。她费了太多的精力去办刊，可以说是操碎了心。这影响了她晚年的写作，也影响了她的身体健康。她说过："我现在是满腹经纶，要写，但是时间不多了。"她又说："过去了的事情是空，是无。"她说得好惨。

　　她一辈子搅在各种是非里。她也用这种眼光看别人。她预言中国作协将会发生"垂帘听政与反垂帘听政"的矛盾。她的预言并没有实现。画虎不成反类犬，本来是非政治家，太政治了反而没了政治，只剩下了钩心斗角，以致她不可能正确地理解她的晚辈、她的同行，本来这些人可以成为她的忘年朋友。我本人几次去看望过丁玲，但是无法交心，不无防范戒备应对进退，着实可叹。

　　她本来可以写很多很多杰出的作品，她是那一辈人里最有艺术才华的作家之一，特别是她写的女性，真是让人牵肠挂肚，翻瓶倒罐。丁玲笔下的女性有一种特殊的魅力，娼妓、天使、英雄、圣哲、独行侠、弱者、淑女的特点集于一身，卑贱与高贵集于一身。她写得太强烈，太厉害，好话坏话都那么到位。少年时代我读了《我在霞村的时候》，贞贞的形象让我看傻了。原来一个女性可以是那么屈辱、苦难、英勇、善良、无助、热烈、尊严而且光明。十二岁的王蒙似乎从此才懂得了对女性的膜拜和怜悯，向往、亲近和恐惧，还有一种男人对女人的责任。这也就是爱情的萌发吧。少年的王蒙从丁玲那里发现了女性并从而发现了自己。从梦珂到莎菲到贞贞到陆萍（《在医院中》）到黑妮（《太阳照在桑干河上》），她特别善于写被伤害的、被误解的、倔强、多情、多思而且孤独的女性。这莫非是她的不幸的遭遇的一个征兆？小说这个玩意儿是太怕人了，戴厚英的《脑裂》不也是一样可怕吗？也许丁玲的命运在一九二七年发表《梦珂》的时候已经注定了？

是历史决定性格还是性格决定历史呢？是命运塑造小说还是小说塑造命运呢？《我在霞村的时候》里作者写道："我喜欢那种有热情的，有血肉的，有快乐，有忧愁，又有明朗的性格的人……"丁玲就是一个这样的人，或者本想做一个这样的人。然而她的环境和她自己的性情却不可能使她处处如愿，使她的实际状况特别是旁人的观感与她自己的设想有了距离。一个有地位的老作家兼领导曾对我说，丁具有"一切坏女人"的毛病：表现欲、风头欲、领袖欲、嫉妒……为什么一个人的自我估量与某些旁人的看法相距如此之遥？这说明做人之难吗？这说明相通之不易吗？这真是最大的遗憾了噢！"人大约总是这样，哪怕到了更坏的地方，还不是只得这样，硬着头皮挺着腰肢过下去，难道死了不成？""苦吗？现在也说不清，有些是当时难受，于今想来也没有什么……许多人都奇怪地望着我……都把我当一个外路人……"她在《我在霞村的时候》里写下的这些话（《文集》第三卷第232、233页），莫非后来都应验了吗？

然而，把丁玲当外路人是不公平的，她的一生被伤害过，也伤害过别人，例如她的一篇文章《作为一种倾向来看》就差不多"消灭"了萧也牧；但主要是她被伤害过。她理应得到更多的同情，须知现时连周作人也得到了宽容的目光；一个人因追求革命、因幼稚而做出过一些蠢事，总不该比不革命、反革命的蠢事更受谴责。何况如今丁玲和她的友敌们大多已成为历史人物，历史已经删节掉多少花絮——而丁玲的作品仍然活着。她的起点就是高。她笔下的女性的内心世界常常深于同时代其他作家写过的那些角色。她自己则比"五四"迄今的新文学作品中表现过的（包括她自己笔下的）任何女性典型都更丰满，也更复杂、更痛苦而又令人思量和唏嘘。同时她老了以后又敏锐却又不无矫情地反感于别人称她为女作家。她认为有的女作家是靠女性标签来卖钱。但是她同时确实是一个擅长写女性的因写女性而赢得了声誉的女作家——谁能否认这个事实？怎么能认为所有的读者都是用一种轻薄的态度而不是郑重的态度来对待她的女性身份与女性文学特质？她这个人物，我要说她这个女性典型，这个并未成功地政治化的，但确是在政治火焰中烧了自己也烧了别人的艺术家典型还没有被文学表现出来。文学对她的回报还远远不够。而她的经验很值得我和同辈作家借鉴和警惕反思。她并非像某些人说的那样简单。我早已说过写过，在全国掀起"张爱玲热"的时候，我深深地为人们没有纪念和谈论丁玲而悲伤而不平。我愿意愚蠢地和冒昧地以一个后辈作家和曾经是丁玲忠实读者的身份，怀着对天人相隔的一个大作家的难以释怀的怀念和敬意，为丁玲长歌当哭。

附：陈明《事实与传说》

陈明

前些日子，读到王蒙同志在《读书》（一九九七年第二期）上发表的《我心目中的丁玲》（前文《令人思量和唏嘘》）一文。

我很欣赏他的直言和一些论点。王蒙顾虑弄不好会由此踩响一个或一个以上的地雷。我以为这种顾虑是不必要的、多余的。不管王蒙怎样分析、怎样说，他与丁玲毕竟是同行，有过相似的命运，八十年代初又有过接触，丁玲给他的印象、影响和他心目中的丁玲，都会引起文坛、读者，特别是青年读者的关注和兴趣。现在我写这篇短文，并不在于评论王蒙这篇文章的是与非，我只是试图把构成分辨是非的主要根据，对照丁玲本人的有关言论，做必要的介绍，以澄清当年不符事实的一些误导传说，供王蒙同志参考。这不是"地雷"。欢迎王蒙和读者指正。

王蒙首先提到丁玲与中青年作家的关系，他写道：

> ……事隔不太久，传来丁玲在南方的一个讲话，她说："北京这些中青年作家不得了啊，我还不服气呢，我还要和他们比一比呢。"
>
> ……于是传出来丁玲不支持"伤痕文学"的说法。在思想解放进程中，成为突破以江青为代表的教条主义与文化专制主义的闯将的中青年作家，似乎得不到丁玲的支持，乃至觉得丁玲当时站到了"左"的方面……

王蒙文中引用的"传说"，对丁玲的指责是很严重的。人们要问，这"传说"有几分真实呢？我的回答：一分真实也没有。

一九七九年一月十三日，七十五岁的丁玲经中央组织部批准，回到北京。三月，医院查体，患有乳腺癌，应住院手术。为了争取时间写作，她恳求推迟一年手术，这样，一九七九年上半年，她发表新作《杜晚香》《牛棚小品》《悼雪峰》《七一有感》等多篇。同年八月，在友谊宾馆接受香港《开卷》杂志的采访，谈到伤痕小说，丁玲说：

> ……写伤痕小说，有的人赞成，有的人不赞成，这有什么赞成不赞成呢？社会里有那个事你就可以写嘛。但这里面有一个问题，就是要注意别写得哭哭啼啼的，别把政治性当口号去说教，政治性就在实际的生活里面，是意会出来的东西，读者从里面得到启发，得到恨，得到爱。爱的是好的东西，恨的是坏的东西。……想不写伤痕是不行的……现在有不少的新作家，他们敏感，有感受，思想解放，敢于提出问题，回答问题，他们是我们文艺的希望。[①]

在《百家争鸣及其他》（一九七九年八月《文艺报》第八期）一文中，丁玲写道：

> 现在……老作家也不多了，老作家也不一定就写得好了。我就不敢保险我写得比年轻人好。有些东西年轻人就比我有

[①]　《走访丁玲》，一九七九年十二月《开卷》第五期，《丁玲文集》第四卷《答〈开卷〉记者问》。

见解。①

一九八〇年六月下旬，丁玲在手术后休养期间，应邀到中国作家协会文学讲习所第五期学员大会上讲话。她说：

> 对你们我是这样认识的：你们写文章的起点比我那时要高。你们一开始就着眼现今社会的时弊，敢于大胆批评指责，这是好的。……我们搞写作的老是在起点上参加赛跑。我觉得我自己现在也还是在起点上跑。虽然我写作的时间比你们长久些，但我并不比你们强，也许你们有些条件比我还好。②

以上我摘引的丁玲讲话片段，都是丁玲在一九七九年和一九八〇年上半年，在京时，谈到关于青年作家和他们的作品的。

一九八〇年七月一日，手术治疗后，丁玲离开北京去庐山疗养，途经上海。七月三日，梅朵同志偕《文汇报》记者来访，事后把采访谈话整理成文，题为《谈谈文艺创作》，经丁玲过目，发表于一九八〇年八月十日上海《文汇增刊》七期（《丁玲文集》第六卷第233页），这是她到南方来在上海发表的第一个讲话。她说：

> 我对三年多来崛起的新人、新作品，是很喜欢的。……他

---

① 《丁玲文集》第六卷第227页。
② 《生活·创作·时代灵魂》，《丁玲文集》第六卷第267页。

们的起点比我们很多人当年开始写作时要高。我们那时候，天地很狭窄……他们真正写了广阔社会里边很多龌龊的东西，很多不好的东西……他们的作品触及的社会问题，都是比较深的……

七月五日，丁玲上庐山。八月初，应武汉《长江文艺》、南京《青春》、南昌《星火》三个刊物在庐山联合主办的青年作者讲习班的约请，丁玲到会讲话。她对与会的青年作家和文学爱好者说：

说到当前文学创作的繁荣，不能不感谢我们年轻的作家。……近几年来，新人层出，作品很多。特别是，许多作品反映了生活的各个方面，突破禁区，切中时弊，敢于思索，敢想敢写，起点很高……我们要热情欢迎这一批年轻的新的生力军，为他们的创作成就而高兴。我们完全不必担心他们走得太远了，太快了，步子跨得太大了。他们已不是幼年、童年，而是青壮年，有的甚至将进入中年了。即使，或者有一点点过头的地方，我们还要相信读者……是有欣赏水平的，有鉴别能力的。……我们一定要牢记历史上的惨痛教训，绝不能再向年轻人抡棍子、舞棒子，埋没作品，糟践人才……①

一九八一年十一月，丁玲访问加拿大，在麦锡尔大学两次发表谈话，介绍中国文坛和作家。一九八二年一月的谈话后来整理成

① 载一九八一年《星火》第一期，《丁玲文集》第六卷第254页。

文，题为《五代同堂振兴中华》（载《文艺报》一九八二年第三期，《丁玲文集》第六卷第337页）。她介绍到我国第四代作家杨沫、曲波、杨益言、茹志鹃、刘真等，接着就提到柯岩、邓友梅、白桦、王蒙、李准、公刘、李瑛、邵燕祥、雁翼、从维熙、林斤澜、刘绍棠、陆文夫、高晓声等，她说：

> 这是一群非常有才华的人。但他们刚一走进文坛，他们之中不少人就受到"左"倾思想的诬害，在反右斗争扩大化中，遭受委屈，或被划为右派，或被斥为反党分子，就像夜空划过的流星，刚一闪亮，却立即消逝了。……党的十一届三中全会以后……这批人的错案、冤案，陆续得到平反改正……他们夜以继日写了许多政治上、艺术上都比较成熟的好作品，成为近年来活跃于文坛的中青年作家的中坚群。……他们是经过严峻考验的一代，他们将更深沉、更紧紧攫住时代里面最令人激动振奋的一环，写出波澜壮阔的史诗。他们是文坛的瑰宝。我相信他们能彻底排除曾经一时堆积在心头的一丝哀怨，让愁云飞逝，从而长歌一曲，音韵永存。

自然，在深怀信赖、满腔热情欣赏、欢迎和赞扬这一批中青年作家的涌现和创作成就的同时，对另外有些年轻作者，丁玲也及时语重心长提出好意的忠告，她是这样说的：

> 另外一些年轻作者，在刚懂事的时候，适逢浩劫，遭受摧

残。粉碎"四人帮"以后，他们年事稍长，正当少年有为之时，又遇到社会上问题重重，听到的、看到的几乎都是不顺心或不合乎理想的事，因此满腔积郁都要借题发挥。他们之中的绝大部分人是有才华的，是热心于改革祖国面貌的。他们的写作动机是好的，也的确写了不少好作品，丰富了祖国文艺的花园。……他们当中有一部分人还有某些弱点和缺点。这主要的是受党的教育较少，和工农兵的结合也较差。……在引进一些国外先进科学技术、机械设备的同时，一些资产阶级的"自由""民主"思想也乘虚而入，社会上出现了崇洋的歪风，共产主义、社会主义在部分人眼里只是一些失败的、痛苦的经验。反映在少数作品里，由针砭发展为诅咒，由对于某些个人的指责而发展到对整个社会的控诉。……出现这种现象，我们不能过多地责怪年轻人，我们党员作家应多做工作。……还有些党员，对自己喜欢的人，吹吹捧捧，不负责任，自己足跟不稳，忽左忽右，有时左得可怕，有时侈谈"民主"，放言自由，沉醉在前呼后拥、一片欢呼声中。……这样做的人只是为着装点自己一贯的百分之百的正确，就不惜牺牲别人，牺牲艺术，牺牲事业。我们的读者、我们的后代迫切需要充满热情、艺术性较高、能给他们以启发的富有心灵美的文学作品。虽然现实生活中存在消极现象，作者可以写，读者可以读，但我们的作者、读者，我们都更需要未来。未来怎么样？我们的国家如何走上富强之路？社会怎样才能进步繁荣？我们现在怎样着手建设社会主义精神文明？……我们应该顺应民心，严肃探讨人生，开拓未来。我们要正确回答我们的人民，我们的青年，他们的青春、生命、幸福、欢乐植根在什么地方？……①

以上摘录的是丁玲复出之初关于中青年作家的几次谈话，有时间、地点，有前言后语，显示了思想的连续，不是只言片语、断章取义，包括据说是"传来"的"在南方的一个讲话"。这里有没有"见到年轻人火得不行……她就是不服，她就是要评头品足、指手画脚乃至居高临下，杀杀你的威风"？广大读者自能做出判断。

丁玲离开人世已经十一年了。作为作家，人们对她的作品和她的为人，有不同的评价，是很自然的。至于断言丁玲说过什么，做过什么，只能是实事求是，以事实为依据。

谈到这里，我不得不再说一点：一九五七年批斗丁玲、陈企霞反党集团，把丁玲划为"右派"，开除出党时，"一位有地位的老作家兼领导"说丁具有"一切坏女人"的毛病：表现欲、风头欲、领袖欲、嫉妒……当时那得意的神情，那置人于死地而后快的语气，使我刻骨难忘。由于年代久远，参加批斗会的人有的已经故去，有的也许已经淡忘，现在的年轻人更无从知晓。没想到，王蒙同志在论及丁玲的"实际状况特别是旁人的观感与她自己的设想"的距离时，引用的是"一位有地位的老作家兼领导"曾对他说过的

---

① 《增强党性去掉邪气》，《丁玲文集》第六卷第365页。

话，这话与当年批丁时如出一辙，一字不差。我实在为才思敏捷、聪明过人，而且主张宽容的王蒙同志的失察而惋惜。时至九十年代，有人借用您的笔给丁玲再次戴上"坏女人"的帽子，这是非同小可的事啊！丁玲在九泉之下，又怎能安宁？

1997年4月

三联诸友 ◎ 怀念三联书店诸友

三联书店，对于我，首先是一批好友，其次才是一个出版社。

我愿意回忆的是二十世纪九十年代初期某种特殊情况下八面来风的美好故事。我想提到三联书店与《读书》杂志。由于这本杂志，我和我的一批友人在那个年代活得快活了许多。

早在一九八八年年底，编辑吴彬（她是吴祖光、吴祖强的外甥女）就约我次年在该刊开辟一个专栏。我笑说："承蒙不弃……"吴彬大笑，说："我们不弃，我们不弃……"于是前后数年，我写了六十七篇置于《欲读书结》栏目下的文字。这些文字的影响甚至一度超过了小说。不止一个朋友告诉我，你写的这些评论比小说还好呢。我只能一笑，当然了，小评论是最容易接受的。如果大情势再尖锐一点，那就不是小评论，而是尖厉的杂文。再发展一步，口号才受读者的欢迎。再换一种更不好的情况呢，那时连口号也不过瘾，人们欢呼的是一个站在十字街头大骂"日你妈"的傻子。

那一个时期的《读书》及其主编沈昌文也是值得怀念的。沈的特点是博闻强记，多见广识，三教九流、五行八卦、天文地理、内政外交，什么都不陌生。他广交高级知识分子，各色领导干部，懂得追求学问、珍重学问，但绝不搞学院派、死读书、教条主义、门户之见。因为他懂得红黑白黄、上下左右，我称他为江湖学术家。同时，他是编辑家、文化活动家、文化公共关系开拓者，还是各种不同的组合的文化饭局的组织者、领导者与灵魂。

看看他为杂志写的篇篇后记"阁楼人语"吧，嬉笑怒骂，阴阳怪气，另一面却是循规蹈矩，知分量寸，谈言微中，点到为止。事隔多年，作家出版社的应红编辑为之辑录出版，仍然受到广大读者欢迎，亦出版界之奇景也。无怪乎我那位爱生气的兄长愤愤于这样的刊物："怎么还没有查封？"

斯时《读书》上还有蓝英年的《寻墓者说》，葛剑雄的读史系列，吴敬琏等的经济学文字，辛丰年的《门外谈乐》，龚育之的《大书小识》（专谈毛主席著作），赵一凡的《哈佛读书札记》，金克木的《无文探隐》《书城独白》，吕叔湘的《未晚斋杂览》等专栏……本人也攀附骥尾，借光沾光……其间《读书》的销量以几何级数上升，洋洋大观，一番盛况……于今难觅。沈公拜拜了《读书》，当年的那么有趣、有新意的《读书》也就拜拜了读者了。

更早的三联的老总范用的读书奇术使我震惊。他说他的读书法是今日书今日毕，好书读完不过夜，不好的书确认与搁置也不必过夜。千万不要把书放在一边待读，待下去就会愈来愈多，永无读日。范用兄的特点同样是热心知识，广交天下贤士，以书会友。他家经常是高朋满座，往来无白丁。这既是他的出版家的风格，更是他个人魅力与光辉的表现。

董秀玉从《读书》创刊就跑过我的稿子。她精力充沛，有稿无类，一心启迪民智，推动进步，追求学术尖端。

三联人有一种为学人友、为学人竭诚服务的传统。他们如老子所讲，为天下溪，为天下谷，天下之牝，天下之交也。

当然我也不会忘记冯亦代、陈元等老师的风范。

这里有方针原则，更有人的因素。所以我担心，我也祝愿，这些老三联人渐渐退休以后，怎么样继承和发扬三联精神？弄一点酸溜溜的圈子派别，借出版以拔自身的份儿的矫揉纨绔子弟？弄几个唯市场是瞻的书商？毁了，一定会毁在他们手里的。

不，不会，事业不允许，三联的作者、读者尤其是老领导、老编者不允许，三联只能是愈来愈好。我们信心十足地祝福它吧。

辑三

踏遍青山歌未老

华霞菱 ◎ **华老师，你在哪儿？**

在我快要满七周岁的时候，升入当时的北平师范学校附属小学二年级，那是一九四一年，日伪统治时期。

我至今记得北师附小的校歌：

北师附小是乐园，

汉清百岁传。

向前，向前，

携手同登最高巅。

第二句的"汉清"两个字恐怕有误，如果这个学校是从汉朝办起的，那就不是"百岁传"，而是一千几百年了，大概目前世界上还没有那么古老的学校。

在小学一年级，我们的级任老师（犹今之班主任）姓葛，葛老师对学生是采取"放羊"政策的，不大管。遇到天气冷，学校又没有经费买煤生火炉，以致有的小同学冻得尿了裤子（我也有一次这样的并不觉得不光荣的经历），葛老师便干脆宣布提前散学。

二年级换了一位老师叫华霞菱，女，刚从北平师范学校（简称北师）毕业，二十岁左右，个子比较高，脸挺大，还长了些麻子。校长介绍说，她是"北师"的高才生，将担任我们班的级任老师。

她口齿清楚，态度严肃，教学认真，与葛老师那股松垮垮的劲头完全相反。首先是语音，她用当时的"国语注音符号"（即ㄅ、ㄆ、ㄇ、ㄈ）一个字一个字地校正我们的发音，一丝不苟。我至今说话的发音，还是遵循华老师所教授的，因此，有些字的读音与当代普通话有别。例如"伯伯"，我读"bāibāi"，而不肯读"bó bó"，侦察的"侦"，我读"蒸"而不是"真"，教室的"室"，我读上声而不肯读去声等等。为"伯""磨"之类的字的读法我还请教过王力教授，他对我的读音表示惊异。其实我就出生在北京，如果和真正的老北京在一起，我也会说一些油腔滑调的北京土话的，但只要一认真发言，就一切按照华老师四十多年前教导的了，这童年的教育可真重要。

华老师对学生非常严格，经常对一些"坏学生"训诫体罚（站壁角、不准回家吃饭），我们都认为这个老师很厉害，怕她。但她教课、改作业实在是认真极了，所以，包括被处罚得哭了个死去活来的同学，也一致认为这是一个比葛老师强百倍的老师。谁说小孩子不会判断呢？

小学二年级，平生第一次造句，第一题是"因为"。我造了一个大长句，其中有些字不会写，是用注音符号拼的。那句子是："下学以后，看到妹妹正在浇花呢，我很高兴，因为她从小就勤劳，她不懒惰。"

华老师在全班念了我这个句子，从此，我受到了华老师的"激赏"。

但是，有一次我出了个"难题"，实在有负华老师的希望。华老师规定，写字课必须携带毛笔、墨盒和红模字纸，但经常有同学忘带而使写字课无法进行。华老师火了，宣布说再有人不带上述文具来上写字课，便到教室外面站壁角去。

偏偏刚宣布完我就犯了规，等想起这一节是写字课时，课前预备铃已经打了，回家取已经不可能。

我心乱跳，面如土色。华老师来到讲台上，先问："都带了笔墨纸了吗？"

我和一个瘦小贫苦的女生低着头站了起来。

华老师皱着眉看着我们，她问："你们说怎么办？"

我流出了眼泪。最可怕的是我姐姐也在这个学校，如果我在教室外面站了壁角，这种奇耻大辱就会被她报告给父母……天啊，我完了。

全班都沉默着，大家感到了问题的严重性。

那个瘦小的女同学说话了："我出去站着去吧，王蒙就甭去了，他是好学生，从来没犯过规。"

听了这个话我真是绝处逢生，我喊道："同意！"

华老师看了我一眼，摇摇头，叹了口气，厉声说了句："坐下！"

事后她把我找到她的宿舍，问道："当×××（那个女生的名字）说她出去罚站而你不用去的时候，你说什么来着？"

我脸一下子就红了，我无地自容。

这是我平生受到的第一次最深刻的品德教育。我现在写到这儿的时候，心里仍怦怦然：不受教育，一个人会成为什么样呢？

又有一次修身课考试，其中一道答题需有一个"育"字，我头一天晚上还练习了好几次这个"育"字，临考时却怎么也想不起来了，觉得实在冤枉，便悄悄打开书桌，悄悄翻开了书，找到了这个字，还自以为无人知晓呢。

发试卷时，华老师说："这次考试，本来有一个同学考得很好，但因为一些原因，他的成绩不能算数。"

我一下子又两眼漆黑了。

又是一次促膝谈心，个别谈话，我承认了自己的错误，华老师扣了我十分，但还是照顾了我的面子，没有在班上公布我考试作弊的不良行为。

华老师有一次带我去先农坛参加全市中小学生运动会，会前，还带我去一个糕点铺吃了一碗油茶、一块点心，这是我平生第一次下馆子。这种在糕点铺吃油茶的经验，我借用写到了《青春万岁》里苏君和杨蔷云身上。

运动会开完，天黑了，挤有轨电车时，我与华老师失散了，真挤呀，挤得我脚不沾地。结果，我上错了车，我家本来在西四牌楼附近，我却坐了去东四牌楼的车。到了东四，我仍然下不来车，一直坐到了北新桥终点站……后来我还是找回了家，从此，我反而与华老师更亲了。

那时候的小学，每逢升级级任老师就要换的，因此，一九四二年以后，华老师就不再教我们了。此后也有许多好老师，但没有一个像华老师那样细致地教育过我。

一九四五年抗日战争胜利以后，国民党政府在北平号召一部分教师去台湾任教以推广"国语"，华老师自愿报名去了，据说从此她一直在台北。

日前我得知北京师大附小的特级教师关敏卿是当年北师附小的"唱游"教师，教过我的。我去看望了关老师，与关老师谈了很多华老师的事。关老师在北师时便与华老师同学。后来，关老师还找出了华老师的照片寄给我。

华老师，您能得知我这篇文章的一点信息吗？您现在可好？您还记得我的第一次造句（那是我的"写作"的开始呀）吗？您还记得我的两次犯错误吗？还有我们一起喝油茶的那个铺子，那是在前门、珠市口一带吧？对不对？我真想念您，真想见一见您啊！

1983年5月

萧　殷 ◎ 鞠躬尽瘁的园丁

　　我终于记起来了，那院子不是八号而是六号，赵堂子胡同六号。在那里，文学的殿堂向我打开了它的第一道门，文学的神祇物化为一个和颜悦色的小老头，他慈祥地向我笑，向我伸出了温暖的手。一九八三年八月的最后一天，当我从电话里得知萧殷同志去世的消息以后，我像傻了一样苦苦地把思想凝聚到一点：那院子究竟是几号呢？

　　那是一个清洁的小院子，窗前有许多花。一九五五年春天，只有二十岁又半的我惴惴地推开了赵堂子胡同六号的门。屋里坐着的还有高大、驼背、目光深邃的吴小武，他是当时中国青年出版社的文学编辑室负责人。他们把我的处女作——《青春万岁》的杂乱的草稿拿给萧殷同志看了，并安排我与萧殷同志见一次面。萧殷同志满脸皱纹，笑嘻嘻地，用至少有百分之十是我听不懂的广东味的普通话与我说话，话中有欣慰也有叹息。而且从第一眼我就看出来了，他的身体不好。

"……艺术感觉，这是很不容易的……周小玲说李春（均为《青春万岁》中的人物）说话有复杂的文法构造，这话很有趣，人物是活的……很难集中起来……我也总是想搞创作，搞创作的人从读者那里不仅得到理解，而且得到爱……看了你的作品，叫人感动……虽然片片断断，但是发光……"

总之，我明白了，我已经走到了文学的道路上，虽然这道路是那么艰难，简直无从下脚，无从下手。在《青春万岁》的初稿里我真诚地写下了我对生活的种种感受，然而它还不像一部小说，更不像一部长篇小说，我自己也知道。为了使它成为小说，还需要结构，还需要情节，还需要什么来着？萧殷老师说了："关键问题在于主线……"主线这个词儿我还是第一次听到，伟大神秘、令我神往又令我气馁的小说主线啊，我到哪里去找你？

"我身体不好，这部稿子我看了一个多月，它零零散散，但却能吸引我读下去……"

谢谢您，萧殷老师！

这次谈话的最后，萧殷老师把他的一本与青年习作者谈创作的小册子送给了我。说也好笑，在一九五三年初冬开始动笔写《青春万岁》的时候，我从来没看过这一类的书，我连一期《人民文学》也没看过。我当时已经是团区委的副书记，我要开很多会，写很多请示报告和工作总结，而爱好文学，大量阅读文学书刊却是童年的事。萧殷同志送给我的这本书，是我在中华人民共和国成立以后读的第一本这样的书，我只觉得生动具体，字字珠玑，我从来没有想到过写小说还要考虑这么多，要从生活出发，要写人物性格，要突出性格特点并运用艺术夸张，"没有艺术夸张便没有光彩"。对，萧老师是这样对我说的："不要搞什么抢题材。"多大的学问，多丰富的经验呀！

从此，我成了赵堂子胡同六号的座上客，萧殷同志不仅对《青春万岁》的修改做了许多指点和鼓励，而且，终于在一九五六年初，他通过中国作家协会青年工作委员会给我请到了半年创作假。

在讨论《组织部来了个年轻人》的日子里，萧老师也写了文章。与别的文章不同的是，萧殷同志的评论文章不仅分析了作品，还站出来维护了作者，他特别热情地肯定了作者的政治品质。为了这篇小说的事，我带病坐一辆三轮人力车去看他。"你要用一点'鼻通'，那对治感冒很有效。"他说，又留我吃饭，并特别介绍说，"我们炒菜用的是广东出产的蘑菇酱油……"

谈话中涉及一位被批判过的作家。"我向来是实事求是的。那位作家说过什么话，我听见了，但我不认为那是反党性质，我就坚持说，那些话里并没有反党的意思，你要那么理解，是你的事情……有的人，一会儿说是问题严重，一会儿又说是没问题，把什么都否定了……这种人真是品质成问题！"

我不知道这些事的内情，而且，说来太惭愧了，在一九五七年春天，听到萧老这样谈的时候，我竟体会不出这是指一种什么样的人，这又是一种什么样的品质问题。当然，后来懂了，而且为我的

"不懂"付出了高昂的代价。

当"扩大化"的斗争终于波及我自己头上的时候，我还去过一次赵堂子胡同六号。萧殷同志极力劝慰我说："不要着急，特别是文艺的问题，比较复杂……"又能说什么呢？于是我们谈起了热带鱼。萧老送给了我两条（四条？）热带鱼，我拖着沉重的步子，带着欢快的小鱼，与赵堂子六号告别了。

后来我就不便、无颜去看萧老了。

大约是一九五八年吧，我才知道萧老迁到广东去了。

直到一九七八年，粉碎"四人帮"的春雷响过，"实践是检验真理的唯一标准"的春风开始在大地上劲吹的时候，我试投了一封致萧老的信。回信很快就来了，那是一封欢欣若狂的回信："王蒙来信了，王蒙来信了……"他说，他大叫着把这个消息告诉他的妻子陶萍同志，告诉他的友人。那种洋溢的热情和师情，使我泪下。

他当时正在编《作品》文学月刊，《最宝贵的》便是应萧老之约寄去的。

《青春万岁》在历时二十余年之后，终于在一九七九年第一次出版了，我想，萧殷同志的心情绝不会比我平静。我多么想请他为这本晚出的书写一篇序言啊，然而他告诉我，他身体已经不行，力不从心了。

……这些年来，我是多么忙啊！我是怎样对萧老疏于问候了啊！有多少老同志、老前辈、老同学，包括自己的多少亲属，我欠着他们多少感情的债、问安的债、通信往来的债啊！繁忙会使一个人变得无情吗？人们能够理解、能够原谅一个繁忙的人的常常来不及表达他的思念和问候吗？人们能够相信，我仍然一样地惦念着他们吗？

今年年初，我与妻子去广州的医院探望了卧床已久的萧殷同志。当他用枯瘦的、我要说是冰凉的手握住我的手的时候，当我告别的时候，萧老哭了，我已意识到了，这便是永诀。从那时起，一提起萧老我就长吁短叹。

安息吧，萧殷老师！那时候您其实还没有我现在的年岁大吧？当年您在赵堂子胡同六号接见的那个青年习作者，还有许许多多您关怀培养过的青年习作者，以及许许多多从您的著作中得益的过去的和现在的青年人，正把您对文学事业的热望和对青年一代的关怀化为祖国社会主义文学蓬勃发展的现实，我们终于迎来了社会主义文学的春天。我们永远不会忘记您这位辛劳的、鞠躬尽瘁的园丁，永远！

1983年9月8日

毕淑敏 ◎ **作家——医生**

如果她的署名是阿咪、狂姐、原水爆或者荷兰豆，也许我早就读过她的作品了。

然而她的名字是毕淑敏，这名字普通得如——对不起——任何一个街道妇女。

而且她说她从小就是一个好学生，她的数学与语文同样好。（总算找到了一个喜欢也学得好数学的同行了，王蒙大悦焉！）她开始写作缘起于父亲的建议，而她的戒骄戒躁是由于儿时母亲的教导，为了写作，她在完成了医学院学业以后又去了广播电视大学的文学系学习并以"优"的成绩毕业，继而读研究生，获得了硕士学位。（有几个作家老老实实地这样学过文学？）再说，她同时是或者更加是一个医术精良的内科医生，她对此充满自信与自豪……

我真的不知道世界了，还有这样规规矩矩的作家与文学之路。我本来以为新涌现出来的作家都可能是怀才不遇、牢骚满腹、刺儿头反骨、不敬父母（而且还要审父）、不服师长、不屑学业、嘲笑文凭、突破颠覆、艰深费解、与世难谐、大话爆破、呻吟颤抖，充满了智慧的痛苦、天才的孤独、哲人的憔悴、冲锋队员的血性暴烈或者安定医院住院病人的忧郁兼躁狂的伟人——怪物。

毕淑敏则不是这样。她太正常，太良善，甚至是太听话了。即使做了小说，似乎也没有忘记她的医生的治病救人的宗旨、普度众生的宏愿、苦口婆心的耐性、有条不紊的规章和清澈如水的医心。她有一种把对人的关怀和热情悲悯化为冷静的处方的集道德、文学、科学于一体的思维方式、写作方式与行为方式。

而在我们国家，常常是杀人之论火爆易红，救人之论黯然无光；大而无当之文如日中天，诚实本分之作视若草芥；凶猛抡砍之风时赢喝彩，娓娓动人之章叨陪末座。一句话，乖戾之气冲击文坛久矣，恨比爱强健，斗比和勇敢，骂比分析痛快，绝望比清明时髦，狂妄比谦虚现代，乌眼鸡驱逐掉了百灵与夜莺，厮杀的呐喊遮盖了万籁，而与人为恶的文风正在取代与人为善的旧俗……

所以就更显得毕淑敏的正常、善意、祥和、冷静乃至循规蹈矩的难能可贵。即使她写了像《昆仑殇》这样严峻的、撼人心魄的事件，她仍然保持着对每一个当事人与责任者的善意与公平。善意与冷静，像孪生姐妹一样时刻跟随着毕淑敏的笔端。唯其冷静才能公正，唯其公正才能好心，唯其好心世界才有希望，自己才有希望，而不至于使自己、使读者、使国家、使社会陷于万劫不复的恶性循环里。也许她缺少了应有的批评与憎恨，但至少无愧于，其实是远远优于那些缺少应有的爱心与好意的志士。她正视死亡与血污，下笔常常令人战栗，如《紫色人形》，如《预约死亡》，但主旨仍然平实和悦，她是要她的读者更好地活下去、爱下去、工作下去。她宁愿忏悔自己的多疑与戒备太过，歌颂普通劳动者的人性（《翻浆》），而与泛恶论的诅咒与煽动迥异其趣。至于她的散文就更加明澈见底了。

她确实是一个真正的医生，好医生，她会成为文学界的白衣天使。昆仑山上当兵的经历，医生的身份与心术，加上自幼大大的良民的自觉，使她成为文学圈内的一个新起的、别有特色的和谐与健康的因子。

而另外的多得多的天才作家的另一面，实在是文学界的病友。我尊敬与同情我的病友，我知道世界上许多伟大的作家都有病，他们太痛苦了，他们因痛苦而益发伟大了。但同时我也赞美与感谢大夫，为了全国人民的身心健康，我祝愿在大夫与病友的比例上不至于出现太大的失调。有病人也有医生，这才是世界，这才有各种写不完的故事。

不知道这是我的幸还是不幸，不知道这是不是我的被误解与被攻击的原因之一。我既觉得病人之可哀可叹，又觉得医生之可亲可信，特别是当我给一个比我年轻的作家作序写评的时候，我承认每一片树叶的价值。当然，我宁愿多称赞一点祥和与理性，但我也许又发放了太多的苦口的良药，真对不起。

1995年7月

冯骥才 ◎ 灿烂的笑容

　　提起冯骥才，首先会想到他的大个子，为中国作家争脸的身材。记得八十年代一位英籍国际笔会的副主席埃尔斯托普来华访问，我们见面时谈到了冯骥才刚刚结束的英伦之行。这位英国作家笑着说："他的身材太引人注意了，英国的女性都非常喜欢他。"名声到了英国，走向了世界。不过还好，据我所知，他对妻子小顾是靠得住的，不论什么时候，他都以极好的态度对待妻子，一提到小顾就笑容灿烂，与小顾在一起时不停地笑着，平常说话他也是"小顾、小顾"地不断引用着顾同昭语录，像是一个"五好"丈夫。

　　由于个儿高，我记得在备受争议的第四次全国作家代表大会期间他对我说："我建议作协主席按身高轮流担任。"真是太妙了，这对那些把作协视为衙门，把作协的跑腿管事人员身份视为争来夺去的乌纱帽的文丑们，无异于一服清凉剂。不是吗，一个作家写不出好书来，再大的乌纱帽也徒然凸显了帽下的空白——叫作名不副实。那么大冯这样说是不是也从潜意识里表达了他的过把主席瘾闹的儿童心理呢，我就不知道了。

由这个大个子写一篇《高女人和她的矮丈夫》就特别哏儿，哏儿完了又挺伤感。特别是描写高女人死后，她的矮丈夫遇到雨天仍然高高举着一把伞，令人感到那伞下有一节空白，读之难忘，读之唏嘘不已。

大冯就是这样的人，个儿大，心细，心柔。对谁都是一脸的微笑，亲切，谦虚，体贴，幽默，总是令人愉快。他不是那种总让别人觉得欠了他二百吊钱的作家，也不是那种见谁臭谁、绕世界抹黑散味的霉变物。在与他的交往中你会感到自己是受关心、受友爱的，而不是被勒索爱心的。大冯常常和我谈到我新发表的作品，他作为同行的这种细心和友谊，使我感到十分熨帖。他也会关心旁人，每次见面嘘寒问暖。在去年冬天我因割除胆囊住院期间他来了一个传真，说是："闻君小小有恙，我亦大大不安。"有些了不起的作家是十足的利己者，他们只要求被知道、被围绕、被注意、被关心。现在有"送温暖"一说，大冯确是一个会送温暖的人。如果作家队伍里多几个大冯，少几个嗞嗞冒烟的手榴弹，少几个由于难产而憎恨一切鸡蛋的鸡，文坛的气氛会祥和得多。

我常常忆起一九七九年（一九七八年？）第一次在人民文学出版社总编辑韦君宜同志那里见到他的情景，君宜个儿矮，与大冯成为很可笑的对比，但由于大冯的谦虚、天真、善良如儿童的笑容，你很快接受了他们的愉快相处。你个子再小，在大冯面前也不必不安，因为大冯从精神上更像是个孩子，他懂得尊重别人，这正是他的魅力。

他又那么聪明，多才多艺。他写义和团、写神鞭、写英国、写"文革"、写船歌，也写乒乓球运动员。他的画很有味道，也有功底，听说还颇有效益。他的文化评论写得有见识、有趣味。他为保存天津旧文物做了大量工作。

他这个人也极有趣，每年政协开会期间听他与张贤亮斗嘴，你觉得好玩得不得了。一物降一物，有了冯骥才，牛皮张贤亮才受到了一点约束，不至于"上房揭瓦"，张贤亮常常在与冯的舌战中处于下风。

七十年代末期或八十年代初期，我头一次去他天津的家。一间房子里摆着钢琴，摆着床与桌椅，摆着有真有假的许多文物古玩。房子和他的聪明一样，满溢得快要爆炸了。后来，几次搬家，他现在的住房可是鸟枪换了高射连发火箭炮了。他给我以功成名就生活猛往上蹿的感觉，应该祝贺他和类似他的作家赶上了好时候，祝贺他们事业有成。同时劝他保重再保重，踏遍青山人不老，我们还等着读他的新作，好事还在后头呢。

2000年5月

冰　心 ◎ 最本色的中华小老太太

　　与世纪同龄的冰心比我的父母还要年长十来岁，我的父辈已经是她的读者了。我上小学三年级时买了一本旧版的"全一册"《冰心全集》，我至今记得我的父母看到这本书时眼睛里放射出来的兴奋的光芒。

　　那时我就读了《寄小读者》《去国》《到青龙桥去》《繁星》和《春水》，在写母爱、写童心、写大海的同时，冰心同样充满了对国家和民族的忧思。

　　五十年代我读过她的一些译作，像泰戈尔，像纪伯伦，我真佩服她的博学。

　　直到七十年代后期我才有机会与她老人家有所接触。她永远是那么清楚，那么分明，那么超拔而又幽默。她多年在国外生活和受教育，但是她身上没有一点"洋气"，她是一个最最本色的中华小老太太。她最反感那种数典忘祖的假洋鬼子。她八十年代写的小说

《空巢》，表达了她永远不变的对祖国的深情。她关心国家大事，常常有所臧否。她更关心少年儿童，关心女作家的成长，关心散文创作。她既有时人们爱用的"有机知识分子"的忧国忧民之心，又深知自己的特色，知道自己适合做一些什么，她不是只知爱惜羽毛的利己者，也不是大言不惭的清谈家。

她常常以四两拨千斤的自信评论是非。她说一件事怎么样做就是"永垂不朽"而换一种做法就是"永朽不垂"。她说她不喜欢的一本刊物"只消改一个字就行了"。她的话令人忍俊不禁。她会当面顶撞一些人，说"你讲的都是重复"。而对她不喜欢的人不自量力地去求字，她就问："你带了纸来了吗？你带了笔来了吗？你带了墨来了吗？没有这些，怎么写字呢？"她说起她的这种"狡猾"地摆脱纠缠的故事，自己也禁不住得意地大笑。

她更乐于自嘲。她刻一方印章"是为贼"——隐"老而不死"之意。她自称自己是"坐以待币（毙）"，她解释说是坐在家里等稿费——人民币。在她的先生吴文藻教授去世后，她说她已经能够做到毛泽东倡导的"五不怕"——不怕离婚了，此外她已年逾九十，所以不怕杀头，也无官可罢，无党籍可以开除。一九九四年她大病过一场，我去看她，她说："放心，这次我死不了，孔子活了七十三，孟子活了八十四，谢子（指她自己）呢，要活九十五。"如今，九十五早已超过了，这就是"仁者寿"的意思吧。

然而对于国家大事，她是严肃的，她拿出自己积存的不多的稿费捐赠给灾区人民，她又拿出自己的钱办散文评奖。

她近年身体益弱，有一次我去看她——她连眼睛都睁不开了。然而，无论什么时候她都是清醒的。后来，她的身体又奇迹般地恢复了。有一次我又去看她——她正在接受一家电视台的采访。我劝她，不必满足一切记者的要求，您累了，闭目养神可也。她回答说："那不等于下逐客令吗？那怎么好意思呢？"

　　我过去说过，冰心是我们的社会生活文艺生活里一个清明、健康和稳定的因素。现在她去了，那么，回忆她，阅读她，这也是一个清明、健康和稳定的因素吧。在遇到困扰的时候，在焦躁不安的时候，在悲观失望的时候和陷入鄙俗的泥沼的时候，想想冰心，无异一剂良药。那么今后呢？今后还有这样大气和高明、有教养和纯洁的人吗？伟大的古老的中华民族，不是应该多有几个冰心这样的人物吗？

1999年3月

宗　璞 ◎ 兰气息，玉精神

宗璞今年七十岁了。

一些年前李子云著文评论宗璞，借用了古人的"兰气息，玉精神"六字。我以为，以这六个字形容宗璞是贴切极了。

四十余年前读了她的《红豆》，只觉深情幽然，大地的风雷与人性的温馨都在从容道来的小说中颤动。一场"反右"运动使这篇小说被批了个不亦乐乎，幸而，宗璞侥幸无大难。一九六二年又在天津出的《新港》上读到她的委婉中呈现着棱角的小说，真让人高兴。"文革"后读到她的《弦上的梦》《我是谁》和《三生石》，读到她的长篇小说《南渡记》，你更感到她的书卷气中的英武，温柔敦厚中的分明取舍，哪怕场景只是在校园，在病房，在书斋，她的字字句句仍然流露着对于祖国和人民的关切，回应着时代的风雨雷电，她可不是只知爱惜自家羽毛的冷心者。

我尤其喜爱她的童话。我孤陋寡闻，把童话写成散文诗而不是去靠拢民间故事的作家，除了丹麦的安徒生之外，我知道的只有宗璞。能够写出这样的童话的作家是幸福的，这样的童话寓深情深意于童心的纯美之中，这样的文章只能天成。

我多么希望她多写些童话！

宗璞不善交际，但是在她那里你会看到一些孤傲不群、与俗鲜谐的好作家的身影，此桃李无言之谓也。宗璞也并不苟同，她对各人各文保持着自己的看法，她才不随风飘荡，一会儿这样一会儿那样呢。

宗璞性至孝，其父冯友兰先生在哲学史方面的成就举世公认。临终前他终于完成了《中国哲学史新编》这一洋洋大观的巨著。他曾说，他之所以看病吃药，是为了完成此书，如此书完成，有病亦可听之任之。读此言令人怆然、肃然。在运动连年的那个年代，又常常被置于聚光灯下或最高关怀下，冯老需要怎样忍辱负重，需要怎样坚定和沉着才能致力于这样一部大著作的写作！当然，他也为自己的轻信、愚忠和一些中国士人的经世致用的传统意识付出了代价。我早就在一篇谈当代作家的文章中说过，选择了投入的人不应该拒绝为了投入而付出代价，不必鸣冤叫屈；选择了疏离的人也不必为了疏离的后来日益行时而撒娇于公众。人无完人，事无万全。尽管由于时代风气的关系，今天这几个知识分子被仰视得紧，明天则是不同选择的知识分子伟名如日中天，最后，总还要看一看劳作的成果。而成果，不相信眼泪也不相信流言，不相信潮流也不相信掌声，更不在乎同行相轻。我曾被意大利国家电视台错爱，要我向他们主办的电脑博物馆推荐十部中国典籍（同时被咨询的还有他国学者三十九人），选来选去，中华人民共和国成立后的著作我选的是冯友兰著《中国哲学史新编》。冯著毕竟既表现了中华人民共和国学术劳作的气象又反射了五千年中华文化的光辉，而且冯著系统、严谨、扎实、大气。另九部是《诗经》《老子》《论语》……直至《鲁迅全集》。

中国缺少多元制衡的传统，我们的平衡往往表现在纵坐标上。物极必反，三十年河东三十年河西是也。于是对人物的臧否也摆来摆去，历史老是重写，天平也成了秋千，此国情之一也。但成果是硬道理，公道自在人间，否定之后还有否定，我希望宗璞对那些对冯老的物议更加处之泰然些。而形象良好的尊者及其追随者，也可以平常心对己对人，叫作己欲立而立人，己欲达而达人是也。

宗璞从不关心自己的俗务。是真名士自风流，她至今没有高级职称，她常常为看病的事犯难——胡乔木已经仙逝，没有哪个为她说句顶用的话了。不止一个老作家、老领导关心此事并为之进行了努力，但至今无效。

前年召开的作协第五次代表大会上，宗璞被选为作协主席团委员。想起一些同行为在作协挂个什么名义，为坚决反对与自己不是一派的人挂上名义而使出浑身解数奋力搏击的情形，我便觉得稚态可掬。宗璞对此可是浑然不觉，她住在北大校园一隅，很少与文坛打交道。不觉也罢，不交也罢，同行们还是由衷地尊重与喜爱宗璞，由于"民意"，人们选出了她。哪怕就此一点来说，谁说中国的或作协的民主没有希望呢？

1998年10月

韦君宜 ◎ 独一无二的纯洁和认真

　　早在五十年代，我在北京市一个区做团的工作的时候，我就有机会见到君宜同志了。她当时在中国青年杂志社工作，她写了一些谈青年人思想修养的文章，写得很好，如《妹妹的故事》等。一些学校的团总支请君宜去做报告，我作为团干部前往旁听，发现她说话又急又有些口吃，和她的干净流畅的文笔相比，她的口才实在不强。

　　一九五六年，我发表了《组织部来了个年轻人》，君宜同志主编的《文艺学习》组织了讨论，赞成与批评的意见都很热烈。她约我到她家里去过，同时见到的还有当时任市委书记的杨述。她（他）们与我交谈，是抱着关心帮助、循循善诱的师长的态度的。他们的观点其实非常正统，但他们都十分与人为善。

　　后来由于毛主席的干预，《组织部来了个年轻人》的风波暂时平安度过。当然，等到反右开始，毛主席说过话也罢，刘少奇打过招呼（见今年第一期《百年潮》上的有关文字）也好，都没能保得住我，我还是在劫难逃地落水了。在最艰难的情况下，我听到杨述同志催促本单位为我早日摘帽子的事。

到了一九六二年，情况刚刚好一点，我就收到当时由君宜同志主持的人民文学出版社的约稿信，继而，她与黄秋耘同志多次与我见面，他们千方百计地帮我想办法，希望《青春万岁》能顺利出版。君宜还把我的短篇小说稿《眼睛》转给《北京文艺》发表。但后来很快"精神"又变了，他们对我的呵护，也没能达到预期的效果。

"文革"中她去过一次新疆，我去看望她，她是一句寒暄的话也没有，似乎不认识我。她吓坏了，她其实是不敢与我交谈。到了一九七六年，我爱人回北京探亲，她受我的委托去看望君宜，君宜也是一句话也没有。我理解，君宜是一个极讲原则、讲纪律、极听话而且恪守职责的人，她不会两面行事，需要划清界限就真划，不打折扣，不分人前人后。同时，我从来没有对她的与人为善失过信心。

进入新时期以来，她是极端认真地拥护党的三中全会精神并身体力行之的。她写出反响巨大的《思痛录》来绝非偶然，她用外在的要求克服内心的良知的经验太多了，她必须把这些"痛"告诉读者。

同时她是一个极诚实的人，最利索的人，从不模棱两可，从不虚与委蛇，从不打太极拳。办事，她没有废话，没有客套，没有解释，更没有讨好表功，即使在最好的情况下你与她打交道也时而觉得太"干"得慌；由于形势的原因，她认为不能与你交谈更不能帮你的忙，那就干脆一句话都没有。她确实是做到了无私，她不承认私人关系，不讲人情世故。她也算是绝了。而最好的情况下，如果她与你的意见不一致，她也绝不照顾关系，哼哼哈哈。例如，八十年代我曾在某个场合说过文学总体上看是人类的业余活动的话，君宜不赞成我的话，她立即也在一定的场合表示异议。

君宜还有一件事给我的印象极深，她写作速度极快，而且能够抓紧一切时间，有一次在机场等飞机时，我也看到她在笔记本上奋笔疾书。她退下来后病中写下那么多好东西就是证明。然而，她长期服从党的安排做编辑工作，硬是牺牲了自己的写作，同时她帮助了那么多青年作者脱颖而出。这也表现了无私，这令人肃然起敬。

我常常想，在中国这个古老和讲谋略的国家，在有过那么多战略战术的国家，在经过了那么多沧桑和现代、后现代的炒作和姿态以后，还有君宜同志这样认真和纯洁的人吗？我不敢多想了。

1999年1月

王　昆 ◎ 踏遍青山歌未老

　　王昆是一个千里挑一、万里挑一的成功者、幸运者。她的嘹亮的歌声和她的名字一道，传遍了全中国，响彻了五大洲许多地方。人们想到革命的文艺事业就会想起她。我对她说，你唱的歌儿都是革命的呀，你大概没有唱过几首没有鲜明的革命语句的歌儿吧。她想了想，肯定了我的判断。她已经七十多岁了，前不久还在台上引吭高歌庆祝党的七十七周年生日。她近年来经常在国家的大型庆典文艺演出中担纲独唱节目。以她的名字命名的艺术学院已在上海建立。她是歌唱家，又是老革命，是一个代表人物里的头面人物，又是头面人物里的代表人物。她的身上集中展示了革命的风光。周总理、陈老总、胡耀邦都了解她、关心她、帮助她解决工作上、学习上以及艺术思想上的问题。她最近发表的《与江总书记共度元宵佳节》一文讲述了她一九九八年元宵节坐在第一桌江泽民同志右首与总书记谈文论艺的经过。她也与毛主席坐在一起参加过联欢活动。

有一次著名老旦李金泉正在表演时，毛主席问王昆唱老旦的可不可以唱花脸，王做了否定的回答，毛主席说"你这个人未免保守"。毛主席真是个富有想象力的人物。而王昆是一个一贯坐在主桌主宾位置的领衔艺术家，她是中国革命史、中华人民共和国历史，特别是中国的革命文艺运动史的见证者。

笔者有机会参加过一次王昆主持的东方华夏艺术中心制作的卡拉OK录像带发行仪式。这批带子，全都是老区的革命歌曲。那次活动来了那么多革命前辈，它让你觉得王昆的号召力可真大。王昆还担任过六十年代红极一时的东方歌舞团的艺委会主任，后来又担任了团长。真可以说是多少风光在王昆啊！

老天和时代不知为什么那样钟情于她，给了这个出生于河北唐县的农村小姑娘以亭亭玉立的身材，以"朴实纯真、一片天籁"（夏衍语）的嗓子，以从少年时代就担任妇联干部的机会，使她在十四岁就参加了大名鼎鼎的"西战团"（十八集团军西北战地服务团）。王昆生逢其时，她的时代是革命与文艺联系得最光彩夺目的时代，她的嗓子用在了人民的抗日救国和革命事业当中，而不是仅仅用在茶楼、酒吧、餐厅、堂会上。她的歌儿是艺术却又不仅仅是艺术，那是革命的尖兵、革命的号角、革命的鼓点。她的歌儿具有一种时代所赋予的神圣和庄严，具有一种象征性。王昆等的歌儿使革命更激情，更人性，更富有一种感召力、说服力与煽动性。而革命赋予了王昆他们的歌曲以百倍的尊严、热情和万千气象。我常常想只要比较一下蒋管区和解放区各自唱的歌曲，谁胜谁败、谁高谁低就一目了然了。中华人民共和国成立前我上中学的时候就读过《白毛女》的剧本，及至中华人民共和国成立后看了王昆配唱的《白毛女》电影，我只觉得王昆的歌儿是人民革命的宣言，是中华人民共和国将在血泊中巍然建立的告示，是翻身、解放、开天辟地的黄钟大吕。中华人民共和国成立前听惯了软绵绵的靡靡之音的流行音乐和至少在当时不无偏激地觉得是陈词滥调的戏曲唱段的我，听到了王昆的充沛、本真、嘹亮、质朴而又阔大的歌声，是何等激动！王昆的歌曲为年轻的追求革命的我们打开了一个全新的世界，在那个世界里，中国的劳动人民当家做主，"粗黑的手来掌大印"（《农友歌》歌词），一切浮华、奢靡、下贱、虚伪、扭捏与封建八股、洋八股、党八股被荡涤得一干二净，人间只剩下了真情、忠诚、光明和改天换地的伟力。

但是一个人太幸福、太成功了就难免会使旁人产生一种不能免俗的疑惑，我这里还没有说敌意。羡慕的深处常常隐藏着某种不忿儿，哪怕他们俩的事情互不搭界，就是说他没有任何道理不忿儿——这也算是做名人难的一解吧。这样，一九八六年我到文化部工作的时候就听到了一些同志对王昆所领导的东方歌舞团的办团方向的闲言碎语，不同的角度都对之颇执非议。我也直觉地对这位大红大紫的革命歌唱家团长有一种半信半疑的保留。记得我第一次以文化部的公务身份看"东方"演出，就拿出一种不冷不热的劲头，我对某些节目的水平觉得不太满意。

又过了几个月，我去"东方"听听看看，唬人一点名之曰"视察"。王昆谈了她对团里的工作的看法。她认为初建团时说的是以表演中国民族的与亚、非、拉的歌舞为主，但是改革开放以来情况已经有了很大变化，愈来愈多的亚、非、拉艺术表演团体到中国来，人们可以看到原装原味的演出，党中央对国际共产主义战略的设想与提法也与六十年代有了很大不同，"东方"的原方针不可能一成不变。不论怎么变，有一条是不能够变的，那就是要为人民大众服务，要使自己的艺术实践为群众所喜闻乐见，如果丢了这一条，也就丧失了共同语言，我们没有办法交流，而只能"拜拜"了。

我不想在这篇短文里讨论"东方"的办团问题，我只是回忆，当时王昆给我的印象是她的清醒的思考，她的选择至少也是言之成理。听到这位年近花甲的老延安戏用当时年轻人爱用的洋泾浜英语"拜拜"，我觉得有趣。起码，她不是九斤老太，她脑子里奔流着的是四通八达的活水，她活得相当接近年轻人。

后来，我当面问她，你怎么可能接受例如偏于通俗的唱法呢？须知更多的老革命文艺家，提起歌星气就不打一处来。有的激烈者与痛感自己失落者，甚至不惜把市场经济条件下的文艺说成比国统区、沦陷区还坏。

王昆告诉我，第一，她不是没有原则的，对当时东方歌舞团演唱的各类歌曲比例，她强调的仍然是突出民族特色，她否定的仍然是颓废的发泄。第二，她在出国访问期间，亲眼看到了某些通俗歌手受群众欢迎的情况，看到了他们在演出的时候怎样注意和善于与群众交流。有时候他们甚至将唱和说混同起来，为的是得到观众的及时呼应。她说，听众的反应对于一个歌者来说永远不是无足轻重的，为人民服务，受群众欢迎，永远是她最关心的事情。第三，她并不认为今天的歌唱家必须踩着她的脚印走。她为年轻歌手的成长尽了心力，她亲自主持他们的演出，把他们推荐给观众，她是因材施教的，她相信各有各的路子。她没有那种看到新人、新艺术就噘嘴歪鼻的习惯。

我明白了，毫无疑问，王昆是一个非常革命的艺术家。但是革命资历、革命身份对于她绝对不是拒新事物于千里之外的包袱，不是她和千千万万普通人与普通从艺人员之间的鸿沟，不是脱离生活实践的教条，而是一种面向世界、面向时代的胸襟，是与时共进的源头活水，是与广大老百姓相通的心。

王昆不是一个夸夸其谈的人，她似乎也不以理论论辩见长，这方面她远不如中国文艺界不缺乏的那些善于上纲上线的评论家。但是王昆谈什么却总是十分明快和利索。听王昆谈话就像听她唱歌，中气充足，饱满奔放，本真自然，天造地就。她唱得并不华丽，她不事修饰，但更有一种天籁的动人之处，而绝对不做作，不拿腔拿调，不隐瞒不虚伪。王昆说话、唱歌，都是始终如一的王昆，而不是扮演某个更能讨好的非王昆。在极左肆虐的日子里，她的亲人为了她的安全曾经忠告她："你能不能'左'那么一次呢？"她的回答很简单："不能！"甚至在"文革"那种不正常的年代，王昆先是因"恶毒攻击江青"而被搞成反革命，继而又在一九七五年邓小平同志主持工作的时候因为与胡耀邦同志商量并实行了向小平同志反映江青一伙矛头指向周总理的事而被囚禁起来，直到"四人帮"覆灭、群众上街游行的第二天才恢复了人身自由。她在被批斗、被关押、被审判的时候动不动硬顶硬碰，这些事迹都写在《王昆评传》里了。她的这种勇气使我佩服，也使我疑惑："你哪儿来的那么大的胆子？"我问。王昆说："唉，我这个'反革命'完全是自找的，我出身好，从小参加革命，也不像你错划过'右派'。'文革'初期，我一百个想不通，群众斗我时拿不出什么事实凭据，老是打我的'态度'，我就和他们辩论。他们说我昂着头像是刘胡兰在法场就义。"是的，她在政治上有自信，有性格，更有自己的良知，她压根儿就革命，故而用不着证明更用不着表现、表演自己革命。她并没有因为多年的政治经验而变得更灵活更实用主义，她拒绝雕琢和城府，她没有某些境界不高的表演艺术工作者的那种"无性格症"（这是斯坦尼斯拉夫斯基提出的一种演员的职业病，这种病的患者我是不止一次领教过的），她没有那种表演情绪的习惯。她做不到作假，无法今天为这一套而慷慨激昂、热泪盈眶，明天又为正好相反的另一套盈眶热泪、激昂慷慨。坦荡自然，真情实感，快乐刚强，这才是王昆此人和她的歌曲最最有魅力的地方。与王昆在一起你也可能听到牢骚，你也可能与她交谈思想上的困惑，你也可能与她一道为某些事儿忧心忡忡，但最后你仍然会感到痛快真切，而绝对不会黏黏糊糊、抠抠搜搜、阴阴沉沉、小肚鸡肠。

王昆喜欢打抱不平，王昆喜欢说实话。王昆也喜欢说笑话、听笑话。侯宝林的那个有名的说醉鬼爬手电筒光柱的段子就是王昆说给他的。（按，此故事出自美国《读者文摘》）有一次在政协会议期间黄冑讲了一个略荤的笑话，王昆笑得满眼是泪，身段全无。能够这样笑的人全都有一颗平常心，能够这样笑的人永远做不成阴谋家和伪君子。当然，王昆更爱的是唱歌，不是说正式表演，一起说着话吃着东西，谈起什么来，她立即有滋有味地唱起来。她从来不酸溜溜地拿什么架子。她最强调唱歌的"味儿"。我这个外行体会，"味"指的是一个民族、一种文化、一个歌者的个人风格、脾性、喜怒哀乐在声音处理上的外在体现，味说到底是人味。有了味，才有了歌的特色，才有歌后面的艺术家（和他或她所代表的时代、民族、阶级）的魅力。有一次我们谈论新疆维吾尔族歌曲，王昆立即用维文唱出了伊犁民歌曲调改编的《解放的时代》，唱得风味十足。其实，王昆并不会维语，问题是她有超常的模仿和吸收能力，她更能体会各族各色人等的内心世界。王昆的聪明灵气也表现在她的好学不倦上，正规学校她只上到小学毕业，然而她热爱和熟悉古典诗词，她喜爱读书，她常常对各种出版物做出及时的反应。

王昆是革命的女儿。革命成就了王昆，王昆也确实是把自己的歌喉、把自己的心力献给了革命。王昆又是一个善于接受新事物的人，她从不像某些人那样当生活迅猛地前进了便动不动悻悻地失落或狠狠地诅咒。从小生活在革命队伍里，生活在大哥哥大姐姐革命的大文化人的温暖关心提携下边，这造就了王昆的随和、合群的性格。她经常得到人们的善待，她也习惯于善待旁人。她没有那种八方为敌、四面楚歌的政治运动后遗症。她该怎么做怎么做，该怎么说怎么说，并不十分在乎物议。她绝少气迷心式地一张口就为自己辩护，老觉得自己是受了天大委屈的窦娥。说是"心底无私天地宽"，我不敢保证她是绝对无私，但是她的天地确实很宽很宽。与那些钩心斗角、嫉妒同行、心理阴暗而又神神经经的也是"文艺工作者"的人比较，王昆是何等不同啊。"天若有情天亦老，人间正道是沧桑。"毛泽东化用了、发展了李贺的诗，表达了一种生生不已、自强不息的人生观、世界观。王昆是做到了这一点的，所以她永葆青春活力，她永远是本色地、乐观地、质朴而又通达开阔地工作着和忙碌着。踏遍青山歌未老，她从事艺术活动已经整整六十个年头了，但是你与她在一起永远不会感到那种老迈的疲惫，那种格格不入的固执，那种已非我时的悲凉，也没有那种唯有我好的自恋自怜、自满自吹，她是不老的。

1998年

陆天明 ◎ **九死未悔的郑重**

我和陆天明相识已经很久了。才一会面，他就引起了我的关
注。我的印象：他是一个思想型、信念型、苦行型的人。他忧国忧
民，他期待着热烈的奉献和燃烧，他完全相信真理的力量、信念的
力量、文学的力量、语言文字的力量。他宁愿摆脱一切世俗利益的
困扰。为了信念，他会产生一种论辩的热情，他无法见风使舵，也
无法轻易地唯唯诺诺迎合别人。他可能见人之未见却又不见常人之
能见。他的几近乎"呆"的劲儿与特有的聪明使我想起年轻时候，
例如五十年代的自己。他的大头，他的眼睛，他的目不转睛的执
着，都很可爱，又有一点点可怕，还有相当的可悲。我觉得他是一
个充满悲剧感的人物。我不知道在那种情况下（"文化大革命"当
中），我怎样向他传达一点经验、一点"狡狯"，帮助他避开他也
许不可能完全避开的悲剧性命运。

然后许多年过去了的历程不算太喜，但也谈不上太大的悲。毕

竟时代不同了，谁说我们没有进步？他孜孜不倦地进行写作，用年轻人中突然流行起来的一句话说，他似乎活得很累。不同的是他的累不是由于文坛内外的蝇营狗苟、纵横捭阖、劫夺捞取，而只是累于写作、写作、写作……他似乎在事倍功半地写作，虽然像长篇小说《桑那高地的太阳》、中篇小说《白木轭》《啊，野麻花》也都取得了相当的成绩，获得了好评。

后来，在热热闹闹、沸沸扬扬的那几年，陆天明沉默着。文坛似乎有他不多，没他也不少。三年过去了，当新的兴奋或者狼狈激动着一些作家的时候，陆天明抛出了一块大"砖头"，他寒窗三载、辛苦经营的新作力作——《泥日》。

说是力作可不是熟语套话。从《泥日》中我们几乎可以感到、可以看到陆天明的那透过了纸背的力度。那是一种思考的执着——他从来都热衷于进行忧国忧民、忧史忧文、忧斯民更忧人类的整体性思考。那是一种结构的精力，陆天明运了气，发了功，把各种强烈鲜明而又各具异彩的人物，把各种触目惊心、既现实又浪漫的生存状态，把富于反差的、既严峻又迷人的种种自然景观与人文景观，把极有戏剧性但又大致合乎情理而且不落窠臼的故事情节组织在一起。那更是一种创造力、想象力的高扬。陆天明在新疆生活了多年，边疆奇异的风光、特殊的历史、民族与文化的背景当是他构思这部长篇的基础。但陆天明无意去写某个边疆地区某个特定的民族某段历史的事件与事件的历史，这并不一定是陆天明所长。陆天明全力以赴的是创造他小说中的一个边疆世界，一块边疆土地，一群带有传奇色彩、神秘色彩、极尽所能地"陌生化"了的血血肉肉之人。如果说这部书标志着他的文学想象力、小说想象力的一大跃进，是他的创造主体意识的一大弘扬，当非夸张不实。他不拒绝猎奇，毋宁说他很喜欢猎奇。但他的猎奇不是局限于奇风异俗与无巧不成书的惊人之笔，他的猎奇与荒凉的地貌，多变、无情而又雄奇宏伟的气象（天象），与人物的强悍、奋争、热情，与这一切的得不到结果、得不到答案以及与历史的威严与并非完全可解的步伐，和他对人生、对人性、对个性、对国土的思索结合得比较好。这就是说，他的猎奇与严肃的思考追求结合起来了，他的猎奇有着远非一般传奇性作品所具有的广度与深度。《泥日》的传奇性既体现于故事更体现于人物，既体现于场景更体现于艺术氛围，既体现于题材的取舍（其中当不乏对于可读性的考虑）更体现于一种严肃的悲剧性。它不是历史，却充溢着历史感。它未必赞成认命，却流露着俯瞰的悲悯的宿命感。从严格的民族学、社会学的角度看，《泥日》并不（或十分不）可靠，却具备着一种相当理性的认识价值。它是有魅力的，更是有分量的。

我在读《泥日》的时候常常想到边疆，想到祖国，想到那些艰难而强悍地活着的人物，想到人生的辉煌与盲目、绚丽与残酷，想到欲望与情感的价值与无价值……

我更想到陆天明。我好像看到了身穿盔甲、手执长矛的堂吉诃德。我好像看到了赤身裸体、气功劈石劈山的河北吴桥（我的故乡一带）壮士。我好像看到了保加利亚的举重选手要求工作人员一次给杠铃增加了十公斤。我好像看到了他两眼中燃起的火光。我知道我无法用轻松如意、用俯拾随心、用舒缓从容、用举重若轻四两拨千斤的一套美学范畴或评文命题来谈论他，虽然我不无这种求全的希望，陆天明就是陆天明。我又想起他的几分"呆"来，不是食书不化，更不是真缺点什么心眼，他这是一种选择，一种如今已经少有了、久违了的虽九死而未悔的郑重。《泥日》的成绩令人肃然起敬，《泥日》的美学理想令人感到崇高和静穆。也许他确实选择了一条事倍功半的路。也许他还远远没有进入化境。但是，当旁人竞逐捷径的时候，他的路不是更值得珍重与理解吗？

1992年2月

周巍峙 ◎ 仁者之风巍峙也

一九九六年十二月，就在全国第六次文代会召开前夕，中国文联主席曹禺同志不幸逝世了。

只剩下了一周左右的时间，必须把文联主席的候选人定下来。包括中组部中宣部的负责工作人员在内的人事安排小组紧张地开始了新的一轮也是决定性的一轮征求意见的工作。这种广泛地与认真地搜集民意，是有中国特色的民主的一个重要程序。人们背对背地发表意见，说得上是各抒己见，毫无顾虑畅所欲言。这样搜集上来的意见，大多会得到中央领导的重视乃至采纳。

人们不由得想到了同一个名字：周巍峙同志。他有老延安的革命资历，他有老音乐工作者的专业修养与实绩，他有长期从事革命文艺工作的经历，他有几十年来与广大文艺工作者同甘共苦、荣辱与共、风里来雨里去的命运与沧桑经验，更主要的是，他身上有一种别人没有的亲和力，他是文艺工作者的朋友、兄长、领导与办事员。

早在我做青年工作的五十年代，我在唱"雄赳赳，气昂昂，跨过鸭绿江"的时候知道了作曲家周巍峙的名字。与他正式有所接触却已经是八十年代初期了。

一九八〇年夏天，我与几位北京的作家应邀去了大连，那时大连正举办舞蹈比赛，巍峙同志作为文化部的领导，在那里主持这一活动。得知我们在大连后，他通过当时的秘书卢山告诉我说，巍峙同志要到我们住的旅舍来看我。我与卢山同志在新疆就相互认识而且共过事。我听了颇觉不安，因为不论是从辈分还是从职位上看，岂有让周老劳动之理？我忙说我去看望周老，但卢山说周部长说了，他一定要来。

后来我们见了面，周老邀我们同去看下午的舞蹈演出。从我们住的旅舍到剧场，有一段不短的距离，周老走得非常快，我们只能紧追慢赶地在后面跟着。这是一个不摆官架子的领导，我的印象很深。

一九八二年，也是批判白桦的《苦恋》那一年，巍峙同志要在人大常委会上做一个关于文化工作的报告，他约我来谈谈，听取一下意见。我们找了一个晚上谈了一次。我现在完全想不起我说了一些什么，中心意思似是希望党保持文艺政策的连续性、稳定性与开放性吧。我可能说得并不清楚，但是巍峙同志的谦虚与民主作风给我留下了深刻的印象。他后来告诉我他吸收了我的意见。

后来，我到文化部来了。巍峙同志虽然从部领导的职务上退下来了，但他仍然担负着主编"十大集成"和主持党史办工作的繁重任务，这些任务其实都是硬碰硬的。其他像振兴昆剧、交响乐基金会、田汉纪念与田汉基金会的工作等，也是靠他来抓。他的工作丝毫没有比处于一线时减轻。他永远是忙忙碌碌的。他的精力也永远是十分充沛的。有些场合我们还会碰到一起，他走路快我是早领教过了的，他上楼梯也快得吓人，有时是一次登三级，遇此我惊呼请他放慢，怕他飞速上楼搞出什么闪失。巍峙见他的精力震住了我们，似乎有点得意，他走得更利索了。害得我不断地向他老进行人不服老是对的，但完全不服老也不行之类的辩证宣传吁请——请他多加保重。

他毕竟是老经验，记得在一些复杂的情况下，我对部里的工作的得失讲了一些意见，他提醒我说，话不要说得太满，这对我很有帮助。

一九八八年开第五次文代会，当时有些老的文艺界的领导同志提出希望巍峙同志到文联做点工作，被巍峙同志谢绝了。

回想几十年来的文艺工作，确实动辄成为"重灾区"，有点事情，文艺界风就刮得特别大。这与文艺工作者感情饱满又多歧义内耗有关，也与政策上的大摇大摆有关，更与长期以来"以阶级斗争为纲"的积习有关。在这种历史背景下，能有巍峙这样的老同志坚持实事求是，坚持与人为善，广泛联系群众，坚持团结绝大多数，坚持尊重艺术规律与广大文艺工作者，确实是不容易的。周巍峙同志确有仁者之风。他在第六次文代会上当选为文联主席也不是偶然的。因为，他是我国社会主义文艺事业的一个健康稳定的因素，是一个令人放心的因素。我祝愿他老当益壮，继续多做团结稳定、开放拓展文艺事业的工作。

1997年

乔 羽 ◎ 人人称他乔老爷

"你说没有对不上的对子，那么，十多年前我给你出的对子上联'慢车慢，站站站'，你对上了吗？"

乔老爷呷着"酒鬼"，笑眯眯地，不无得意地问我。

说实话，我把这事早忘了。是有这么一回事，还是一九八〇年，在承德碰上，他出了这副上联。他的记性可真好，尤其是，他的老爷味儿真足。

慢车慢，是的，对长夏长，红袖红，白米白，倒是都可以，站站站可怎么办呢？前两个站是名词，后一个站则是动词，上哪儿找这样的名动兼用的字去？可我又什么时候吹过牛说是能对得出下联呢？这会儿老爷一说，我就只有诚惶诚恐的份儿啦。似乎只此一端还不能给我以足够的教训，就是说还打不下我的气焰，他干完了一杯，又问："还有那个歌词呢？你不是说，如果我半年之内不把它写齐，你就要据为己有了吗？"

天，这是哪个年月的事儿？

我想说，我老了，近年来忘性是愈来愈大。且慢，老爷比我还大八岁呀，总不能在一个年近古稀的老爷面前说自己这个年逾花甲的人老吧？

且听他如何道来。见我无言以对，乔老爷慢悠悠地以他几十年不改的山东乡音叙述说："我说的歌词是关于麻将牌里的'混混'的，我的歌词已经有了两句：你说是要八条，我就是八条，你说是要五万，我就是五万。"

我为之鼓掌，这叫微言大义，这叫典型！

请喝酒的王昆大姐说："要是在那西风圈，俺就是西风，要是东风圈呢，俺就是东风！"

"那是你的词，我想出来的词就两句。怎么，王蒙，你不是说你要接上去，据为己有吗？"

怎么办？我只有认输。但是这个词确实很好。我确实认为补齐这一首歌词是我辈的"使命"。

乔老爷讳羽，人人称之为老爷，不仅仅是因为他姓乔，而一出著名的川剧叫作《乔老爷吃酥饼》；还在于他确实不论什么时候老有那么一种笑眯眯、美滋滋、不温不火、胸有成竹乃至高高在上却又以文会友、最重斯文的老爷劲儿。

乔老爷的歌词就是写得好，有一次几个朋友怂恿他老去唱卡拉OK，唱他自己作词的《思念》：

你从哪里来，我的朋友，

好像一只蝴蝶，飞进我的窗口……

他唱得很动情很投入，不像老爷，倒像初入歌舞厅的小后生。唱完了似乎还沉浸在对于某一只小蝴蝶的思念之中，很来情绪。激动中他宣布说：要唱一首《恨不相逢未嫁时》，献给在座的一位美丽的姑娘。底下这首歌，乔羽先生唱得几乎声嘶力竭、声泪俱下。哈哈，乔老爷呀乔老爷，我算是抓住你掉了老爷的份儿的瞬间啦！

1996年3月

周　扬 ◎ **目光如电**

　　如果我的记忆无误的话——我从来没有用文字记录一些事情
的习惯，一切靠脑袋，常有误讹，实在惭愧——是一九八三年的岁
末，周扬从广东回来。他由于在粤期间跌了一跤，已经产生脑血管
障碍、语言障碍。我到绒线胡同他家去看他，正碰上屠珍同志也在
那里。当时的周扬说话词不达意，前言不搭后语，以至尽是错话。
他的老伴苏灵扬同志一再纠正乃至嘲笑他的错误用词用语。他自己
也有自知之明，惭愧地不时笑着，这是我见到的唯一一次，他笑得
这样谦虚、质朴、随和，说得更传神一点，应该叫作傻笑。眼见一
个严肃精明、富有威望的领导同志，由于年事已高，由于病痛，变
成这样，我心中着实叹息。

　　我和屠珍便尽量说一些轻松的话，安慰之。

　　只是在告辞的时候，屠珍同志问起我即将在京西宾馆召开的一
次文艺方面的座谈会。还没有容我回答，我发现周扬的眼睛一亮。

"什么会？"他问，他的口齿不再含糊，他的语言再无障碍，他的笑容也不再随意平和，他的目光如电。他恢复了严肃精明乃至有点厉害的审视与警惕的表情。

于是我们哈哈大笑，劝他老人家养病要紧，不必再操劳这些事情，这些事情自有年轻的同志去处理。

他似乎略略犹豫了一下，然后"认输"，向命运低头，重新"傻笑"起来。

这是我最后一次在他清醒的时候与他的见面，他的突然一亮的目光令我终生难忘。底下一次，就是一九八八年第五次文代会召开前夕陪胡启立同志去北京医院的病房了，那时周扬已经大脑软化多年，昏迷不醒，只是在唤他的名字的时候他的眼睛还能眨一眨。毕淑敏的小说里描写过这种眨眼，说它是生命最后的随意动作。

周扬抓政治、抓文艺领导层的种种麻烦、抓文坛各种斗争长达半个世纪，他是一听到这方面的话题就闻风抖擞起舞，甚至可以暂时超越疾病，焕发出常人在他那个情况下没有的精气神来。这给我的印象太深了。同时，没有"出息"的我那时甚至微觉恐惧，如果当文艺界的"领导"当到这一步，太可怕了。

一九八一年或一九八二年，在一次小说评奖的发奖大会上，我听周扬同志照例的总结性发言。他说到当时某位作家的说法，说是艺术家是讲良心的，而政治家则不然云云。周说，大概某些作家是把他看作政治家的，是"不讲良心"的；而某些政治家又把他看作艺术家的保护伞，是"自由化"的。说到这里，听众们大笑起来。

然而周扬很激动，他半天说不出话来。由于我坐在前排，我看到他流出了眼泪。实实在在的眼泪，不是眼睛湿润闪光之类。

也许他确实说到了内心的隐痛，没有哪个艺术家认为他也是艺术家，而真正的政治家们，又说不定觉得他的晚年太宽容，太婆婆妈妈了。提倡宽容的人往往自己得不到宽容，这是一个无情的然而是严正的经验。懂了这一条，人就很可能成功了。

就是在那一次，他也还在苦口婆心地劝导作家们要以大局为重，要自由但也要遵守法律规则，就像开汽车一样，要遵守交通警察的指挥。他还说到干预生活的问题，他说有的人理解的干预生活其实就是干预政治。"你不断地去干预政治，那么政治也就要干预你，你干预他他可以不理，他干预你一下你就会受不了。"他也说到说真话的问题，他说真话不等于真理，作家对自己认为的说真话应该有更高的要求。他在努力地维护着党的领导，维护着文艺家们的向心力，维护着党的十一届三中全会以来出现的文艺工作蓬勃发展的大好局面，甚至为之动情落泪。殷殷此心，实可怜见！

在此前后，他在一个小范围也做了类似的发言，他说作家不要骄傲，不要指手画脚，让一个作家去当一个县委书记或地委领导，不一定能干得了。

他受到了当时还较年轻的女作家张洁的顶撞，张洁立即反唇相讯："那让这些书记来写写小说试试看！"

我们都觉得张洁顶得太过了，何况那几年周扬是那样如同老母鸡保护小鸡一样地以保护文艺新生代为己任。但是彼时周扬先是一怔，他大概此生这样被年轻作家顶撞还是第一次，接着他大笑起来。他说这样说当然也有理，总要增进相互的了解嘛。

他只能和稀泥。他那一天反而显得十分高兴，只能说是他对张洁的顶撞不无欣赏。

周扬那一次显得如此宽厚。

然而他在他的如日中天的时期是不会这样宽厚的，六十年代，他给社会科学工作者讲反修，讲小人物能够战胜大人物，那时候他在意识形态领域的影响达到了一个相当的高峰，他的言论锋利如出鞘的剑。他在著名的总结文艺界"反右"运动的《文艺战线上的一场大辩论》中提出"个人主义是万恶之源"的时候，也是寒光闪闪、锋芒逼人的。

一九八三年秋，在他因"社会主义异化论"而受到批评后不久，我去他家看他。他对我说一位领导同志要他做一个自我批评，这个自我批评要做得使批评他的人满意，也要使支持他的人满意，还要使不知就里的一般读者群众满意。我自然是点头称是。这"三满意"听起来似乎很难很窄，实际上确是大有学问，我深感领导同志的指示的正确精当，这种学问是书呆子们一辈子也学不会的。

我当时正忙于写《在伊犁》系列小说，又主持着《人民文学》

的编务，时间比金钱紧张得多，因此谈了个把小时之后我便起立告辞。周扬显出了失望的表情，他说："再多坐一会儿嘛，再多谈谈嘛。"我很不好意思也很感叹。时光就是这样不饶人，这位当年光辉夺目，我只能仰视的前辈、领导、大家，这一次几乎是幽怨地要求我在他那里多坐一会儿。他的这种不无酸楚的挽留甚至使我想起了我的父亲，他每次对于我的难得的造访都是这样挽留的。

他是从什么时候起变得有些软弱了呢？

我想起了一九八三年年初我列席的一次会议，在那次由胡乔木同志主持的会议上，周扬已经处于被动防守的地位，吃力地抵挡着来自有关领导对文艺战线的责难，他的声音显出了苍老和沙哑。他的难处当然远远比我见到的要多许多。

而在三十年前，一九六三年，周扬在全国文联扩大全委会上讲到了王蒙，他说："……王蒙，搞了一个右派喽，现在嘛，帽子去掉了……他还是有才华的啦，对于他，我们还是要帮助……"先是许多朋友告诉了我周扬讲话的这一段落，他们都认为这反映了周对我的好感，对我是非常"有利"的。当年秋，在西山八大处参加全国文联主持的以反修防修为主题的读书会的时候，我又亲耳听到了周扬的这一讲话的录音，他的每一个字包括语气词和咳嗽都显得那样权威。我直听得汗流浃背、诚惶诚恐，深感周扬同志当时的恩威。

我在一九五七年春第一次见到周扬同志，地点就在我后来在文化部工作时用来会见外宾时常用的子民堂。由于我对《组织部来了个年轻人》受到某位评论家的严厉批评想不通，给周扬同志写了一封信，后来受到他的接见。我深信这次谈话我给周扬同志留下了好印象。我当时是共青团北京市东四区委副书记，很懂党的规矩、政治生活的规矩，"党员修养"与一般青年作家无法比拟。即使我不能接受对那篇小说的那种严厉批评，我的态度也十分良好。周扬同志的满意之情溢于言表。他见我十分瘦弱，便问我有没有肺部疾患。他最后还皱着眉问我："有一个表现很不好的青年作家提出苏联十月革命后的文学成就没有十月革命前的文学成就大，你对这个问题怎么看？"我回答说："这是一个复杂的问题，需要进行全面的调查和研究，需要掌握充分的资料，随随便便一说，是没有根据的。"周扬闻之大喜。

我相信，从那个时候起他就决心要一直帮助我了。

所以，一九七八年十月，当"文革"以来报纸上第一次出现了周扬出席招待会的消息，我立即热情地给他写了一封信，并收到了他的回信。

所以，在一九八二年年底，掀起了带有"批王"的"所指"的所谓关于"现代派"问题的讨论的时候，周扬的倾向特别鲜明（鲜明得甚至使我自己也感到惊奇，因为他那种地位的人，即使有倾向，也理应是引而不发跃如也的）。他在颁发茅盾文学奖的会议上大讲王某人之"很有思想"，并且说不要多了一个部长，少了一个诗人等等。他得罪了相当一些人。当时有"读者"给某文艺报刊写信，表示对于周的讲话的非议，该报便把信转给了周，以给周亮

"黄牌"。这种做法，对于长期是当时也还是周的下属的某报刊，是颇为少见的。这也说明了周的权威力量正在下滑失落。

新时期以来，周扬对总结过去的"左"的经验教训特别沉痛认真。也许是过分沉痛认真了？他常常自我批评，多次向被他错整过的同志道歉，泪眼模糊。在他的生命的最后几年，他特别注意研究有关创作自由的问题，并讲了许多不无争议的意见。

当然也有人从来不原谅他，一九八〇年我与艾青在美国旅行演说的时候就常常听到海外对于周扬的抨击。那是没有办法的事。

我听到不止一位老作家议论他的举止，在开会时刻，他当然是常常出现在主席台上的，他在主席台上特别有"派"，动作庄重雍容，目光严厉而又大气。一位新疆少数民族诗人认为周扬是美男子，另一位也是挨过整的老延安作家则提起周扬的"派"就破口大骂，还有一位同龄人认为周扬的风度无与伦比，就他站在台上向下一望，那气势，别人怎么学也学不像。

还有一位老作家永不谅解周扬，也在情理之中。有一次他的下属向他汇报那位作家如何在会议上攻击他，我当时在一旁。周扬表现出了政治家的风度，他听完并无表情，然后照旧研究他认为应该研究的一些大问题，而视对他的个人攻击如无物。这一来他就与那种只知个人恩恩怨怨，只知算旧账的领导或作家显出了差距。大与小，这两个词在汉语里的含义是很有趣味的。周扬不论功过如何，他是个大人物，不是小人。

刘梦溪同志多次向我讲到周扬同志在十一届三中全会之后总结

党的历史经验时说的两句话。他说，最根本的教训是：第一，中国不能离开世界；第二，历史阶段不能超越。

言简意赅，刘君认为他说得好极了，我也认为好极了。可惜，我没有亲耳听到他的这个话。

1996年4月

克里木·霍加 ◎ **满面春风的好人**

　　在一九六三年年底我举家西迁新疆的时候，我以为克里木·霍加正"红"得可以，他的歌颂祖国的《柔巴依》被一些报刊转载，长篇的评论文章称颂他的诗歌创作。

　　我是怀着崇拜而且羡慕的心情来见他的，却发现他活得正狼狈，里里外外传播着他的"问题"。越是知名度高的作家、诗人就越要成为众口所铄的对象，毁损比自己高明的人可能会带来一种特殊的快感，向大诗人发威风当然证明自己比一切诗人更高大，这大概也是"踩在巨人肩上"的新解吧！那样的年月给各族诗人留下了一条光明大道，叫作坦白从宽，叫作低头认罪，克里木·霍加还当众被宣布过一次"宽大"呢。

　　克里木·霍加长着宽宽的脸庞，自来弯曲的绝妙的头发，眼珠亮亮的，透着聪明。他幼年生活在甘肃酒泉，汉语汉文与维语维文一样好。他能用两种语言文字写诗，当然，就是说能用两种文字写检讨和"交代材料"。他的妻子高合丽娅是金发的塔塔尔美人，好客又好花钱，从来都是满面春风。他们有好几个孩子，给人印象最深的是大女儿的名字：Dildar，"心上人"的意思，它的发音使我想起北京人形容不稳定的悬垂物体的土话：dilerdaler。这一家子对于我来说有一种特殊的友好的魅力。也许是惺惺惜惺惺的缘故吧。

后来我去伊犁的公社劳动锻炼。他从六十年代中期就被挂到那里，"文化大革命"一开始，他便成了真正的"黑帮"。在批判他的传单上说，他写过一首诗叫《白天鹅飞去了》，革命小将们据理力批道：白天鹅飞到哪里去了？是不是叛国投敌了？批得真地道。

这样，到了七十年代初期我们一起去乌拉泊"五七干校"的盐碱地上浇水的时候，我发现他仍然那样魁梧健壮、健谈幽默，不免喜出望外。当然，经过"洗礼"，他的眼珠更善于左顾右盼了，他的口头禅里多了一些"罪行""丑恶面目""臭知识分子""要害""恶毒""牛鬼蛇神""放毒""腐烂透顶"之类的美妙词眼。他用这些词眼装扮自己，也用这些词眼与同命运的诗人作家——如铁依甫江等相互赠答酬谢，一唱一和，投桃报李，投"恶"报"臭"，你说我是"恶毒攻击"，我说你是"丑恶面目"，你说我是"罪该万死"，我说你是"罪恶滔天"，你说我是"老狐狸"，我说你是"翘尾巴"，倒也轻车熟路，热烈友好，有来有往，如鱼得水。而且无时无刻不做认罪状，永恒低头，无懈可击。令人惊异的适应能力与生存能力，同样令人惊异的是个别说来足以吓死活人的那些"美好"词眼，织成一个网后竟如白云轻纱、霓裳羽衣，穿起来飘飘欲仙，笑声不断，真是一种不露痕迹的、令人一恸更令人拊掌大笑的嘲弄。

这样，我就完全明白"四人帮"的倒台在诗人心里掀起怎样的浩荡东风！他对"四人帮"的一套进行了政治的、道德的、艺术的批判，他的忧愤是深广的。他歌唱第二次解放，歌唱新时代的春天，他的歌声是真诚的。

就在他重新引吭高歌的时候，传来他得了癌症的消息。文章憎命达一至于斯，天将绝斯文乎？然而，这一关他也闯过来了。我又见到了他，病后，他清瘦一点了，然而手术是成功的，然而他精神奕奕，情绪高涨，满面春风。病后他还出访了欧洲和阿尔及利亚，这几年，更是走在康复的大道上了。

由于他的汉语水平高，他还做过大量翻译工作，择其要者有毛主席诗词、周总理的诗，还有值得大书特书的将《红楼梦》译成维吾尔文，当然，都是与其他同志合作。我祝贺他的诗集汉译本出版，我祝愿他越活越健康、越多产。人无完人，此兄或有细病，但只要我们从国家、从民族、从文学、从团结的大处着眼，我们不难看出他是个可爱的好人、好诗人。

1988年3月26日

辑四

出师未捷身先死

夏 衍 ◎ 提炼到最后的精粹

　　在大六部口那个漂亮的四合院和陈设简陋乃至寒酸的房间里，我们从来只谈国家、世界、文艺大事。我说："上个星期三，报纸上有一篇重要的报道……"

　　他说："噢，不是星期三，是星期四。"

　　我为他的水晶般的清晰吓了一跳。因为他是夏衍，比我大三十四岁，他加入中国共产党的时候距离我出生人世还有七年。

　　他永远是那么敏捷、条理、言简意赅，不打磕巴儿，不模糊吞吐，不哼哼哈哈，节奏分明而又迅疾，应对及时而又一针见血。他的这些特点使你不相信他是一个九十多岁的人。

　　如果是第一次见面，你也许会为他的瘦削而吃惊，他这个人也像他的思想、语言一样，删除了一切枝蔓铺排，只留下提炼到最后的精粹。据说他从来没有达到过五十公斤，在他的生命晚期，他的体重大概只有三十公斤。

然而，他总是明白透彻，一清见底。

　　他当然是绝对的前辈，然而他从来不摆前辈的谱。他早就担任高级领导职务了，然而他从来不拿哪怕是一点点官架子。说起待遇，他说五十年代有一回他出差到某市，当地按照他的级别给他安排了房间，"那房间大得太可怕"。他说的时候似乎还"心有余悸"。八十年代初期，有一次邓友梅同志称他与另一位担任领导职务的老作家为"首长"，他立即打断，说："不要叫首长。"

　　他真诚待人，渴望吸收新的信息，对一切新的知识、新的动向感兴趣，而且像青年人一样幽默，在这方面，他永远不老。

　　我第一次听他讲话是他在第四次文代会上致闭幕词。与一些官样文章不同，夏老语重心长地讲了反封建与学科学，字字出自肺腑，字字是毕生奋斗经验的结晶，寄大希望于年轻人，令人感奋不已。

　　对各种问题他常有独具慧眼的卓识，例如他说过，中华人民共和国成立后前三十年的最大失误是没有搞计划生育。你听了会一怔，再一想实在是深刻：甚至连"文化大革命"这样骇人听闻的错误也是可以事后在某种程度上予以弥补和纠正的，人一下子多出来了好几亿，谁有本事予以"纠正"呢？从此，世世代代，后人们就得永久地背起这多出的几亿人口的包袱——后果了。

　　华艺出版社一九九〇年出版了一个《当代名家新作大系》。出版社领导要我求夏公给写个序。考虑到夏公的高龄，我起草了一个提纲供他参考。夏公给我写了一封信，说是各人文章写起来风格不同，捉刀的效果往往不好，他无法使用我代为起草的提纲，他自己一笔一画地另外写了颇有见地而又清澈见底的序言。他还对一个我们都很熟悉的朋友说："按王蒙的那个提纲去写，人家一看，就是王蒙的文章嘛，怎么会是夏衍写的呢！"就这样，他老人家把我的提纲"枪毙"了。但可能是为了"安慰"我，他声称他的序言里已经吸收了我的提纲。我也就假装得到了安慰和鼓励，心中暗暗为老人喝彩叫绝。

提起文艺界某些小圈子现象，夏公不火不怒地笑着说："我看他们一个是'鲁太愚'，一个是'全部换'。"他用了韩国两位政治家的名字的谐音，令人忍俊不禁。当然，请韩国朋友们原谅，这里绝对没有对韩国政治家不敬的意思。

然后他又俏皮地说："有些人现在是分田分地真忙了，但是谁知道分了地后长不长庄稼？"

他莞尔一笑，觉得有趣。

他的话传出去了，其实挺厉害。

但我从没有看到过他为了小人得志的事儿发怒，他也从来不向我抱怨诉苦，哪怕是老年人的生理上的病痛。他也从不炫耀自夸什么，从无得意扬扬之态，正如从无怨天尤人之语。他从不谈个人，也不说任何个人的坏话。对于个人之间的亲疏、远近、恩怨，他一贯认为是小问题，这样我也就不好意思向他抱怨任何人，包括被抱怨了绝对不会冤枉的人。同样，我也从不与他谈我个人处境上的风波，不管风波已经到了什么程度。在我们的频繁接触中，从来没有为个人的事互相关照或者求助。"稀粥事件"他也略表关心，他当然有他的倾向，但是他坚持认为，这只是小事一桩，不足挂齿。上述的"夏味幽默"中的讥讽意味，对于他来说，也就算是到了顶了。他自己还是高高兴兴地过日子。每天他细细地看书、看报、听广播，只关心大事。

小事当然也有，例如养猫与观看世界杯足球比赛实况转播。七十年代初期，与世纪同龄的他居然半夜里起床看球并如数家珍地有所评论，这真是一绝。

在大六部口住所的院落里，有两棵丁香树，一紫一白。一九九〇年开花时节，我去赏花，打从年轻时候我就喜欢丁香。夏老那天也高兴，扶着拐杖出来看花，看小猫在房上跑，他还兴致勃勃地说是它也喜欢石榴花。那场面很像是一幅水墨"新春行乐图"。

人老到一定程度，会有一种特殊的美：那是无限好的夕阳，个性已经完成，是非了如指掌，经验与学识博大精深，知止有定，历尽沧桑，个人再无所求，无欲则刚，刀枪不入，超脱俗凡，关注人生，原谅一切可以原谅的人和事，洞悉一切花拳绣腿，既带棱带角，又含蓄和解，一语中的，入木八分，一言一笑都那么有锋芒、有智慧、有分量、有原则、有趣味而又适可而止。

今年元月初，我最后一次在他清醒的时候看望他。我们谈论的是社会治安问题与《人民日报》刊登的胡绳同志的文章《马克思主义是发展的》。那天他精神很好，坐在椅子上谈笑风生。说曹操曹操就到，说着说着胡绳同志进病房来看望夏公来了。据说那是夏公去夏病情不好住院以来情况最好的一天。

倒数第二次与夏公（昏迷前）的见面是一九九四年十一月底。他那天十分疲劳，静卧在病床上。他已经卧床数日了。见此情况我稍事问候便起身告辞，以免打搅。夏公平躺着衰弱地说：

"有一个担心……"

我连忙凑过去，以为他有什么话要告诉我。

他继续说："现在从计划经济转变成为市场经济，而我们的青年作家太不熟悉市场经济了。他们懂得市场吗？如果不懂，他们又怎么能写出反映现实的好作品来呢？"

我感到惊讶。在卧床不起的情况下，夏公关心的仍然是中国的文学事业。

他的离去也是颇有自己的独特风格。一九九五年一月二十一日，他清晨起来吃早饭的时候就感觉不好，发了点脾气，摔了一样器皿。于是他自觉不对头，找了子女来，从容地、周到地、得体地吩咐了后事。他说，在他九十五岁生日的时候有关方面搞的活动，对于他有一个评价，除去溢美的水分，他自己还是满意的。他希望自己走了以后，不搞什么活动，把骨灰撒到他的家乡——浙江——钱塘江里。谈到料理后事的时候，他还提到了陈荒煤与王蒙的名字。两个小时以后，他昏迷过去，从此再没有苏醒过来，直到春节休假过后上班的第二天，他溘然长逝。他一辈子清清白白，走也是清清白白地走的。

不知道这里有什么缘分，以阴历计算，我与夏老出生在同一天，即重阳节的前一天——阴历九月八日。我现在住的房子，是夏老住过的。他在九十年代初期还特意来他的旧居——我的也已经不算新的房子来看了看。

　　也许在他走了以后，人们会愈来愈感到他的可贵。中央领导、各部门领导、文艺界、各省市各地方，人们一次又一次地由衷地缅怀夏公，真情流露，涕泪交加，使你觉得人心不死、民气昂奋，冥冥中有大道大义存焉。中国人、中国的知识分子远远不是全部掉进了钱眼里，中国的事业正是大有希望。

　　许多年轻的与不年轻的文艺家都喜欢到夏公那里去，与他交往令人心旷神怡，温馨而又超拔，光明而又通达，锐利而又沉稳。特别是对年轻人，他是那么充满爱心。我们常常讲营造如坐春风的气氛，在夏老那里，才真是如坐春风呢！环顾四周，常有老、中、青的"代"的隔膜，包括我个人有时也为之所苦，不承认隔膜也许更说明隔膜之深。但是想一想夏公，关键还是看自己的思想境界与是否具备应有的长者风范。没有什么可烦恼的了。是的，他聪明而又宽厚，德高望重而又平等待人，洞察世事而又不失趣味乃至天真，直面真实而又从容幽默，我行我素而又境界高蹈，永葆本色而又绝不任性，不苟同更不知道什么叫迎合讨好，不自得也不会被什么大话牛皮吓住。他是铮铮铁骨、拳拳慈心，于亲切中见极高的质地。毛泽东有所谓"脱离了低级趣味的人"一说，说是说了，真正脱离低级趣味的人实在是凤毛麟角。我谓夏公是真正脱离了低级趣味的人。夏公的性格是一种美，夏公的人品与智慧实在是充满了魅力。他的去世令我万分悲伤，但是一旦回忆起他的音容笑貌、谈吐识见，我不能不发出会心的满意的微笑。

曹　禺 ◎ 永远的雷雨

　　为纪念曹禺先生逝世一周年，北京人民艺术剧院重新上演《雷雨》。我有幸被邀去看，距上一次看《雷雨》，倏忽四十余年矣。上一次是一九五六年，召开全国第一次青年创作积极分子会议时。（那时为了防止我们这一伙人骄傲，不让叫青年作家。）至今我记得儿童文学作家刘厚明看完于是之、胡宗温、朱琳、郑榕、吕恩等演的戏后对我说的话："我感到了艺术上的满足。"如今，厚明亦作古八年矣。

　　我从上小学就看《雷雨》，加上电影，看了有七八次，许多台词——特别是第二幕的一些台词我已会背诵。我特别喜欢侍萍回忆三十年前旧事时说的"那时候还没有用洋火"这句话，我觉得现在的演员（不是朱琳）没有把这句话的沧桑感传达出来。我知道《雷雨》的情节与人物家喻户晓。我的缠足的、基本不识字的外祖母，在我七岁时就向我介绍过戏里的人物，她说鲁大海是一个"匪类"，而繁漪是一个"疯子"。

《雷雨》表现了人的与（旧）社会的罪恶，毫不客气，针针见血。戏里表现出来的罪恶主要来源有二，一是阶级，二是性。不但周朴园是剥削压迫工人"下人"的魔王，繁漪也是张口闭口下等人如何如何，把繁漪说得如何富有革命性乃至这样的人可以成为共产党员（请参看拙著《踌躇的季节》）怕只是一厢情愿。《雷雨》是猛批了资产阶级的，比《子夜》揭露更狠，是现代文学史上突出地批判资产阶级的为数不太多（与反封建主题相比较）的重要作品之一。《雷雨》里充满了压抑、憋闷、腐烂、即将爆炸的气氛，这种气氛主要是周朴园的蛮横专制造成的。与憋气与闷气共生的，则是一股乖戾之气——早在明朝就有人注意到了弥漫于中华大地上的一股戾气。《雷雨》里的人物，多数如乌眼鸡，一种仇恨和恶毒、一种阴谋和虚伪毒化着一个又一个的心灵。周朴园、繁漪、周萍、鲁贵、鲁大海，无不一身的戾气。当然，大海的戾气是周朴园逼出来的，你也不妨说旁人的戾气也应由周老爷负责——这就是戏之为戏了。实际上，找出了罪魁祸首直至除掉了罪魁祸首之后，各种问题并不会迎刃而解。但是压抑和憋闷再加上乖戾，就是在呼唤惊雷闪电，呼唤血腥，呼唤死亡——有了前边的那么多铺垫，你甚至会觉得不在最后一场死他个一串就是世无天理。从阶级斗争的角度来看，这种情势实际上是在呼唤革命。而从民主主义的观点来看，你也可以说是在呼唤民主——只有民主才能消除憋闷与乖戾二气。

戏里的阶级矛盾非常鲜明。每个阶级都有极端派或死硬派，有颓废派、天真派乃至造反派之类属。这种类属的配置，既是阶级的，又是戏剧——通俗戏剧的。有了这种配置，还愁没有戏吗？所缺少的，大概就是黑社会和妓女了，果然，到了《日出》里，这两类人物便也粉墨登场。

周朴园与鲁大海都很强硬。中华人民共和国成立后的处理，加强了对鲁大海的同情，而减弱了他的"过激"的一面。但曹氏原著，似乎无意将其写成一个工人阶级的代表，他的工人弟兄的叛卖，也不符合歌颂工人阶级的意识形态要求。即使如此，整个压抑异常的戏里，只有大海拿出枪来整他的后老子一节令人痛快，令人得出麻烦与压迫还得靠枪杆子解决的结论。曹禺当时似乎还不算暴力革命派，但是从曹禺的戏里可以看到整个社会的矛盾的激化程度与激进思潮的席卷之势，连非社会革命派的作品里也洋溢着社会革命的警号乃至预报。呜呼！革命当然是必然的与不可避免的了。不管革命会付出多少代价，走多少弯路。不这样认识问题，就有向天真烂漫的周冲靠拢的意味了。

想来想去，全剧最具有人文精神的人物就是周冲，而周冲的表现竟成了讽刺，尤其此次演出，周冲给人的感觉如同滑稽人，着实令人可叹。四凤与鲁妈也够清洁的。但四凤叫人可怜，她的无知与奴性令人心烦——中国人毕竟走过了很长的一段路了。鲁妈更像一个圣者，一个理想主义者，她的撕支票至今仍然放射着反拜金主义的光辉。然而她抵抗不了"世道"，她是失败者，她可以到舞台上表演并赢得观众的同情的热泪，却于事无补；她无法兼善天下，连独善其身也根本做不到。她的质本洁来还洁去，令人想起失败的林黛玉来。她的不抵抗主义，则叫人想起圣雄甘地。她对"世道"的控诉，客观上也是通向革命的结论的。区区"世道"二字，承担了多少人多少代的仇恨与责任！这两个字在罪有应得的同时，是不是也太容易叫人忘却了自身的问题了呢？而不能自救者，能一定为世道改变所救吗？

对立的阶级都有自己的颓废派，或者叫叛徒，或者叫痞子。鲁贵是痞子无疑，繁漪被父子两代人逼得也采取了痞子手段：从盯梢、关窗、锁门到告密。由于中华人民共和国成立后大家喜欢搞两极对立思维，繁漪是划到"好人"这一边的，所以论者大多为贤者讳，不提繁小姐的这一面。周萍也是颓废派，他很痛苦。但此次濮存昕演的周萍，漫画化了，一举一动，观众都笑，连他最后为自杀开抽屉拿枪也是引起观众一阵哄笑，这太失败。濮存昕是一个优秀的演员，所以把大少爷演成这样的小丑，一个是两极对立的思维模式起作用，二是他还嫩，他不理解那种人格分裂的、自己极其痛苦也不断地给旁人制造痛苦的人物。

痞子的特点之一是出戏，它们是一种作料。正因为人皆不愿痞，人都要约束自己、包装自己使自己成为正人君子；这样，潜意识里积存了不少痞能，便想在舞台上看看痞戏，发泄发泄，嘲笑嘲笑，使某些潜能情意结得以释放。很多大人物都有痞的一面，例如刘邦、赵匡胤之类。伟大的齐天大圣，从玉皇大帝的门阀观点看，也只不过是个痞子。生旦净末丑里的丑虽然排行最后，却是不可少的。更出戏的却是疯子，疯而后痛快，疯而后本真，这是对体制也是对文化的抗议——哪怕是半疯或佯疯或被污蔑为疯。蘩漪就是应该有一点疯，在如此环境与遭际中不疯才是更大更可怕的精神疾患。而现在的演员把她演得一点不疯，反而减少了她的悲剧性。京剧里也是出来疯子就好看了——例如《宇宙锋》——否则，人人迈着方步，不是大人先生就是"坚陀曼"，还能有什么戏！我观看好莱坞影片已得出结论：中国样板戏的特点是戏不够，（阶级）敌人凑；美国肥皂剧与商业片的特点则是戏不够，心理变态凑。如果不写心理变态者，多少戏剧冲突都没有了呀。曹禺在这些方面，用得很充分。

这就又扯到了性。因为美国影片里的心理变态者多是穷追并杀戮女性。《雷雨》中，阶级的罪恶表现为性罪恶，处理罢工事件云云则只是虚写。而事物一旦表现为性罪恶，就有点原罪的意思了。谁让人这么没有出息，生下来就带着全套家什。而性罪恶中最刺激的一是强奸，一是乱伦。而比较常见的被老百姓谴责的性罪恶是"始乱终弃"。强奸云云，《雷雨》中未有表现。但是乱伦，戏里是写了个不亦乐乎。曹氏很有火候，第一乱是周萍与蘩漪，二人并无血缘关系（但大少爷是他爸的亲儿子，所以也挺恶心）；第二乱是周萍与四凤，不知者不怪罪，只能罪天罪命。这就不像西方电影里动不动露骨地讲什么父亲与女儿如何如何，令人讨厌。现在，人们都知道弑父娶母的俄狄浦斯情结与恋父的伊赖克特拉情结了；其实要把弗洛伊德的学说贯彻到底，就应该讲讲周萍四凤情结。

《雷雨》里对周氏父子的"始乱终弃"也谴责得很厉害。半个世纪以前，即此戏诞生的年代，性问题上的一个重要观念就是男权中心，女子在性上永远是受害一方，被欺侮的一方，被"始乱终弃"的一方。同时，社会上又十分男性中心地厌恶与丑化女性之"妒"和此种妒之"毒"。这里既有事实根据，也有传统观念，这些都表现在《雷雨》里了。加上同情与可怜弱者，这戏的主题显得既传统又激进，既从俗又理想，它的价值判断有极大的接受面积。

　　《雷雨》已经在中国演了近七十年，七十年来长盛不衰。这确实是经典（即古典）之作，哪怕说此剧本有所借鉴，不是绝对地百分之百地原创也罢，只要戏好，就站得住，就大放光芒。其情节、人物性格与人物关系之周密与鲜明的处理，令人叫绝。同时，它的范式包括价值观念符合一个通俗戏的要求：乱伦、三角、暴力（大海与周萍互打耳光、大海用枪支威胁鲁贵）、死而又生、冤冤相报、天谴与怨天、跪下起誓、各色人物特别是痞子疯子的均衡配置、命运感与沧桑感、巧合、悬念，特别是各种功亏一篑、差之毫厘失之千里的"寸劲儿"，都用得很足很满。这种范式很有生命力与普遍性，能成为某种套子，所以别的剧本也可以套用，例如话剧《于无声处》。这种范式却也常常成为此类艺术样式特别是作者自己前进中的绊脚石，它太成功了、太严密了、太满了，高度"组织化"了，已经组织得风雨不透啦——没有为作者预留下发展与变通的空间。

　　经典与通俗并非一定对立，在古代毋宁说它们是相通的，如莎士比亚，如中国的几大才子书，如狄更斯。愈到现当代，所谓严肃文艺与通俗文艺愈拉开了距离，真不知道该为此庆贺还是悲哀。

反正现在似乎不是一个古典主义的时代，现在的通俗也商业化得吓人。中国的话剧本来就是后来引进的品种，飞快地走完了人家欧洲的百年路程，飞快地并且夹生地走过了经典加通俗的阶段。

说到这里我想起一件有关曹禺的鲜为人知的故事。一九八〇年夏，曹老叫北京市文联（那时，曹兼任北京市文联主席）的人告诉我，他某日某时要到我家去。我当时住在北京前三门一个总共二十二平方米的房子里，闻之深感不安。到了他指定的时间，他老来了，说是来"看望学习"。他说是再过几天"七一"，北京市委要召开一个座谈会，他该如何发言，希望我给"讲讲"。我颇意外，便胡乱谈了谈要强调三中全会精神呀之类的。我当然也借此机会表达了我对曹老的剧作的喜爱与佩服。我们回顾了五十年代我把一个剧本习作寄给他，他接待了我一次并赏饭的情景。他说："我一直为你担心……"他还感慨地说："这几十年我都干了些什么呀！王蒙你知道吗？你知道问题在什么地方吗？从写完《蜕变》，我已经枯竭了！问题就在这里呀！我还能做些什么呢？"他的话非常令我意外，我为之十分震动。然而，我无法怀疑他的认真和诚恳，虽然平素他说话或有夸张失实的地方，也有喜欢当面给旁人戴高帽的地方。

关于中华人民共和国成立后曹禺未有得力新作，一般认为是环境与政策所致，或者如吴祖光先生所说，是由于曹禺"太听话"

了，对此我无异议。但是，我想提出一个问题，即除了上述公认的原因之外，是否还由于他的这种经典加通俗的范式使他难以为继呢？这一点，甚至曹禺本人也认识到了，所以他在《日出》的"跋"里说："写完《雷雨》，渐渐生出一种对于《雷雨》的厌倦。我很讨厌它的结构，我觉出有些太像戏了……过后我每读一遍《雷雨》便有点要作呕！（——王加的惊叹号）的感觉。"（《曹禺全集》第一卷第387页，花山文艺出版社一九九六年七月版）艺术上到处是悖论：戏不像戏不行，太像戏也不行，因为人们期待于艺术的不仅是艺术本身，人们期待于艺术的是生活，是宇宙的展示，是灵魂的自白与拷问，是人类的良心、智慧、痛苦和梦幻的大火……所谓纯粹的戏剧、诗歌、小说，往往是颇可观赏的精美的工艺品，而不是大气磅礴的浑如天成的震撼人心的巨著杰作。这里，《雷雨》是一个例外。因为《雷雨》给人的感觉可不只是一个精美的工艺品，它充满了痛苦、诅咒和恐怖——略略有一点廉价，却确实地激动人心。《雷雨》可说是通俗的经典与经典的通俗。例外虽然例外，它的太像戏的问题却瞒不过曹禺自己。曹禺二十三岁时（一九三四年，也是鄙人呱呱坠地的一年）就写出了戏得无以复加的、生命力至今不衰的、其地位至今无与伦比的、雅俗共赏的（也许实际是不能脱俗的）《雷雨》，幸耶非耶？他后来的剧作乃至生活，究竟有没有突破他自己感到的这个太像戏（经典加通俗）的问题呢？要知道早在一九三六年，曹禺已经为之作过呕了！

这也说明谁也赢不到、哪部作品也得不到即垄断不了百分之百的点数，甚至《雷雨》这样的红了六十多年至今也没有被超过的成功之作也不例外，因为自己没有得到满点就怨天尤人或者愤世嫉俗可能是一种过分的反应。

我对话剧相当外行，但曹禺过世后，我一直觉得应该为他写点什么，我爱他的剧作，但又实在不怎么理解他。例如他晚年的一次精彩就相当出人意料。我说的是一九九三年政协八届一次会议时，他扶病前来与中央领导会见，他发言建议将（当时的）文联和一些协会解散，而他本人就是文联主席。这堪称振聋发聩。呜呼，斯人已矣，何人知之？我的冒冒失失的妄言，有待方家教正。

1998年5月

巴　金 ◎ 永远的巴金

在这个星空之夜，巴金走了。

如果设想一下近百年来最受欢迎和影响最大的一部长篇小说，我想应该是巴金的《家》。早在小时候，我的母亲与姨母就在议论鸣凤和觉慧，梅表姐和琴，觉新、觉民、高老太爷和老不死的冯乐山，且议且叹，如数家珍。

而等到我自己迷于阅读的时候，我宁愿读《灭亡》和《新生》，因为这两本书里写了革命，哪怕是幻想中的革命，写了牺牲，写了被压迫者的苦难和统治者的罪恶。我还记得《灭亡》的扉页上写的取自《圣经》上的一句话，说是一粒种子只是一粒种子，但是如果把它放到泥土里，它自身死了，却会结出千百万粒种子。这话使我十分震动，使我向往泥土，也向往并且震动于献身和牺牲的价值。

"文革"开始以后，我在伊犁，同院有一对工人夫妇，他们找了一本《家》偷偷阅读，读得津津有味，放低了声音告诉我他们阅读的感想。他们现在才知道《家》？这使我觉得他们未免少见多怪。到现在《家》仍然感染着、征服着年轻的读者，这又使我赞叹感奋不已。然后我和妻把书拿过来，重新读一遍，仍然像读一本新书一样心潮澎湃。

我也读过巴金写的与译的《春天里的秋天》《秋天里的春天》，还有《寒夜》《憩园》等等，我深深感到了巴金的热烈的情思，哪怕这种情是用无望的寒冷色调来表现的。甚至在他晚年以后，他写什么都是那样充沛、细密、水滴石穿、火灼心肺。巴金的书永远像火炬一样燃烧，巴金的心永远为青春、为爱、为人民而淌血。

只是在"文革"以后我才有机会见到老人，他忧心忡忡，他言之谆谆，他反思历史，他保护青年，他永远寄希望于未来。他远远不像许多作家那样善于辞令，善于表演，善于抖机灵式地卖弄。作为一个作家，他太老实，太朴实无华，对不起，我要说是太呆气啦。

他在关于《家》的文字中一次又一次地书写："青春是美丽的。"所以他特别痛恨那些戕害青年、压迫人性、敌视文学艺术、维护封建道统的顽固派。他看到了太多的不应该不幸的人却遭到了不幸，他充满了感情的郁积。直到晚年，在中华人民共和国成立五十周年的前夕，他与张光年同志一起泛舟杭州西湖的时候，他才表示：（由于国家的发展）"现在中国人能够直起点腰来了！"

我在一次又一次的交往中，还从来没有听他老人家讲过一句这种欣慰的话。他太苦了。我从前说过，当代中国至少有两个痛苦的作家，一个是巴金，一个是张承志。这也是先天下之忧而忧，后天下之乐而乐吧。

　　巴金的作品其实一向直言不讳，拥护什么，同情什么，反对什么，都清晰强烈。一个爱国主义，一个人道主义，是他终身的信仰——这是他在迎接第五次作家代表大会的时候说的。他甚至于讲得有点极端，因为在另一个场合他曾经说自己不是文学家，他拿起笔来只是为了呼唤光明与驱逐黑暗。他喜欢高尔基的作品中描写过的俄罗斯民间故事，有一个英雄叫丹柯，他为了率领人们走出黑暗的树林，他掏出了自己的心脏，作为火炬，照亮了夜路。所以他一辈子说是要把心交给读者，他是这样说的，也是这样做的。他是一个用心、用自己的全部生命来写作、来做人的人。所以提起历史教训来他永远是念念于心，他太了解历史的代价了，他不希望看到历史的曲折重演。在他的倡议下，世界一流的现代文学馆终于建成了，这是"五四"以来的现代文学的丰碑，也永远是巴金老人的纪念馆。没有巴金就没有现代文学馆。他还想纪念与记住一些远为沉重的东西，那样的记忆已经凝固在他的晚年巨著《随想录》里，把记忆和反思镌刻在人们的心底了。

　　"我已经快要走到生命的尽头了，但是我并不悲观，我把希望寄托在青年人身上……"在他年老以后，他一次又一次地这样说。他像老母鸡一样地用自己的翅膀庇护着年轻人。他与女儿李小林主编的《收获》本身就是勤于耕耘、勇于创新、尊重传统、推举新秀的园地。"要多写，要多写一点……"他一次又一次地对我说。在他还能行动的时候，每次我去看望他，他老人家总要边叮嘱边站立着……走出房门相送，而当我紧张劝阻的时候，他与女儿小林都解释说他也需要活动活动。我们握手，他的手常常冰凉，小林说他的习惯是体温维持较低，然而他的心永远火烫。他不怎么笑，有时候想说两句笑话，如说到张洁的一篇荒诞讽刺小说，但是他的神情仍然认真而且苦涩、无奈。有一次，我看他老态沉重了，便信口开河起来，我说作家之间的无穷内斗可以组织麻将大赛决定输赢，青年热血过度沸腾可以组织摇滚或秧歌大赛，优胜者可以免费环球旅行。他笑了。他用执着的四川口音重复我的话说："嗬？这就是你的救世良策？"他每一个字都吐得那样认真，使我惶恐觳觫无地。事后我愈想愈悔，便打电话给小林致歉并检讨自己的放肆，但是小林说那次见面是他老一些日子以来最高兴的一次。唉，他总是那样诚实、谦虚、质朴、无私。他永远踏踏实实地活在中国的土地上。他提倡讲真话提倡了一生，却遭到过诋毁，曰："真话不等于真理"，倒像是假话更接近真理。现在，这种雄辩的嚼舌已经不怎么行时了，巴金的矗立是真诚的、真实的与真挚的文学对于假大空伪文学的胜出。

　　想一想他，我们刚刚有一点懈怠轻狂，迅速变成了汗流浃背。

附：我们的一面旗帜

我见过不少作家了，最本色、最谦虚、最关怀青年人爱护青年人的就是巴金。

他常常显得有点忧郁，他不算太幽默，他的文章也像是与你喁喁谈心，而每一个字都燃烧着热烈，都流露着真情。他提倡说真话，提倡文学要上去，作家要下去，提倡多写一点，再多写一点，尊崇俄罗斯民间传说里的志士丹柯，用燃烧的心照亮林中的黑暗，带人们到一个光明的地方。这些论述似乎平淡无奇，似乎不算什么理论，更不现代和后现代，不会吓人也不算高深，但是这是肺腑之言，是他本人的生命体验。

他甚至于不承认自己是文学家，他不懂得怎么样为艺术而艺术，为文学而文学，他是为祖国、为人民、为青春、为幸福，为光明和真理而文学而艺术的。

他说话声音不大，用词也不尖刻，但他很执着，他充满了忧患意识。

偶然他也笑一笑，有一次谈到一位女作家的讽刺小说，他笑了。有一次谈到我的一篇被大大夸张了危险性的小说，他也玩笑地说："成了世界名著了。"他的吐字清晰的乡音——四川话，甚至在说笑话的时候也像是认真得近于苦恼。有时候，他显得不那么善于言辞。

很早很早以前他就说他的生命快要走到尽头了。但是他不悲观，他寄希望于青年，于文学。这样的心胸是伟大的。

他是我们的一面旗帜，也是榜样。与他老人家比较，文坛上的那些个浮躁，那些个咋呼，那些个爆破和牛皮烘烘，那些个洋八股、党八股，那些个装腔作势、夸夸其谈，是多么渺小啊。

年届百岁的巴老啊，我们一代又一代的作家永远喜欢您和学习您。

2005年10月19日

冯　牧 ◎ 一以贯之的身影

冯牧去世了，这有点令人难以置信。因为他比起一些前辈来，并不算老。因为他确是常常生病，病了也就好了，好了，然后他总是热心地、滔滔不绝地谈着对文学现状的看法，一半欢欣鼓舞，一半忧心忡忡，思绪连贯，层次分明，不停地接待来访者，接电话，接收邮件，忙忙碌碌，日理千机，好像没有病过，好像他住院时对自己的病情的描述言过其实——都知道他胆子小。本来大家以为这次也与过去一样，病上一段，又会在一个什么研讨会上见到他，听到他的一以贯之的论述见解，看到他的孜孜不倦的身影。

冯牧有一种重要性，至少是在最近十余年以来，他的意见受到文学界也受到各个方面的尊重。谁都不会忘记党的十一届三中全会前后，他为"伤痕文学"呐喊呼号、为思想解放运动披荆斩棘的情景。长时期以来，他是中国作协的一个虽然行政职务并非最高，却是读作品最多，联系作家最广，关心文学事业的发展最热烈专注，陷入各种矛盾最多，被致敬与被骂差不多也是最多，对于文学事业的责任心最强，发表意见最多，或者可以从某种意义上说，他是最专职、最恪守岗位、最受罪也最风光、最尽作家的朋友与领导责任、最容易兴奋也最容易紧张的评论家、组织家、领导人。

最令我感动的是他那样大量地阅读作品，他的那个阅读量也许会使常人发疯至少是病倒。他每天读各种新作到深夜。他把领导的职责、朋友的关注以及与人为善的评论家的兴趣统一在自己身上。对比一下那种看看简报就把文艺界看成一塌糊涂，就连批带唬的文艺家，那种从概念到概念的拉大旗的捍卫者或趸入——批发者，我每每不能不产生一个疑问，一个基本上没有读过"时文"的人，他究竟是怎么评价、怎么导向、怎么研究、怎么大话连篇又砍又杀又抢又夺的呢？

我第一次见冯牧是一九六二年，那时随着形势的某种松动，随着"文艺八条""文艺十条"等的制定，空气似乎有一点缓和，中国青年出版社考虑出版我的处女作《青春万岁》，又拿不准，于是出版社请冯牧帮助审稿。冯牧读完早已在一九五六年排出来的校样，找我面谈，于是我看到了这位一脸书卷气，异常忙碌，说起话来口齿清晰，神态专注，完全没有官腔官调，也没有虚饰应付之词的评论家。他说他完全不明白那些认为这部书还需要做较大的修改的人所提的那些"问题"，他相当热情地肯定了这部书稿。似乎就在这一次，冯牧与另一位来访的同志谈起了刚刚结束的八届十中全会，提到了毛主席关于"千万不要忘记阶级斗争"的警告。冯牧现出了忧心忡忡而又心存侥幸的心态，嘴里发出一种咝咝的声音，显得紧张不安。此后许多年，遇有风吹草动，冯牧就会咝咝一番，咝咝完了他还是勉为其难地支撑着，维持着，执行着，维护着，力争多保护一点文学的生机。

后来与冯牧见面就是好时候了。在八十年代，他为"伤痕文学"鸣锣开道的时候，我听到了他的那些雄辩的发言。他特别热情地帮助青年作家，而一些青年作家确实是常常把冯牧看作自己的靠山。他的家总是宾朋满座，熙熙攘攘，大家的话题只有一个，怎么避开各种干扰，怎么样为文学争取一个更大的艺术空间、更好的创作气氛，怎么样让作家得到更好的发挥。

对于文坛，一种人是蝇营狗苟，自己没有真才实学却又勤钻营，多活动，能捞就捞一把。这样的人当然为大多数作家所不齿。另一种人则是我行我素，井水不犯河水，靠实力让文坛追求我，有好处我不拒绝，有麻烦没我的事。这也不失明智乃至伟大。还有更伟大的，就是对文坛，对同行，基本上采取深恶痛绝的态度，张口就骂，众人皆浊我独清，这样做也是完全有根据、有收益也有代价的。这样骂文友，既出了气又比骂任何旁人都更安全，对此我也不持太多异议。但也有一种态度，我指的是冯牧，他一直对于文学充满了责任感，一直低着头浇花耕耘，挨着上下左右的骂，也享有上下左右的友谊与尊重，一直硬着头皮做他认为是有益于中国文学事业的工作。即使在人人都有自认为正当的原因对文坛绝望、对作协撂挑子的时候，还会有一个冯牧在那里窝着火，忍着气，支撑着，维持着。

冯牧怕"左"，也或有顶一顶"左"。为了文学，冯牧确实是谈"左"色变。冯牧最头疼的是那些不读作品就批一通的同志们。冯牧其实也怕右爷的目空一切、大话连篇，到处拉了稀屎却要让冯牧等去擦屁股处理善后。谈到那些句句话如匕首投枪刺刀见红的右爷狂爷，冯牧也是只剩下了唑唑的份儿。只有一次，当站着说话不腰疼的朋友指手画脚地要求冯牧像他们一样风凉着骂人的时候，冯牧与我咕哝过："真正到了时候，还不是得靠我们，靠荒煤我们去说去争取……"大意如此，底下就尽在不言中了。

上边有人对冯牧有意见，觉得他不够铁腕，就是说还是一手软了吧。作家里有人对冯牧有意见，觉得他太胆小，太委曲求全。新生代们对冯牧其实也不大买账，觉得他的文风啊名词都已落伍了。但同时，所有这些对他或有某种不满意的人们又都承认，他真是个好人呀！

也许在他走了以后，人们才会痛感到他的不可或缺。从领导方面来说，上哪里再找一个这样顾全大局、循规蹈矩、敬业勤"政"而又切切实实地联系着广大作家的文艺组织工作者去？从作家们来说，上哪里再找一个这样的良师益友去？就是那些大话吹破天的爷们儿，冯牧同志走了以后，谁还替他们兜着、顶着、应付着？站着说话不腰疼的主儿啊，冯牧去了，你们以后还有没有站着说话专骂旁人的福气呢？你们保重了。

而今后三十年、五十年的文学事业的一切成就和光荣，一切痛苦和艰辛当中，你都会发现冯牧的心血、冯牧对革命文学的一往情深、冯牧的奔走与呼号、冯牧的带病操劳、冯牧的忍辱负重、冯牧的眯眯与微笑。冯牧活在中国的当代文学里。我们不会忘记冯牧。

1996年

张光年 ◎ 形象与境界长存

　　光年去得非常突然。两个多月以前，朋友们自动为光年庆贺米寿（八十八岁），他还是好好的。几天前，他还计划去医院治一下白内障，他信心十足地说他一定可以活上百岁。可是元月二十五日晚上他突感不适，住进医院，身体各部分全面衰竭，到了二十八日，就去世了。

　　《黄河大合唱》歌词的这位作者，生时如黄河奔流，波涛汹涌，九曲连环；死时如雪山崩颓，烟飘云散，一了百了。好一个诗人光未然，好一个革命者、评论家、老领导、老师长和老朋友张光年同志，你活得充实，走得利落！

　　他是一个号角，他的保卫家乡、保卫黄河、保卫全中国的号召至今激扬在中国大地上，令人热血沸腾。他是一个尖兵，多年来战斗在政治斗争、意识形态斗争、文艺斗争与改革开放的最前线，并为此付出了巨大的代价。我还记得他说过的一句话，他说："活一辈子连一个人都没有得罪过，岂不太窝囊了！"说话的时候他的两眼放光，他的一生确是战斗的一生。他是一个革命者、政治家，从来是大处着眼，大处落墨，充满了历史使命感与政治责任感。他不仅考虑和热衷于文学事业的发展，更着眼于整个国家整个党的事业，盼望文运随国运齐兴，盼望文艺事业随党的整个事业俱进，盼望作家的创作空间与中华民族的精神空间都能得到开拓，更希望文艺的生产力、民族的精神与人民的积极性都能够得到进一步的解放。我至今记得他在中顾委会议上听到小平同志讲话后的欣慰心情。小平同志说，闭关锁国的结果只能是贫穷落后、愚昧无知。光年听了，五内俱热，给我讲的时候，他的眼泪都快出来了。他告诉我，在一九九七年香港回归以后，他与巴金老中秋之夜乘船共游杭州西湖，巴老欣慰地对他说，中国人总算能直起点腰来了。对于国家的发展进步，这两位老人，由衷地表达了自己的喜悦之情。

他多年担任《文艺报》《人民文学》与中国作协的主要领导职务。他曾经是大家的主心骨，因为他对各项事务有自己的稳定的看法，有原则，有尊严，有严肃性，绝不是迎风摇摆、投机取巧之徒。尤其是在二十世纪八十年代的头几年，那还是改革开放摸着石头过河的初期，一方面是空前的百废俱兴的新局面，一方面是各种思潮、各种憧憬、各种理解的交融与冲撞。一脚深，一脚浅，一会儿弄湿了鞋袜，一会儿半个身子跌到了水里。敏感的作家的敏感题材的作品常常成为争议的话题，成为各种思潮乃至力量的演习舞台、磨刀石与箭靶。那时作协还没有办公场所，重要会议都是在新侨饭店开。只要回想一下这些会议上伤痕文学、反思文学、拨乱反正、光明面阴暗面、错误倾向与班子的软懒散的提法，便可以想见工作的难度与歧见的难以避免。我至今不会忘记在许多次会议上，光年对改革开放的热情呼唤，对新时期文学的布满荆棘和陷阱的道路的辛勤开辟与清扫，对过分极端的观点和言过其实终无大用的空论谬论的苦口婆心的劝诫。为了平抑自己的激动，他有时边说话边踱着步子，他的手势使我想起了诗歌朗诵。他对"文革"的经验教训是太铭心刻骨了，对于"左"的曲折是太警惕太痛心了，他不愿意采取更强硬的办法对付成事不足败事有余的偏激言行，反过来他还要为这一类的妄言狂举而承担责任、承受责难，个中甘苦，难以表述。求仁得仁，光年对此也从无怨言。当然，我相信他也会有自己的总结与反思。

退下来以后，十几年来他整理自己一生的经历和创作，与其说是对身上的伤痛与华彩的抚摸，不如说是对后人的叮嘱，他只是希望后人比自己这一代更成熟些更聪明些，希望有些代价不必反复付出罢了。他早在"文革"前已经开始，退下来后又继续完成的骈体韵文《文心雕龙》的现代汉语翻译工作，令人钦佩，令人赞美，也显示了他不凡的学养和诗心。退下来后我们多少次在他的寓所交谈，喝着他亲手为我泡的绿茶，听着他娓娓道来，我觉得他多了一些静气，多了一些沧桑感，多了一些淡泊的笑容。与他的接触让人感受到一种成熟的稳定与从容的美，也帮助你克服一点心浮与气躁。他的客厅里挂着一幅字，曰："勤奋延年"，说得真好。

光年是许多不同年龄段的作家的朋友，他始终不知疲倦地阅读各种新作，看完了，好处说好，不好处说不好，从不迎合。对我的作品他也有尖锐的批评。我们的某些艺术趣味不尽一致，他并不讳言。虽然由于大量地从事文艺方面的领导与行政工作使他未能以更多的时间从事艺术创作，然而他的文人本色并没有湮没。我至今记得有一次讨论小说评奖时我们的争论，有一篇描写一个受气的小媳妇的小说受到光年的欣赏，而我不怎么喜欢它。我说鲁迅对这种人物定是哀其不幸、怒其不争的，而我们接触到的这篇作品却是赏其不幸、美其不争的。此言一出，光年沉思良久，旋即表示接受了我的意见。

在哀悼他的此刻，我想起了林默涵同志对陈荒煤同志说的一段话。他说："我跟荒煤同志之间，对某些问题也有不同的看法和意见，但我们都是当面说……我认为在建设社会主义进而实现共产主义这个根本目标上，我们是完全一致的。"我相信包括那些对光年的观点和工作持某种保留态度的人，也会以这种心情来痛惜硕果仅存的老一辈革命作家张光年的逝世。我们大家都会同意，光年是个沉甸甸的人，不是轻薄为文者；光年是个志存高远、胸有大局的人，不是个患得患失的低级趣味者；光年是个充满责任感、使命感的大气的人，不是一个小气小头小脸的钻营者。光年生活在中华民族大革命、大翻身、大开拓、大解放的时代，他是这个时代的见证、这个时代的歌者、这个时代的清道夫与建筑工，他是这个大时代的代表人物之一，他为这个时代付出了自己的一切。前人种树，后人歇凉，各种鼓噪与泡沫之后，后人总会成熟起来，后人总会懂得珍惜光年等老一代作家的辛苦奉献和卓越成果。他的去世必然引发人们的深深的悲伤，但是他的形象与境界将长存在我们的心里。

2002年2月

李子云 ◎ 子云走了

　　五月二十日与二十二日，在上海连续两天我都见到了李子云，她气色不错，但是显得非常衰弱，走路时紧紧靠着搀扶她的安忆，说话也比平时少得多。

　　想不到六月十日，她就走了。说走就走了，几乎没有过程。

　　她是一个爱说话的人，过去每次在北京见到，光与她说话也超过四五个小时。

　　谈对文学、作家作品、作协文联等的看法。谈话中她锋芒毕露，时有批评指点，不跟风，不趋时，不从众，不看批评对象的高低贵贱，不管你具备老虎或者老鼠屁股，也就不留情面。包括对我的作品，她认为好就是好，她认为不好她绝对不会说好。一种是她认为是我的炫技之作，花样翻新，却并没有能触动她的心田，她当然不喜欢。一种她认为是我的和稀泥之作，名为温暖和谐，实为欲说还休，却道天凉好个秋；她说她读了好难过。还有一些观点与我不同，例如她不那么喜欢俗文学，我却觉得应该包容。

我们是和而不同的。大致上谁也没有说服谁，但又互有很大的影响。

最早一次见到她是在四次文代会上。听她谈了在上海的一些有关文艺问题的争论。她在编《上海文学》，她发表了长文，对于文艺为政治服务的说法提出疑问。她被某些人所不喜，又为某些人所支持。她曾经在夏衍同志身边工作，从她身上可以看出夏老的清晰、清高、清纯与分明。

世界上的事都能那么分明吗？到了一九七九年，到了我入党已经三十一年，中间被开除了二十二年，终于又回来了，而且一片形势大好的时候，我身上未必没有难得糊涂的阴影，即使那时候抱有的希望如火如荼。我甚至私下觉得子云何必那么较真，为什么不能迁就迁就、凑合凑合呢？文艺文艺，争那么多做啥，争论终将忘却，作品、好作品仍然存留。尤其是遇到一个什么直接领导，你怎么能不善自调和一番呢？

但是她的鲜明与文艺良心仍然给我深刻的印象。对于她，文学与良心完全一体，违背了良心绝对没有文学。她要求深度，她要求感动，她要求直面人生现实，她要求触及真相与灵魂，她要求精美与严肃，要求真情。她压根不信并且讨厌炒作、关系、促销手段与拉拢公关，她也从来不被大话、热昏、潮流所唬住。

"某某写得笨。"她一句话就扎到了一个死穴上，虽然人们都认为某某写得真诚。"对某某某吹捧得太高了。"她说，尽管高高之说已经实际上被许多人所接受，已经成了气候。她全然不顾别人的哄抬，对于她，任何哄抬等于零。"某某心思很高，但是常露出马脚。"她又说。我甚至觉得她说得太穿透了。她说到了那些可爱的同行的不得体的、偏于下作的举止与文字，实在令人摇头，令人沮丧。不说不行吗？例如在大街上看到一摊污秽，是指出还是赶紧转过头去好呢？

她不无洁癖。她感到吃惊：怎么某某的言辞像是流氓？怎么某某的腔调像是应召女？怎么某某变成了死官僚？

……她不完全了解我们的生存环境吗？她以为文艺界当真矗立着什么象牙之塔吗？

她为什么不把这些都写出来？她当然写过不少的批评、评论文章，有棱有角，我听到过被批评的作家的叫苦，但是没有写得更多。我替她难受，怕什么？搞了一辈子文学评论，连一些贻笑大方的作家都没有认真得罪过，不是太憋屈了吗？

但是听她说说仍然有趣，有时颇为痛快。她对文艺工作方面担任过领导职务的人的情况直至音容笑貌也都学得惟妙惟肖，评得入木三分。无怪乎那年（一九八三）闹批现代派，竟然把冯骥才、刘心武与在下的妄言，归罪到她，竟然几乎把祸事转移到李子云身上，因为说是上海支持了现代派（？），夏老、巴老都说了让某些自命领导的人不那么爱听的话，他们怀疑，是子云在那里牵线搭桥，兴风作浪；忙于什么要把她调离文艺界，敢情文艺界是这样可爱肥厚。现在的八〇后、九〇后们，当然无法想象当年的文艺斗争盛况，应该说是弄假成真、装腔作势、借以吓人，终于空无一物的盛况。

屡屡成为目标，有点风风雨雨的意思，同时她该怎么样就怎么样，从前是这样，后来还是这样。她住在淮海路上一个里弄的一间不大不小的老旧房间里，三十余年如一日，陪她的有一个老保姆，她就在子云家里养老了。其他人包括我本人在此期间已经换了不知多少次房，住房面积扩充了有的达十几倍。她从来没有为自己个人的处境、生活待遇等与我透露过一个标点符号——说实话，我也没有相问过。而另一位写作人，刚发表了第一篇大作就开始闹腾待遇了。他的各种言辞令人作呕。为什么同为文艺从业人，低俗的就俗出个蛆虫来，而清高的就只能清高出凉风阵阵？我接触过的夏衍、张光年包括林默涵等也是这样，他们只谈文艺与政治，绝对不谈个人得失，他们不关心这些，不论是他们自身的还是旁人包括谈话对象的。他们的骄傲是他们的思想观点，你让他们改变自己的观点，根本不可能。子云在评论界有相当的影响，我知道有些作家希望得到子云的好评，有某些努力，但是无用。现在还有这样固执的、不妨说是方正无私的或者不无迂腐的评论家吗？像李子云这样的评论家会不会逐渐绝了种？

她毫不吝惜地赞美过的作家之一是宗璞：兰气息，玉精神，她这样说宗璞，她在宗璞身上，找到了某些方面的自己。

然而李子云又不仅是书生才女，她绝对不是书呆子，她太不呆了。你到上海，如果得到子云的照拂，那一定是如坐春风，哪里住，哪里吃，哪里散步，哪里谈天，哪里购物与购什么物，她的建议永远是最佳答案。

有时候她有点娇气，她从不要求豪华，但是一点点不适她会有超强的反应。到北京来，她喜欢吃我们自家做的饺子。但是一个小馆如果被她察觉出来不洁处，麻烦了，她只能选择绝食。还有一次在某地开会，她到了，觉得不适，立即躺倒，然后立马回上海。也许这是她那时已经有点心脏病的表现。

她不接受肮脏和俗鄙。当一个土包子出了趟国，回来拿上个小玩意儿，垂涎三尺地讲述国外的繁荣、讲究与自己开洋荤的兴奋的时候，李子云的反应是："我们早就选择过了。"张承志无数次提起此事，他感佩李子云的尊严。他反感某些写作人的无耻，当然。

子云走了，她的风格与见识仍然与我们相伴。我们无法忘掉她。

我早晚要做一件事：冒大不韪，把她口头上多次评论过，却一直没有写出来的那些话公之于众。如果说我没有得到授权，那就算老王的又一次王说李话、借题发挥吧。

相信我写到这里，有些人读到这里，也许会吓出一身汗。

陈荒煤 ◎ **党和人民的一匹老马**

　　说是这几年老天爷收作家。短短的一年，冯牧走了，艾青走了，端木蕻良走了，汪静之走了，这不，荒煤又走了。

　　八月底，我到医院去看望荒煤老，他已经相当衰弱，还是让人把床折叠成四十五度角，坐起身，然后为戴助听器又忙活了一阵，开始用低沉的声音与我说话。他说："关于电影，上次×××同志来看我，我就对他说，几十年的经验，搞电影最怕的是一窝蜂，提倡上什么就都上什么……"

　　我只能说："您多休息，您多休息……"他已经身患绝症，他自己还不知道——我怀疑他不可能一直不知道，但是既然别人瞒着他，他也就不说破——他挂念的仍然是文学、文艺、文化事业。

　　他的女儿不太满意，嚷道："还说这些呢，烦人不烦人呀，地球离了你就不转了吗？"她说话的声音很大，不怕荒煤听见。当然，亲人自有亲人的语言和情绪，女儿是心疼父亲，病成那个样儿了，还是文学文学、作家作家……

我也觉得荒煤未免太爱谈工作了。据说十月份他昏迷后又苏醒，刚一认人又谈上工作了。您就不知道歇息歇息吗？您就不知道您早已退居二线，现在又身患重症了吗？

可是我又想，不说这些又说什么呢？你让他谈最近的股票行情？谈吃食？谈天气？谈养生之道？谈饮酒的新顺口溜？谈哪里抢了银行，哪里争风毁容？还是谈商场商品，意大利皮夹克、18K金手链、琴岛海尔热水器和火得不得了的餐饮业的"烧鹅仔"？不可能，荒煤老他见了我不可能谈这些。他一辈子只知道谈文学、文艺、文化，只知道探讨总结党对文艺事业领导的经验教训。

我想起了十五年前，当时正在讨论一部电影的问题，在一个层次很高的学习会上荒煤发言，他老老实实地承认"我就是心有余悸"。然后他替中青年作家说了许多话，一直说到稿费与所得税，力图证明现在的中青年作家并没有过几天好日子……他的发言给我留下了深刻的印象。我感到了他的天真和迂直，因为他的话不合时宜。

然后我又想到七十年代末期，他在社科院文学所时热情洋溢地召开的为新时期文学呐喊的一些座谈会。我那时刚刚从新疆回来，许多当时的与后来的文学界的活跃人物我都不认识，倒是在他老召开的会上认识了不少人，也开了眼界。我并不绝对地同意他说的每一句话，但我知道他是自觉地为文学界的新人新事物鸣锣开道的。他认准了什么就去干就去说，几乎不设什么防。

我也想起我在文化部工作期间，他写来的密密麻麻的小字信，通篇都是为了文化工作的管理更加有效、文化市场的方向得到正确引导、文艺思潮上的一些偏向能够得到纠正……总之都是忧国忧民、忧文忧艺的，都是强调正确方向、马列主义的指导的，都是坚持党的文艺方针的。我想起他怎样热情地编辑《周总理与艺术家们》一书的事来了，可以说，没有荒煤是不会有这本书的。

　　他病重以后，还常常写这种密密麻麻的小字信。例如，他就给袁鹰同志和我写过"表扬"我们主编的《忆夏公》一书的信。

　　荒煤重感情，热心肠，常为受到谁的托付而给这里那里写信。他也写过一些其实不必由他出面或由他出面并不合适的信，即他帮了不该帮的人。他的助人为乐有时候为他自己找了啰唆。但他还是写了，差不多是有求必应。他脸皮薄，不好意思拒绝人，包括绝对应该拒绝的人。这也不像多年"仕途"的人——年轻人把担任领导工作的人说成走上了仕途，这也是荒煤等人始料未及的吧。

　　第一次见荒煤当然是老早老早以前，那是一九五六年开第一次全国青年创作积极分子会议——为了防止与会者骄傲自大，不叫青年作家会议——的时候，荒煤那时在文化部电影局工作，他在大会上讲话，号召青年创作积极分子多写电影剧本。他高高的个子，儒雅俊秀，一表人才。

　　时间不宽容任何人。他去世后一个多小时我在北京医院的病房里见到了他的遗体，他是安详的，然而，已经老、病得不成样子了。

我从来不会写挽联，但还是应约为荒煤写了一联：

一腔挚爱牛俯首

满腹沧桑马识途

他是孺子之牛，他是党和人民的一匹老马。如果再加一个横批呢，我想应该是：善良荒煤。在这种类型的人已经不太多的时候，在人们日益老练而又实惠起来的时候，荒煤去了，一个风度翩翩、和蔼可亲、随时准备向任何求助的人伸出手来的荒煤去了。今后，我们的文艺工作者将怎样面对和解决荒煤至终了还在念念不忘的那些问题？谁能不为之唏嘘落泪？

1996年11月

刘力邦 ◎ 我还能遇到这样的人吗？

一九五〇年四月，我从中央团校毕业，住在东长安街团市委的集体宿舍——当时有家也不肯回家住——等候分配工作。在团校上了那么多课，这段时间我又读了加里宁的《论共产主义教育》，读得心潮激荡，摩拳擦掌，只想赶快投身团的工作，一显身手。

没有多少天，通知我去新民主主义青年团北京市东四区工作委员会充当学校工作干事。我们的书记是刘力邦同志。

那时候我实足年龄才十五岁零七个月，一个十足的人小心大的革命家。刘力邦同志比我大十多岁，当然在我们的心目当中她就是老大的大人了。她是中华人民共和国成立以后我从事青年团的工作以来的第二个上级。第一个上级是我去团校学习以前在中学委中心区委时候的领导周世贤同志。

我很快就在心里把两位领导比较起来。两位的工作热情与抓紧思想工作是全无二致的。不同之处是，周世贤似乎更喜欢进行思辨的分析，而刘力邦更能抓紧日常的工作。刘力邦是女同志，她更使我感到亲切，像是自己的亲人。

那是一个光明的年代，大家都废寝忘食地工作着。刘力邦更是除工作以外不知有他。她的特点是对上级的指示细心领会，一丝不苟，逐字逐句，推敲论证。任何工作都抓得紧而又紧，不讲空话，专抓落实，细致具体，不辞辛苦。她什么时候都拿着笔记本，不论是上级指示还是下级汇报，她都不厌其烦地记录下来，她好像从来不知道什么叫应付凑合；不知道什么事可以马虎一点放松一点。她喜怒形于色，从不掩盖自己的感情，而这一切喜怒哀乐又都是为了工作，出以公心。她"赏罚分明"，为工作毫不客气而又热情满怀。那个时候除了工作大家做得最多的就是开展批评与自我批评，互相提意见，互相帮助提高思想，克服小资产阶级的坏毛病。力邦同志提起意见来总是那么中肯、详尽、认真、苦口婆心、循循善诱。对于工作好的同志，她是喜形于色的，她从不吝惜对这些同志的关心和鼓励。对有毛病的同志，她也决不温暾，该说什么就说什么，不怕为此得罪谁。

当时，由于我们团区委的干部平均年龄太小，颇令一些人有看法，说我们是娃娃兵什么的，这样多少影响了领导方面对青年团的工作重视。为此，力邦同志常感恼火。有一次力邦同志不无激动地与人争辩说："虽然他们年龄小，然而这么多工作就是这些小青年做的呀！"

力邦不但珍惜自己的工作荣誉，也同样重视我们这个年轻的集体的荣誉。她把她的心血和情感全部投入工作里去了。她怎么能容忍那种对青年工作轻慢的态度呢？她在这一类问题上不谙世故，不讲含蓄，不惜与人交锋。

我当时是最年轻的一个。力邦同志对于我的态度是有矛盾的。她不讳言她很欣赏我的各种分析与见解，欣赏我的语言与文字能力。但同时，她常常对于我的丢三落四、马马虎虎感到恼火。（我想这和年龄有关，日后长大，虽然也有上述情况，总的来说远没有当年那么严重。）她的欣赏与她的恼火我都十分清楚，我也完全接受她的意见，只是在改正自己的弱点方面，见效很慢。

一九五〇年秋天，我就我区中学的暑假生活给《北京日报》写了一篇通讯稿。力邦同志看了，立刻喜形于色，连连夸奖，而且立即背诵起文中的一些她认为写得比较优美的词句。我当然也高兴，就把文章寄出去了。这是中华人民共和国成立以后我第一次给报纸投稿。过了几个星期，报纸以简讯的形式从我的文章中选出了几句话，有那么六七行吧，给发表了。报纸当然要求的是"干货"，所以它们只用了具体的一点报道，而把我的文学描写砍了个一干二净。无论如何，这件事还是给我留下了深刻的印象。也就是说，刘力邦同志是最早发现我的"文学才能"的人之一，早在四十多年以前，她就是我的知音了。

一九五三年，我们即分手在不同的岗位上工作了。五十年代后期，命运使我走上了完全不同的道路。我们中断了联系，但我还是常常想起她来。想到有这样一位关心我、爱护我毕竟也还是了解我的领导同志在北京，我感到温暖。我们没有机会就一些敏感的问题交换意见，也不可能事事都执同样的看法，但是我始终相信，力邦是关注着我的情况的。这种想法也有助于我度过那艰难的时光。这样，当"四人帮"终于覆灭，我们国家的政治生活与文艺生活出现了新的转机以后，我立即想起了要给力邦同志写一封信。这几乎像是还了我的一个愿，在困难的日子时我总觉得我对像力邦同志这样的好同志有一个义务，我不能沉沦，我不能虚度光阴，我要拿出点成绩来报告给他们。

一九九三年春节，王晋同志给我打电话，告知我力邦同志离我们而去的消息。我惊呼起来，这怎么可能？她从来都是那样精力旺盛、干劲充沛，怎么能说走就走了呢？她真是鞠躬尽瘁死而后已了。

天若有情天亦老。今后还会出现力邦同志这样的执着而又透亮的革命工作者吗？我还能遇到这样的人吗？

1994年2月

江　南 ◎ 何期泪洒"江南"雨

　　报载：以笔名江南撰写《蒋经国传》的美籍华人刘宜良，十月十五日上午九时半准备开车去他在旧金山开设的商店上班时，遭预先埋伏的凶手开枪杀害，身中三弹。噩耗传出，在美国华人社会引起极大震动。

　　美籍华人作家刘宜良（笔名江南）先生被暗杀的消息把我惊呆了！我想起他的谈笑风生、敏捷干练的神采举止，我想起他的妻子崔蓉芝女士的谦和端庄的笑容，想起他的戴眼镜的听话的小儿子和英俊的大儿子，想起他的依傍着太平洋的二层楼房：他的客厅里的鱼缸和讲究的音响设备，他的书房里的三教九流的书，他的卫生间里铺着的橘黄色的人造纤维地毯。我也想起他经营的坐落在旧金山旅游区——渔人码头的工艺品商店，那店里的墙上挂着多少精致美妙的烧瓷碟子啊！当他被杀害以后，这一切会怎么样呢？

我是在一九八〇年八月首次访问美国的时候，在华裔女作家陈若曦的家里认识江南的。陈若曦介绍说，他是从台湾来的，现在还开着店，是一位热情好客的朋友。果然，江南与我一见如故，他提出来愿意充当向导，第二天陪我游览旧金山。我接受他的好意，第二天，乘他的车游览了红杉林、金门大桥、"飞人"海滩、海洋博物馆等许多地方。我们在他家吃了方便面，在冷饮店吃了巧克力草莓冰激凌，在日本花园游玩并到一个日本茶室饮茶，最后到伯克利的一个中国饭馆吃晚饭。他指着汽车上的里程表告诉我说，我们一天跑了五百多英里。他可真是个热心人呀！

　　一九八一年，他和妻子、小儿子一起回国旅游，我们在北京重逢了。我总算也略尽了地主之谊。

　　一九八二年，我访问墨西哥前，以旧金山为中转站，就住在江南的家里，住在他的书房里。书房里有一个沙发，晚上拉出来便成为一张床，睡起来蛮惬意。崔蓉芝每天晚上和清晨都倒一杯鲜橙汁放在书房的桌子上款待我，可算殷勤周到了。

　　由于住在他那里，可以切近地观察他的生活，更知道他有过人的精力：每天起早贪黑，精心经营他的工艺品商店，同时还不停地看书看报，不停地说话，对天下大事、国家大事一直到生活琐事发表评论，而居然与此同时每天不忘听音乐、看电视。他的妻子确实是贤内助，每天与他一起到店里上班，很晚才回家，还料理一切家务，而且永远是那么温和有礼。他们的生活节奏之快，是国内的人们难以想象的。

江南有相当大的政治兴趣，但他的兴趣主要在观察评论方面，看不出他有意参政。同时，他显然不是社会主义者，连对社会主义有好感也谈不上。他深知台湾当局的腐败，深知蒋氏统治的弱点，深知台湾的现状是毫无前途的。他对台湾当局的抨击确实激烈，而且打中痛处。他深知历史的必然是祖国的统一。同时，他对祖国大陆上的种种消极现象，"骂"得也是不亦乐乎，有时候我听着都很"扎耳朵"。相反，他对美国的一切，从政治制度到商业经营到音乐歌曲到电视，倒是颇多溢美之词，很少批评。我看他确是一个地地道道的既关心祖国，也诚心诚意地忠于美国的华裔美国公民。

　　他很喜欢在台湾多次被监禁的作家李敖。一九八二年，李敖在台湾某报上写了一篇文章，为一位因犯有"抢劫罪"而被示众枪决的国民党老兵鸣冤叫屈，文章写得声泪俱下。江南夫妇推荐我看这篇文章，不住地说："棒极了！棒极了！"

　　江南还告诉我关于李敖的两件事。第一，李敖认为中国文人的一大弱点是不会赚钱，不会赚钱便无法自立独立，造成了文人的软弱性，而李敖会赚钱。第二，李敖在近一次出狱后，蒋经国曾经约见他，被他拒绝。李敖并公开声明他与蒋素不相识，无交道可打。从江南对于李敖的评述中，不难看出江南自己的脾气与观念上的一些特点。

　　江南很喜欢祖国大陆作家张弦的作品，他读了他的《未亡人》《剪不断的红丝线》《被爱情遗忘的角落》等，赞赏备至，一再让我向张弦致意，并说如张弦有机会访美，一定要到他那里做客，他愿竭力招待。可惜，他还未获机会与张弦晤面就含恨而去了！我倒是介绍了杨沫、黄秋耘等我国作家与他联系，他都热心接待。他是一个重友谊、讲义气的人，同时又很精明。一九八二年我见到他时，他正为自己的工艺品经营扩大业务，开设分店，生意相当兴隆。在美国经商，可不是一件容易的事呀！

我曾劝告他多加小心。因为陈若曦女士曾告诉我由于江南对蒋氏多有批评，台湾警方对他相当忌恨。江南总是哈哈大笑："在美国，他们不敢！"看来，他虽然精明过人，却还是吃了麻痹的亏。

江南的被刺使我目瞪口呆，觉得不可思议。怎么能下这样的毒手！怎么连这样一个赞成祖国统一但又对海峡两岸都批评得相当厉害的、接受美国的一套价值观念的非左派人士都不能容？这种蛮横、残忍和愚蠢即使对于恨他的人也是害多利少呀！世界发展了，历史发展了，中国也发展了，难道那种以为靠恐怖行为可以阻挡历史潮流的衮衮诸公，就不兴有一点长进？

江南的死只能激起海内外华人更高的爱国统一热潮，江南的血不会白流，江南活跃的身影与锐利的谈锋将不会就此消失，刽子手和他们的主子将无法逃脱正义的审判。我真盼着能立即飞到旧金山，赶到达利市，向崔蓉芝和他们的孩子们表示我诚挚的慰问。

1984年11月

铁依甫江 ◎ **遥望天山，欲哭无泪**

我没有想到这一个蛇年开始得这样凶险，死神突然不容分说地降临一批正在英年的作家身上。

铁依甫江是我所知道的第一个维吾尔大诗人。他写的歌颂朝鲜人民的诗《当我看见山》感人至深。还听说早在十六岁，他的第一本诗集即在苏联的中亚地区的一个加盟共和国出版了。我是怀着羡慕和崇敬的心情来面对铁依甫江这个名字的，以至于凡是遇到我喜爱的维吾尔族歌曲，例如《伟大的园丁》《迎春舞曲》……我都认为是铁依甫江作的，为老铁争著作权而和别人辩论。当别人以确凿的证据证明某个歌词并非老铁所作时，我则怅然若失。

六十年代初期命运使我成为新疆文联铁依甫江的同事，当时的老铁有不低的级别待遇，却又在政治上极不受信任。先是不停地让他去学习，接着便进行相当规模的批评。有一次批评他的一首未发表的诗《基本上的控诉》。老铁在诗里说，"基本上"三个字被滥用了，明明把事情搞糟了，偏偏说什么"基本上"是成功的啦什么的。诗里还有一句话，讽刺吹牛皮、放大炮的人，说他们是"用舌头攻占城池的勇士"。这句话被认为非常"恶毒"（或者说是非常精彩），说老铁攻击了"大跃进"，"罪该万死"。

老铁是名诗人，更是名"运动员"。从五十年代后期以来，一搞政治运动就要批评他，来头很大，人人得而攻之、得而侮之。确实许多人是响应号召来批他的，但确实也有几个人通过毁损比自己智商高许多、成就大许多的名人感到一种特殊的快意，以弥补自己卑琐的生命与愚鲁的头脑带来的自惭形秽的空虚。我到新疆以后才知道，铁依甫江是打入"另册"的人，是人们嘲笑和贬斥的对象。

老铁学会了做检讨，所以每次运动都能化险为夷，又因为诗名赫赫，运动了半天还是著名诗人、十三级干部。而不管怎么运动、怎么检讨、怎么贬斥，铁依甫江始终是二目炯炯、面带笑容、身强力壮、谈笑风生。他的笑话永远被传诵，他的笑话集中起来又成为运动中的"罪行"。承认并批判了"罪行"之后他被宽大，宽大之后再说新的笑话。幽默感是老铁的基本功能与基本品质。没有幽默感老铁不可能活到今天。没有经历过老铁的坎坷的人无权对老铁的善检讨与多幽默进行非议。

"文化大革命"中老铁过不去了，被说成敌我矛盾，下到农村当农民。据说老铁仍然活得不错。他小时候读过伊斯兰教的经文学校，懂经文——阿拉伯文，也懂一些波斯文与俄文。据说在农村他成了伊玛目——经师，到处念经，并受到农民宰羊屠牛的招待，不知是不是事实。

旋即老铁被落实政策召回，旋即成了受宠的人物。于是又有人侧目而视。我在一九七三年以后也通过铁依甫江的美言争取了自己处境的些微改善：如可以不去坐班，可以更多地读书、翻译与写作，虽然没有写成什么，但是老铁没有拒绝向我伸出援助之手。这也算惺惺惜惜惺惺吧，谢谢你，老铁哥！

"受宠"以后便要写一些应时的诗。我还译过几首他的这种无价值的诗。后来情况又变了，老铁又不那么"受宠"了。后来"四人帮"就倒了。

老铁和我都为他写我译的竟是那种口号诗而遗憾。"四人帮"倒台以后我向他建议，写十首真正有感情的诗吧，最好是爱情诗，我给你译。他很赞成，但终于没写出来。青年诗人——天才——可疑分子——运动员——敌我矛盾——落实政策——宠臣——非宠臣……走完一遍这样的路，还写得出爱情诗吗？

写不出爱情诗他也不能死！他幽默、健康、坚强、大度，他死不了！在乌拉泊"五七干校"的碱地上，他干起活来像一头牛一样，打土坯，打馕，盖房，浇水，收割，他一个人顶三个人，可不像后来的某些诗人那么娇嫩自怜。所以，当一九八七年听说他也得了克里木·霍加一样的病的时候，我不能相信。一九八八年夏天我去新疆驻京办事处看他，他刚动完手术，他清瘦了一点，又掉了许多头发，是因为放疗化疗的缘故，但他仍然不停地说着打趣的话。

甚至一九八九年一月的最后诀别，在301医院，即将回疆度过自己最后的屈指可数的日子的衰弱的老铁仍然不忘开玩笑。老铁向赛福鼎同志介绍一九八〇年我们在一起时开的玩笑。那年我们同车去鄯善县，铁依甫江受到农民的热烈欢迎。农民们不仅用吃喝，而且用朗诵他的诗作来欢迎他，他也用诵诗答谢农民。维吾尔民族是一个诗的民族。老铁这样的诗人精英并没有用疏远乃至敌视大众作为自己"确属精英"的标志或代价或证明，这使我非常佩服，也羡慕。老铁访问一位大嫂时，大嫂送给他几棵白菜。我调侃说："真是人民的诗人啊，所以要吃人民的白菜！"老铁为之喷饭，并引用转述这个故事来作为他与他的在京的故人们的诀别……

　　而这样的诗人死了，克里木·霍加也死了，两个人同样的命运，同样的病。这是真主给维吾尔的最有才华的诗人的安排吗？我离开新疆十年，哈萨克族作家郝斯力汗·马合坦死了，维吾尔族评论家帕塔尔江死了，然后是这两位出色的诗人。所有这些人都是刚刚五十多岁就凋谢了。遥望天山，欲哭无泪！让我们再回到"五七干校"去吧，我们一起夜班浇水——当然，是你们帮我干了许多活，我们轮流抽莫合烟与阿尔巴尼亚香烟。我们用各种警语、妙语、谐语来互相安慰解脱，曲折地表达我们的心意。那样的生活，不是很幸福吗？只要人平安，只要人长久！

　　打击还不仅是这呢。莫应丰，五十一岁逝世。就在铁依甫江逝世后的当天十几个小时以后，千不该万不该，鲍昌也走了。这些历经坎坷的中年作家！这些刚刚过了三天半好日子正要大展宏图的中年作家！这些两肩挑着重担的中年作家！这是怎么了啊？

春节中接到身患偏瘫、已有好转的刘绍棠的来信，信中说："惊悉鲍昌突患恶疾，更为心冷。难道吾辈兄弟气数将尽乎？比我们老的活得寿长，比我们小的活得自在，羡杀人也……"

现在还能说什么？天啊，真主啊，叫也白叫吗？

1989年3月4日